Viví en el cerro Mariposa

Otros libros de Marjorie Agosín
en esta serie

Los mapas de la memoria

Serie *El cerro Mariposa*

Viví en el cerro Mariposa

Marjorie Agosín

Ilustraciones de Lee White

**Traducción de Alison Ridley
con Marjorie Agosín**

UN LIBRO DE CAITLYN DLOUHY
Atheneum Books for Young Readers
Nueva York Londres Toronto Sídney Nueva Delhi

Si compraste este libro sin su cubierta, debes saber que este libro es un objeto robado. Fue declarado a la editorial como "no vendido y destruído", y ni el autor ni la editorial han recibido pago por este "ejemplar desmantelado".

ATHENEUM BOOKS FOR YOUNG READERS • Un sello editorial de Simon & Schuster Children's Publishing Division • 1230 Avenida de las Américas, Nueva York, Nueva York 10020 • Este libro es una obra de ficción. Cualquier referencia a sucesos históricos, personas reales o lugares reales es utilizada de manera ficticia. Los demás nombres, personajes, lugares y sucesos son producto de la imaginación de la autora y cualquier parecido con sucesos o lugares o personas reales, vivas o fallecidas, es puramente casual. • © del texto: 2014, Marjorie Agosín • © de la traducción: 2022, Simon & Schuster, Inc. • Traducción de Alison Ridley • © de las ilustraciones 2014, Lee White • Diseño de la portada de Sonia Chaghatzbanian © 2014 de Simon & Schuster, Inc. • Originalmente publicado en inglés como *I Lived on Butterfly Hill* • Edición en inglés traducida originalmente del español por E. M. O'Connor. • Todos los derechos reservados, incluido el derecho de reproducción total o parcial en cualquier formato. • ATHENEUM BOOKS FOR YOUNG READERS es una marca registrada de Simon & Schuster, Inc. • El logo de Atheneum es una marca registrada de Simon & Schuster, Inc. • Para información sobre descuentos especiales para compras al por mayor, por favor póngase en contacto con Simon & Schuster. Ventas especiales: 1-866-506-1949 o business@simonandschuster.com. • Simon & Schuster Speakers Bureau puede traer autores a su evento en vivo. Para obtener más información o para reservar un autor, póngase en contacto con Simon & Schuster Speakers Bureau: 1-866-248-3049 o visite nuestra página web: www.simonspeakers.com. • Diseño del libro: Sonia Chaghatzbanian • El texto de este libro usa las fuentes ITC Souvenir. • Las ilustraciones de este libro fueron realizadas en témpera, tinta y medios digitales. • Fabricado en China 0722 SCP • Primera edición en español, noviembre 2022 • También disponible en edición de tapa dura de Atheneum Books for Young Readers • 2 4 6 8 10 9 7 5 3 1 • Catalogación en la Biblioteca del Congreso: • Library of Congress Cataloging-in-Publication Data • Names: Agosín, Marjorie, author. | White, Lee, 1970- illustrator. | Agosín, Marjorie. Mapas de la memoria. • Title: Viví en el cerro Mariposa: una novela / por Marjorie Agosin ; ilustraciones por Lee White. • Description: First Atheneum Books for Young Readers hardcover edition. | New York : Atheneum Books for Young Readers, 2022. | Series: The Butterfly Hill series | "A Caitlyn Dlouhy book." | Audience: Ages 10-14. | Audience: Grades 7-9. | Summary: When her beloved country, Chile, is taken over by a militaristic, sadistic government, Celeste is sent to America for her safety and her parents must go into hiding before they "disappear." • Identifiers: LCCN 2021048408 (print) | LCCN 2021048409 (ebook) | ISBN 9781665917100 (hardcover) | ISBN 9781665917094 (paperback) | ISBN 9781665917117 (ebook) • Subjects: CYAC: Valparaíso (Chile)—Fiction. | Chile—Fiction. | Refugees—Fiction. | Separation (Psychology)—Fiction. | Spanish language materials. | LCGFT: Novels. Classification: LCC PZ73 .A368 2022 (print) | LCC PZ73 (ebook) | DDC [Fic]—dc23 • LC record available at https://lccn.loc.gov/2021048408 • LC ebook record available at https://lccn.loc.gov/2021048409 • ISBN 9781665917100 (tapa dura) • ISBN 9781665917094 (rústica) • ISBN 9781665917117 (edición electrónica)

A la memoria de mi padre, Moisés Agosín, quien me enseñó sobre la valentía, la imaginación y la belleza. Y a los incontables niños que viajaron más allá de sus tierras natales en busca de la libertad y la posibilidad, y se encontraron con la amabilidad de otros que los recibieron con generosidad y comprensión.
—M. A.

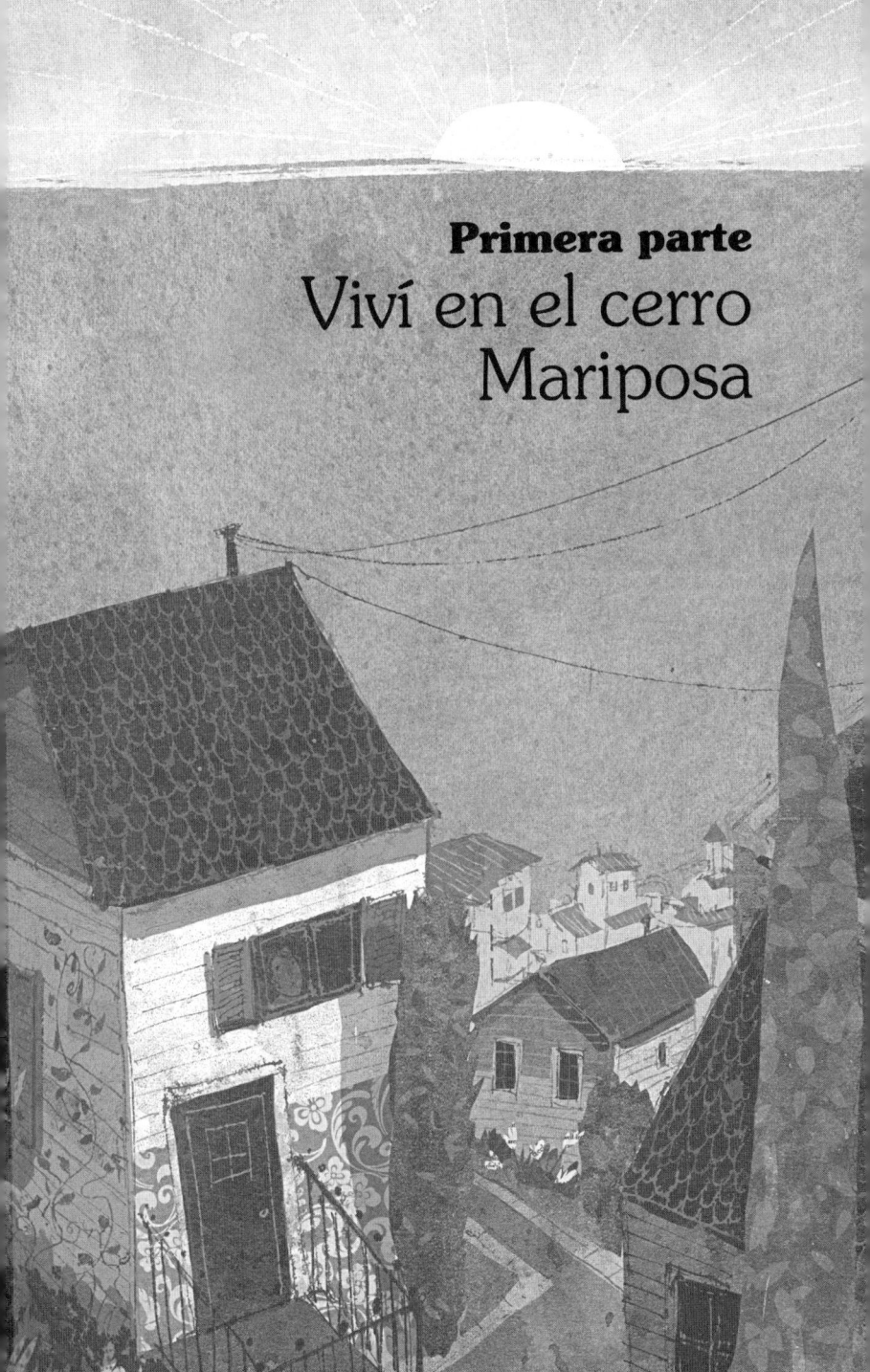

Primera parte
Viví en el cerro Mariposa

Celeste,
como el cielo

La nube azul, como una flor delicada, se abre justo cuando suena la campana que indica el fin de la semana escolar en la escuela Juana Ross y el comienzo del fin de semana. He estado observando el cielo desde las ventanas del aula todo el día preguntándome cuándo iba a empezar a llover. Corro por el pasillo y cruzo por la puerta principal de la escuela con Lucila, Marisol y Gloria pisándome los talones.

—¡Rápido, niñas, pónganse bajo mi paraguas! —grita Marisol, y su prima Lucila y yo nos acurrucamos juntas, una a cada lado de ella.

—Valparaíso será un gran pantano por el tercer fin de semana seguido —dice Gloria quejándose mientras abre su propio paraguas. Cristóbal Williams nos alcanza, saludándonos con una sonrisa que se convierte en un bostezo—. Ten, señor dormilón. Compartiré mi paraguas contigo si lo sostienes. —Gloria pone su paraguas color rosa en la mano de Cristóbal. En la otra mano Cristóbal sostiene el péndulo mágico que casi siempre lleva consigo.

—Me muero de hambre —dice Cristóbal—. ¿Por

qué no comemos algo? —Cristóbal es así, siempre soñoliento y siempre hambriento.

—¿El Café Iris? ¿Sopaipillas? —les sugiero a mis amigos.

—¿Dónde más? —exclama Lucila, que ama el Café Iris tanto como yo. Los demás asienten con la cabeza y empezamos a caminar cuesta arriba por la vereda estrecha atestada de gente con prisa para escaparse de la lluvia, todos tratando de no caerse en la alcantarilla. Una multitud de personas se reúne en la parada del teleférico al pie del cerro Barón. Por las expresiones de cansancio en sus rostros, adivino que este teleférico probablemente va muy lento o no funciona en absoluto. En los días más lluviosos, el barro que baja de los cerros trae todo tipo de obstáculos —llantas, tachos de basura, triciclos y muchos paraguas perdidos— que terminan en los rieles de madera.

Mis amigos y yo nos miramos y ponemos los ojos en blanco.

—¡Otra vez no! —exclama Gloria.

Cristóbal bosteza y levanta las manos como un signo de interrogación. Estamos acostumbrados a esperar y a preguntarnos por el estado de los teleféricos. Valparaíso es una ciudad de cerros, cuarenta y dos en total, que se elevan en forma de luna creciente sobre el puerto. Los teleféricos están pintados de hermosos colores: carmesí, zafiro, verde y oro. De lejos, los colores ocultan su edad

—algunos fueron construidos hace cien años—. Y, aun así, la mayoría de los días logran transportar a las personas hacia y desde sus hogares en los cerros empinados. No importa cuántas veces me haya subido al teleférico del cerro Barón, siempre es emocionante. La pista es tan empinada y el coche tan inestable que a veces temo que se desplome y caiga hasta el puerto abajo tan, tan lejos. Es entonces cuando miro por la otra ventana hacia los cerros. Parecen estar sobre un lienzo donde un pintor ha hecho una pincelada con cada uno de los colores en su paleta, uno al lado del otro en filas y columnas una encima de la otra. Así son las casas en los cerros de mi ciudad, todas tejidas muy juntas como una colcha que la nana Delfina tiende en el tendedero para que se seque, soplando en el viento —arriba, arriba, arriba— hacia el cielo.

—¡Esperen! Escucho que viene uno —dice Marisol. Todos miramos cuesta arriba hacia el zumbido grave que me recuerda a la voz de la abuela Frida cuando le pica la garganta.

—Allí, veo que se acerca —les digo señalando con el dedo.

—Pero la cola es tan larga —nos recuerda Lucila—. Estaremos aquí esperando hasta que lleguen al menos dos más antes de que sea nuestro turno.

—¡Caminemos! —grita Gloria encima del ruido del teleférico.

Marisol, que a veces es un poco perezosa, gime en voz baja.

—¡Vamos! Te hará bien —insiste Lucila, intentando animar a su prima.

—¡Para ti es fácil decir eso, señorita Lucila Piernas Largas! —replica Marisol.

Para cuando llegamos al Café Iris en la cima del cerro Barón, uno de los cerros más altos y famosos de Valparaíso —el que buscan los marineros para ver nuestra ciudad desde sus barcos en el mar—, estamos sin aliento, empapados y temblando.

Siempre tengo la sensación de poder ver todo el océano Pacífico extendiéndose delante de mí desde este lugar. Hoy miro hacia el puerto, cubierto de una neblina gris. Luego parpadeo un par de veces. He observado este puerto durante toda mi vida, pero hoy algo parece diferente. Hasta diría que algo no está bien.

—¿No les parece que se ve extraño el puerto? —les pregunto a mis amigos. Me miran como si estuvieran diciendo, *Otra de tus historias no. Somos demasiado grandes para seguir fingiendo*—. ¡No, en serio, miren! —protesto—. No es mi imaginación. Solo les pido que miren y me digan lo que ven.

—¿Agua? —sugiere Lucila—. Neblina, barcos...

—¡Barcos! ¡Eso es! —exclamo.

—¿Eso es qué? —me pregunta Gloria.

—Los barcos —les digo—. Son más grandes de lo habitual. Se parecen más a buques que a barcos... y hay un montón de ellos. Me parece que es extraño, eso es todo.

—Eso no es lo único extraño —dice Marisol, provocándome, y me gira hacia el Café Iris.

— ¡No seas mala, Marisol! —la regaña Lucila.

Entramos al café y nos sacudimos la lluvia. Cristóbal encuentra un puesto cómodo en un rincón y pedimos un plato de sopaipillas humeantes para compartir. Con la boca llena de delicioso pan de calabaza horneado, murmuro:

—Creo que tenemos suerte de que los vientos siempre traigan lluvia en esta época del año.

—Yo no —proclama Marisol.

—Tampoco yo —dice Gloria.

—¿Por qué piensas eso, Celeste? —me pregunta Lucila.

—¡Por las sopaipillas! —le respondo con la boca llena de un segundo bocado—. ¡Justo cuando casi me olvido de su sabor, se desata otra tormenta y puedo probarlas de nuevo! —En Chile es tradición comer sopaipillas, redondas y cálidas como sonrisas, solo en los días de lluvia.

Gloria pone los ojos en blanco y las otras chicas se ríen, pero Cristóbal dice:

—Estoy de acuerdo con Celeste.

—¡Ahh! Una sabia elección, jovencito, estar de

acuerdo con la encantadora señorita Marconi, porque conozco a Celeste desde que era un pequeño poroto, más pequeñita, si se lo puede imaginar, de lo que es ahora, y es una niña muy sensata, sabia más allá de sus años.

Me río del mago del Café Iris. Siempre me está tomando el pelo, pero también siempre me anima a confiar en lo que él llama mi intuición. El mago me guiña un ojo, toma mi mano y le da un beso. Como siempre, luce una camisa de seda verde y tirantes de color naranja brillante, su cuerpo tan alto y estrecho como si alguien hubiera pegado zapatos de charol en la parte inferior del mapa de Chile.

A Cristóbal le encanta visitar al mago probablemente porque Cristóbal también practica una especie de magia. Utiliza su péndulo para dibujar mapas en la arena, para encontrar objetos perdidos y para predecir el futuro. La semana pasada el péndulo le mostró dónde saldría el sol y dónde pintaría un arcoíris sobre el cerro Mariposa.

La madre de Cristóbal le regaló su péndulo cuando él tenía cuatro años, después de la muerte de su padre. Lo único que lo hizo sonreír fue visitar al mago y verlo leer su bola de cristal y sacar palomas de su capa. Un día, el mago le dijo a la madre de Cristóbal que le obsequiara un péndulo a su hijo, lo cual se convertiría en una brújula interior que permanecería con él toda su vida, una mano firme para guiarlo como lo habría hecho su padre si todavía estuviera vivo. Su madre, al no tener mucho dinero, hizo ella misma el péndulo. Pulió un pedazo de cristal azul marino hasta que quedó liso y redondo como un huevo. Luego lo colgó de la cadena de plata que una vez había llevado el reloj de bolsillo de su marido. Y como el mago le había dicho que el péndulo debía terminar en punta, la madre de Cristóbal fundió una horquilla y la ató al fondo del cristal marino. Desde entonces, siempre que nuestro grupo de amigos ha tenido una pregunta, seria o tonta, le hemos rogado a Cristóbal que le pida la respuesta a su péndulo.

Hoy, disfrutando de nuestro segundo plato humeante de sopaipillas, Marisol pregunta al péndulo con una sonrisa traviesa:

—¿Quién en esta mesa está enamorada de Juan Carlos, el chico nuevo del octavo grado?

Todos sabemos la respuesta, pero esperamos con gran expectación a que el péndulo demuestre que estamos en lo cierto. Cristóbal balancea el péndulo en el aire de modo que su punta de horquilla roza la superficie plana de la mesa. Luego cierra los ojos. Rápido como un relámpago, el péndulo se mueve en dirección a Gloria. Nos echamos a reír. Todos, es decir, menos Gloria.

—¡Lo sabía! ¡Podría habérselo dicho hace una semana! —Marisol se regodea triunfalmente.

Gloria lanza sus rizos rubios y pone los ojos en blanco.

—¡Por supuesto que no estoy enamorada de él! Creo que es guapo, eso es todo. —Pero el péndulo, con una vida propia, estira la cadena más allá de la mesa, esforzándose por alcanzar a Gloria. Lucila, Marisol y yo chillamos y nos reímos aún más.

Cristóbal, viendo lo nerviosa que se ha puesto Gloria, saca el péndulo de la mesa y se lo mete en el bolsillo. Pero Marisol no ha dejado de molestar a Gloria.

—Siempre podemos pedirle una segunda opinión al mago sobre tu vida amorosa. ¿Qué crees que dirá?

Gloria se pone tan roja como su paraguas.

—¡No! ¡No lo hagas! Bueno, lo admito, Juan Carlos me gusta. Dije que me gusta no que estoy enamorada. ¿Están satisfechos?

— ¡Sí! —gritamos todos a la vez.

Nos reímos todos, incluida Gloria, tanto que nos agarramos las barrigas llenas. Entonces empiezo a tener hipo y la risa comienza de nuevo hasta que todas nuestras mejillas se ponen tan rojas como las de Gloria.

Cuando salimos del Café Iris, nos adentramos en torrentes de agua fangosa que fluye por la calle empinada. El viento sopla con fuerza del oeste sobre el puerto y los cerros, haciendo que las gotas de lluvia vuelen de lado y aterricen con fuerza en mi rostro. Cuando llueve en Valparaíso, no solo se abre el cielo. Mis ojos, el mar, las calles, incluso los barcos, todo se llena de agua y se desborda. *Los barcos...* De repente me acuerdo de ellos. Me protejo los ojos y miro hacia el puerto, pero lo único que veo es una gran manta gris. Los vientos del sur, luego del norte, se encuentran y se arremolinan a nuestro alrededor como un molino, soplando y arrastrando periódicos, macetas y paraguas perdidos por todas partes, y se nos hace difícil vernos.

—Celeste, quédate cerca de nosotros —oigo la voz de Cristóbal gritándome.

—¡Ay! —Algo me golpea en la cabeza. Miro hacia abajo y veo una muñeca, un cuerpo sin cabeza, rodando a mis pies. Me estremezco, el vello de mis brazos se eriza.

—¡Lucila! ¿Dónde estás? Toma mi mano —escucho a Marisol llamar a su prima. Miro en la dirección de su voz, hipnotizada por lo que veo. Rápida, silenciosa, astutamente, la niebla se traga la cabeza de Lucila, luego sus manos, sus pies y la mayor parte de su torso. Lo único que puedo distinguir es el lugar donde está su corazón. Mi propio corazón comienza a latir rápido.

—¡Lucila! —grito, presa del pánico—. ¿Estás bien?

—Celeste, estoy aquí. Estoy bien.

Dejo escapar un suspiro cuando escucho su voz, luego la voz de Marisol que dice:

—No te preocupes. Ya la tengo.

Respiro aún más tranquila cuando la niebla comienza a levantarse como un velo de los rostros de mis amigos.

¿Por qué esto me asustó tanto? Estoy acostumbrada a los trucos que hace el clima. ¿Por qué estoy tan nerviosa hoy?

—¿Celeste? —Gloria tira de mi manga—. Ya es tarde. Debes apurarte o la nana Delfina se enojará y te estará esperando en la puerta.

—Gracias, Gloria. Me apuraré. —Le doy a cada uno de mis amigos dos besos, uno en cada mejilla—. ¡Chau, todos! ¡Hasta el lunes!

—¡Adiós, Celeste!

—¡Adiós!

Mientras subo por los serpenteantes senderos del cerro Mariposa hasta donde se encuentra mi casa bastante inclinada en la parte superior, me detengo de vez en cuando para mirar a mi alrededor. Miro mis pies, recordando la muñeca rota y luego miro hacia el puerto, recordando los grandes barcos. Me estremezco cuando recuerdo lo inquietante que fue para mí ver a Lucila desaparecer poco a poco.

Me siento mejor cuando paso por la alta casa rosada de nuestra vecina, la señora Atkinson. En días como este ella siempre se asoma a la ventana con una taza de té de porcelana en una mano, inclinando la cabeza como un cisne. Dice que las lluvias le recuerdan a su juventud en Londres y que nunca hay un momento más perfecto que una tarde lluviosa en Valparaíso para tomar té y mirar por la ventana.

La saludo y ella abre la ventana.

—¡*Cheers*, Celeste! —me saluda en inglés con su acento que suena como el trino del canario amarillo que tiene como mascota en su salón. Me pregunto si la señora Atkinson habrá notado algo diferente respecto a los barcos hoy.

La nana Delfina ha estado esperándome como lo predijo Gloria. Abre la puerta y me envuelve los hombros con una toalla calentita.

—Por las noches todo el mundo regresa a su lugar adecuado, incluidas las chicas traviesas que siempre pierden la noción del tiempo. —Me mira con su cara más severa—. Ahora, sube por las escaleras y cámbiate de ropa, luego baja a la cocina porque quiero que me ayudes a picar hierbas para la cena.

—Sí, Delfina. —Subo por las escaleras sinuosas con corrientes de aire y entro a mi habitación azul que está en el piso más alto de nuestra casa, tan alto que por la noche me imagino que estoy durmiendo en una nube en el cielo, lo cual tiene sentido para mí ya que eso es lo que significa mi nombre, Celeste... como el cielo. Como cualquier cielo, supongo que a veces estoy luminosa y despejada y otras veces puedo estar bastante nublada. La mayoría de las veces me gusta pensar que soy un día soleado con solo unas pocas nubes ligeras que entran y salen con la brisa.

Las humitas
son como el cielo

—¡Celeste! ¡Niña mía! ¿Adónde fuiste? ¡Ven a picar las hierbas!... Celeste, ¿Estás en la azotea otra vez? ¡Es muy mala idea salir a la azotea cuando está lloviendo y además acabas de secarte! El cilantro te está llamando. ¡Bájate de la azotea ahora mismo!

La nana Delfina sabía que iba a subir a la azotea como sabía cuándo llegar a la puerta con una toalla calentita, porque casi siempre se entera de todo lo que sucede en nuestra casa en el cerro Mariposa. La azotea es donde voy todos los días a mirar el cielo, llueva o truene. Me siento un poco culpable. Sé que debo ir directamente a la cocina para ayudar a Delfina, pero tengo ganas de ver mejor el puerto. Sin embargo, la niebla solo se ha vuelto más espesa, lo que hace imposible ver los barcos.

—¡Celeste, ahora mismo! —Esta vez la voz de Delfina me despierta de mi ensoñación.

Me apresuro a entrar en la cocina y me coloco junto a Delfina que ya está picando perejil. Me encanta ver lo rápido que mueve sus manos arrugadas color café que se parecen a la corteza del eucalipto mientras pica, pica y pica más.

—Ten. Puedes picar el cilantro. Estoy haciendo chimichurri —me dice—. ¡Pero ten cuidado con el cuchillo, querida! —Delfina frunce el ceño y su voz es severa, pero de todos modos me ha dado la tarea que más me gusta. Ella me conoce desde el día en que nací así que, por supuesto, sabe cuánto amo el olor dulce y penetrante del cilantro y cómo ese aroma permanece en mis manos como un perfume mucho tiempo después de haber echado las hojas picadas en la olla. Delfina llama al cilantro y al perejil "arbolitos para el paladar" y los agrega a cada plato, ¡incluso los postres!

—Bueno, jovencita —Delfina intenta regañarme, pero no puede ocultar la sonrisa mellada que florece en sus labios. Me seca el pelo mojado con su delantal que huele a canela y me pregunta—: ¿Cómo está ese guapo de Cristóbal Williams? —con una voz llena de picardía.

Cristóbal es mi amigo más antiguo. Nos conocemos desde que tengo uso de razón. Delfina me llevaba de bebé en su canasta de frutas al puesto de verduras de la madre de Cristóbal en el mercado, donde mi amigo me atizaba con mazorcas de maíz.

Delfina cree que me gusta Cristóbal, pero no es así... bueno, no tanto. Así que hago que mi voz suene lo más casual posible y digo:

—Oh, ya sabes, estaba con sueño como siempre —y con una de mis manos aparto a Cristóbal Williams por la ventana abierta como si fuera una pompa de jabón.

Delfina se ríe.

—Delfina empacará unas humitas para que se las lleves a Cristóbal a la escuela. ¡Cada vez que nos visita siempre come cinco y se lleva cinco más a casa para más tarde! Pero es alto y flaco como un espárrago y eso es lo que les pasa a los chicos de su edad... Será un muchacho muy guapo, con su pelo negro y sus pecas. —Ignoro a Delfina, fingiendo estar absorta en el cilantro, pero por el rabillo del ojo la veo sonreír en mi dirección mientras continúa burlándose de mí con una voz cantarina—: Espera y verás, querida...

—¡Ay, nana! —Dejo de picar, exasperada—. ¡Definitivamente no voy a casarme con un dormilón! ¡Me he jurado a mí misma que buscaré un marido que pueda permanecer despierto!

—¿Quién busca marido? —Escucho la voz de mi padre en el pasillo cuando él y mi madre entran por la puerta principal—. Celeste, eres demasiado joven para casarte. Y, Delfina, tú eres demasiado quisquillosa. —Papá tira de mi larga trenza marrón-rojiza mientras mi madre saca de su cuello el estetoscopio que siempre olvida que está allí.

—Esto huele delicioso, Delfina. —La voz de mi madre

Viví en el cerro Mariposa

suena cansada, pero me acerca y me da un fuerte abrazo. Luego me vuelve en dirección al salón y me dice—: Ve y dile a la abuela Frida que la cena estará lista pronto.

—Sí, mamá. —Entonces recuerdo lo que quería preguntarles a mis padres—. Mamá, papá, ¿han notado más barcos en el puerto últimamente?

Se miran.

—En realidad, no, pero no siempre estamos mirando desde la azotea como alguien que conocemos. —Parece que mamá está intentando esquivar mi pregunta—. Quizás los barcos...

Pero papá la interrumpe.

—Celeste, haz lo que te dijo tu madre y busca a tu abuela. Las humitas se están enfriando.

¿Por qué su voz suena tan severa? Era solo una pregunta.

—Sí, papá. —No puedo evitar darle una mirada molesta mientras me dirijo hacia el salón.

La abuela Frida todavía está dormida en su silla, pero se despierta con un suspiro cuando le beso la frente. Siempre me ha gustado el pelo de mi abuela, tan fino, blanco y suave como un cirro.

—¡Celeste de mi alma! —dice mi abuela con una sonrisa tomándome la mano que le ofrezco—. Mmm, ¿es cierto lo que me dice mi nariz?

—Delfina te ha hecho tu plato favorito esta noche,

Frida —responde mi padre mientras llevo a la abuela Frida a la mesa de la cocina—. ¡Afortunadamente para Celeste, las humitas son también su plato favorito!

—¡Ay, qué rico! Huelen deliciosas, Delfina —dice mi madre saboreando el aroma. Cuando se come una humita hay una magia especial, como cuando se abre un regalo. Lo mejor es chuparse los dedos primero para que las hojas de maíz calientes no los quemen. Luego hay que pelar las capas para encontrar dentro un pastel dulce y humeante hecho de maíz molido.

—Come, mi joya. —Delfina mira con cariño a mi madre—. ¡Todo ese trabajo te está adelgazando! —Mi madre se llama Esmeralda porque tiene los ojos verdes, pero Delfina todavía la llama "mi joya" como lo hacía cuando mi madre era una niña y Delfina era su niñera. Mis padres son médicos. Trabajan en un hospital para los pobres en las afueras de Valparaíso y también tienen una clínica donde atienden a los pacientes de forma gratuita. Por eso en casa siempre tenemos un suministro inagotable de mermeladas de frutas, huevos frescos y mazorcas de maíz; esta es la moneda que usan los pobres cuando hay poco dinero.

—Las humitas son como el cielo —dice la abuela Frida, sonriendo al pastel de maíz en su plato—. Me alegro que nos dejes compartirlas contigo, Celeste. —Mi abuela se burla de mí porque, como ella, amo las humitas, las amo de verdad. El acento vienés de mi abuela es denso mientras pela medio limón y comienza a masticarlo. Le encanta masticar limones. Además de tejer largas bufandas azules, es lo que más le gusta hacer durante todo el día. Por eso la llamamos la Emperatriz del Limonero.

La Emperatriz del Limonero pone otra humita en mi plato, pero hago una pausa antes de comerla. Mis padres cuidan a las personas que no tienen casas donde abrigarse del frío o que no tienen suficientes dientes para masticar la poca comida que tienen. "¡Tanta gente desdentada en este país!", mi madre siempre dice y suspira. Así que no importa cuánto se me haga agua la boca, siempre inclino la cabeza y susurro un pequeño "gracias" antes de dar el primer bocado.

La **lluvia** obsequia

Después de la cena subo a mi habitación. Mi cuarto azul es uno de mis lugares favoritos. Tiene una gran ventana tan alta como mi padre y tan ancha como sus brazos extendidos. Siempre dejo la ventana abierta incluso cuando llueve porque Valparaíso está llena de vida. Es una ciudad misteriosa donde viven hadas y marineros perdidos y donde los fantasmas pasean por el puerto. Suelen ser fantasmas felices y un poco borrachos. Es por eso que por la noche las cosas aparentemente flotan en el aire y aterrizan en otro lugar por la mañana. En mi ventana he encontrado bufandas azules, cremas antiarrugas, una botella de ron y, lo que más me gustó, una docena de globos rosados.

Debajo de mi ventana se encuentra uno de los varios jardines que rodean nuestra casa. Algunos son jardines diurnos que bailan al sol y otros están llenos de tímidas flores nocturnas que esperan a que Valparaíso duerma para florecer. Hay un jardín de lilas y vides de madreselva que envuelven sus brazos de araña alrededor de la esquina de nuestra casa donde la abuela Frida se sienta junto a su ventana para tejer. Al lado de nuestra puerta de entrada hay un jardín que toca el cielo y debajo de mi ventana hay un terreno con flores nocturnas que se extienden para tocar el océano. Mi madre sembró este jardín debajo de mi habitación cuando yo era bebé para que pudiera adormecerme con la fragancia de los suspiros blancos con hojas en forma de corazón, los trompeteros de ángel y los lirios de lluvia, todos floreciendo a la luz de la luna.

Una vez Delfina me dijo que las hadas bailan con la música de los ángeles debajo de mi ventana mientras duermo, así que pensé que junto al jardín de las flores nocturnas sería un buen lugar donde sembrar mi propio jardín para mis muñecas. Es un jardín invisible y las plantas tienen nombres como Malula Gómez y Rostro de Cactus. Las flores se llaman Arco Iris y Esperanza de los Cerros, y mi flor favorita se llama Cerro Mariposa porque extiende sus pétalos desde el interior de pequeñas piedras.

Mi ensueño es interrumpido por un golpe a la puerta de mi habitación.

—¡Adelante! —digo sin dar la vuelta para ver quién está tocando. Mi padre abre la puerta y me encuentra sentada en los cojines debajo de mi ventana.

—Solo estoy mirando la lluvia, papá.

—¿*Aún* está lloviendo?

Se sienta a mi lado y deja escapar un suspiro profundo. A mi padre no le gusta la lluvia.

—Es otro de los misterios de la vida, Celeste —me dice con esa seriedad suya—. La lluvia nos obsequia agua para beber y limpiarnos, comida para comer, flores para admirar, charcos en que mi hija puede chapotear, pero...
—Papá mira por encima de mi hombro hacia los cerros en las afueras de la ciudad— la lluvia también nos quita cosas. En los barrios más pobres donde las casas están hechas de cartón y aluminio, la lluvia fuerte y el barro que se desliza por los cerros dejarán a la gente sin hogar.

Me apoyo en el brazo de mi padre y espero a que continúe. Sé que tiene algo más que contarme.

—Esta noche tu madre y yo vamos a visitar algunos de los lugares donde viven nuestros pacientes para asegurarnos de que estén bien ya que ha estado lloviendo durante más de una semana. Iremos a otros barrios mañana por la mañana también. ¿Te gustaría acompañarnos entonces, hija mía?

Desde pequeña he acompañado a mis padres a ver a sus pacientes en las afueras de la ciudad, pero solo en visitas de rutina. Ahora que lo pienso, el sol siempre ha estado brillando. Nunca me han invitado a acompañarlos durante una lluvia como esta. La tormenta debe haber dejado las cosas muy mal ahí fuera.

—¿Puedo acompañarlos esta noche? —le ruego. Estoy ansiosa por ayudar y me gusta salir de noche.

—No, ya sabes que a tu madre no le gusta cuando

sales demasiado tarde, pero mañana es sábado y podemos salir temprano. Esta noche puedes ayudar a Delfina y a Frida a preparar canastas de comida y ropa.

—Está bien, papá. Buenas noches.

—Buenas noches, Celeste.

Papá se levanta para irse cuando de repente recuerdo algo.

—Papá, espera. Quiero preguntarte algo. ¿Por qué no querías hablar de los barcos en el puerto?

—Ah, Celeste, lo siento. Estaba cansado después del trabajo, eso es todo. Echaré un vistazo mañana. Te lo prometo. Ahora descansa.

—Está bien, papá.

Esta noche la lluvia rasguea sus largos dedos de arriba a abajo en el techo de nuestra casa. Apenas puedo distinguir los sonidos familiares de la abuela roncando o de Delfina hablando con sus santos. Me siento junto a mi ventana y le deseo buenas noches a Valparaíso. Las luces en el cerro están nebulosas, su brillo habitual ha sido arrastrado por el agua que cae del cielo. Mamá y papá aún no han vuelto a casa. Deben de estar mojados y temblando dondequiera que estén. Nunca me ha gustado dormirme cuando no están aquí. Espero que regresen pronto a casa.

…Y la lluvia quita

Me despierto con ráfagas de aire salado y el sonido de algo que cruje al entrar por la ventana abierta. Por fin ha dejado de llover. Dos columpios se mueven hacia adelante y hacia atrás chirriando en la niebla matutina. Los columpios son de madera y uno está pintado de rosa y el otro de morado. Mi abuelo José los hizo para sus hijas. Los nudos que hizo para amarrar las gruesas cuerdas a las largas ramas que se extienden a ambos lados del viejo eucalipto nunca se desenredaron. "Esto es porque el abuelo José era tan fiable como las mareas que suben y bajan. Él todavía está aquí en espíritu sosteniendo toda la casa para que nunca caigamos en un terremoto", dice la abuela Frida. Mi madre se meció en el columpio rosado y su hermana mayor, la tía Graciela, se meció en el morado, que creo que va un poco más alto.

Me encanta escuchar el crujir de los columpios por las mañanas, pero lo que más me gusta de nuestra casa por las mañanas son los pelícanos que siempre la sobrevuelan. Los pelícanos son mis vecinos de al lado. Son el tipo de vecinos que siguen la misma rutina día tras día. Los veo cuando salgo para la escuela, y cuando regreso a casa se deslizan con pereza en el azul purpúreo del cielo de la tarde. Los pelícanos son extraños. Se ven como si estuvieran vestidos con frac y sus bocas son gigantes... no, ¡son gigantescas!

Desde que tengo uso de razón, siempre he saludado a los pelícanos:

—¡Buenos días señores y señoras pelícanos! ¡Soy yo, Celeste Marconi!

Me miran y mueven sus largos picos de arriba a abajo como si estuvieran respondiendo a mi saludo. A veces me pregunto si solo estoy imaginando que los pelícanos me devuelven el saludo, pero la abuela Frida siempre me ha dicho que la gente es lo que se imagina así que tal vez no sea un producto de mi imaginación cuando los escucho contestar:

—¡Buenos días, Celeste Marconi!

—¡Buenos días, jardín de Celeste!

—¡Buenos días, Valparaíso!

Siempre hay ocho de ellos. Los primeros siete pasan volando en una línea muy recta. Unos pocos metros detrás de ellos viene volando un pelícano viejo y perezoso que aletea sus grandes alas hacia arriba y abajo en el cielo, siempre un poco rezagado.

El cielo me recuerda a una carretera. Imagino que las nubes son señales de tráfico, pero esto me hace preguntarme: ¿qué harían los pelícanos cuando la señal dice,

"¡Pare!"? Tendrían que dejar de batir sus alas y necesitarían un lugar resistente donde descansar sus grandes pies palmeados para no caer del cielo. Algún día les preguntaré.

Mi madre se asoma a la puerta de mi habitación.

—Celeste, querida, ponte las botas de lluvia. Tu padre está ansioso por empezar el trabajo temprano. Ya está caminando de un lado a otro en la puerta de entrada con su estetoscopio. Necesitamos que nos ayudes mucho hoy, hija mía.

Nuestro taxista, don Alejandro, nos ayuda a llevar al auto bolsas llenas de comida, suministros médicos y las bufandas hechas a mano por la abuela Frida. Luego nos lleva tan cerca a las afueras de la ciudad como lo permite la subida del agua.

—Los recogeré a las ocho de la noche. Que Dios salve a los humildes que viven aquí y que los proteja a ustedes señor Marconi, señora Marconi y niña Celeste.
—Don Alejandro nos habla pero sus ojos están fijos en nuestro entorno. Es un espectáculo espantoso. Lo que queda de las casas flota como madera a la deriva. Los niños pequeños juegan con los pedazos de madera mientras que los más grandes se apresuran a ayudar a sus padres a recoger los restos de sus bienes que flotan en todas direcciones y se hunden en el barro.

No sé si es el hedor de las casas podridas y la comida putrefacta o ver cómo los vestigios de vidas enteras flotan por una calle turbia, pero de repente me invade una gran ola de náuseas. Me agarro el estómago y me agacho mirando hacia el suelo, rezando para no llamar la atención. *Cálmate, Celeste. ¡Por favor no te descompongas!* Me siento tan avergonzada. Quiero ser fuerte y capaz como mis padres. ¿Acaso no los he visto limpiar heridas y ensalmar huesos rotos toda mi vida? Estoy aquí para ayudar. Tengo que calmarme. Pero lo que estoy viendo ahora no es solo un paciente o una herida sino muchas personas sufriendo de hambre y tiritando en el frío de la mañana. Estas personas lo han perdido todo... Mi cabeza da vueltas tan rápido como mi estómago. Es casi insoportable...

Siento la mano de mamá en mi hombro.

—Celeste, ¿qué te pasa? ¿Estás bien?

Me pongo de pie y logro asentir con la cabeza.

—Sí, mamá. Estoy bien.

Mamá entiende perfectamente sin que le diga nada.

—Ten. —Se desata el pañuelo que le sujeta el pelo y me lo da—. Ata esto alrededor de tu cuello. Cuando el hedor sea fuerte, úsalo para taparte la nariz.

—Gracias, mamá.

Ella me da una mirada con la que me dice: *Sé que puedes hacer esto, Celeste.*

Caminamos por calles que ahora se parecen a ríos negros. Me cuesta caminar; mis pies se hunden y se atascan, y el agua salpica mucho más allá de mis rodillas. Mi padre me toma de la mano.

—Esto es la pobreza, Celeste. Es un charco profundo del que no se puede salir.

Vuelvo los ojos hacia arriba para ver el rostro de mi padre. Él es de poco hablar. Dice que se siente más cómodo en la tranquilidad junto a las personas que ama. Pero cuando mi papá sí habla, especialmente en voz baja y con el ceño fruncido, sé que sus palabras provienen de un pensamiento tan profundo que nunca las olvido.

En este día largo y frío subimos y bajamos por los cerros cuyos nombres no coinciden con los barrios construidos en ellos: cerro Campana y cerro Delicia. Una variedad de personas —hombres, mujeres, ancianos, niños y a veces sus perros— tiritan con sus rostros compungidos alrededor del fuego que han hecho para calentarse. Mi madre se acerca a un grupo acurrucado tras otro y les da comida de la canasta grande que lleva en la mano y un litro de leche de la mochila que lleva en la espalda. Ella siempre intenta dar más a las familias con bebés y niños pequeños. Mi padre limpia heridas y yo busco en mi mochila llena hasta el borde las bufandas azules de la abuela Frida. Mamá toma tres y coloca una alrededor de los hombros de una mujer temblorosa con el cabello como una cascada negra y dos bebés silenciosos atados en una manta a su espalda. Luego ofrece las bufandas restantes a dos transeúntes y presiona un paquete en la mano de la mujer.

—Ponga este polvo en la leche que le di, Minerva. Solo un poco cada día ayudará a que sus gemelos aumenten de peso y se pongan más fuertes. —Minerva inclina la cabeza en agradecimiento, pero mi madre se vuelve rápidamente hacia mí y me dice—: Ven, Celeste. Tu padre está decidido a llegar a un barrio más antes de que anochezca.

—Sí, mamá —le digo, pero luego miro hacia atrás a

Minerva. Ella camina en la dirección opuesta con la espalda encorvada. Cuatro pies pequeñitos y descalzos se asoman de la manta. Me quedo sin aliento. Incluso desde esta distancia puedo ver que esos pies... ¡están azules del frío!

Me quedo paralizada en la calle turbia con agua hasta mis rodillas viendo esos pequeños pies haciéndose más y más pequeños mientras Minerva se dirige a... ¿a dónde? ¿A dónde irá? Su casa está destruida. Ay, esos pobres bebés con sus pies congelados. ¿Y si los envuelvo en bufandas?

—¡Esperen! —les grito a mis padres y corro para alcanzarlos—. ¿Me permiten dar la vuelta y darle a Minerva...?

—No, Celeste. —Los ojos de papá son comprensivos pero el resto de su rostro es severo—. Tenemos que seguir adelante. Hay tanta gente que ayudar y tantos problemas que resolver. Nunca llegaremos a ayudarlos a todos.

—Pero los bebés... —lo interrumpo.

—Celeste. —La voz de papá es aún más firme ahora—. Hay tantos bebés. Tenemos que aceptar nuestras limitaciones y hacer lo mejor que podamos.

¡No puedo aceptar eso! Miro a mi madre. Estoy segura de que ella entenderá. Pero solo asiente y pone su brazo alrededor de mis hombros, guiándome apaciblemente hacia adelante.

Avanzo con lentitud, sintiéndome derrotada. Pasamos a un anciano enjuto sentado sobre lo que parecen ser los restos de un techo de aluminio. Su cabeza descansa sobre sus rodillas. Le tiemblan las piernas. Saco la bufanda más larga de mi mochila y me acerco a él en silencio, desviando mi mirada como si estuviera presenciando algo que no debería ver. Me siento mal por él. ¿Tal vez le da vergüenza tener la compasión de una jovencita? Pongo la bufanda sobre sus hombros. Él mira hacia arriba rápidamente con los ojos enrojecidos y luego mira hacia abajo otra vez con la misma velocidad. Me apresuro a alcanzar a mis padres. Quizás papá tenga razón, siempre hay otras personas que necesitan ayuda. Un número interminable, al parecer, en las afueras de Valparaíso hoy. Y somos solo tres personas.

—¿Mamá?

—¿Sí, Celeste?

—¿Por qué tú y papá son los únicos aquí ayudando a esta gente? ¿Por qué no sube todo el mundo a los cerros para ayudar? Al menos otros médicos deberían hacerlo, ¿no?

Mi madre mira a mi padre que camina rápido con una mirada feroz y la mandíbula apretada.

—La gente como nosotros, afortunada de tener más de lo que necesitamos... —Su voz se apaga y sus cejas se arrugan en pequeños nudos—. Bueno, es nuestro deber compartir con aquellos que tienen tan poco. Pero muchas personas simplemente se olvidan de esto.

—Pero nuevamente tenemos esperanza —agrega mi padre—, ahora que el presidente Alarcón asumió el cargo el mes pasado. Prometió ayudar a los pobres, no solo dándoles comida y refugio sino responsabilizando a todos los chilenos de cuidarse los unos a los otros. Habrá todo tipo de programas nuevos.

—¿Cómo qué, papá?

—Bueno, hay la campaña *Sonrían para Chile* con la que tu madre está ayudando. Esa campaña ayudará a establecer clínicas dentales en los barrios más pobres. El presidente también pagará a jóvenes universitarios para que enseñen a adultos analfabetos.

—¿Es esa una nueva palabra para tu cuaderno, Celeste? —Mi madre repite la palabra que suena tan triste—: ¿Analfabeto?

—No, ya la conozco, mamá. —Sacudo la cabeza pensando en la nana Delfina a quien no le gusta que la gente sepa que ella no sabe leer ni escribir. Miro hacia atrás al destartalado barrio y pienso en Minerva. ¿Sabrá leer? Y aunque sepa leer, ¿cómo guardaría libros en una casa que se aleja flotando? Debe tener que inventarse cuentos en su cabeza para dormir a sus hijos. ¿En qué pensará por las noches después de ver lo que ve todos los días?

La fragancia de los **domingos**

El cerro Mariposa siempre huele a muchas cosas, la mayoría de las cuales son deliciosas, como la fragancia de las buganvillas en flor o el aroma a dulce de leche que se hace en las cocinas. Pero hay otros olores apestosos que me hacen taparme la nariz. Por ejemplo, hoy las lluvias hicieron que el pantano detrás de la calle Marga Marga se desbordara. Todos en mi casa se están mareando un poco por el hedor.

Pero ese olor turbio será superado por mi olor favorito en el mundo, el que llamo el aroma de los domingos. Hoy nuestra casa olerá a empanadas, esas tartas de carne con forma de medialuna.

En pijama y descalza voy al balcón desde donde veo a mis padres en el sendero que conduce a nuestra casa. Han llegado por fin a casa de regreso de nuestra panadería favorita, la Panadería Estrella, con un paquete de empanadas y otros manjares. Delfina no cocina los domingos. Es su día libre cuando simplemente disfruta de ser parte de la familia Marconi. Me apresuro a la mesa y pongo los platos.

Papá empieza a preparar café con leche. La abuela Frida entra de puntillas arrastrando un hilo azul que se asoma del bolsillo de su falda. Sus pequeños pies arrugados están descalzos como los míos y su cabello le cae por la espalda en largas trenzas blancas. Ella sonríe con picardía, agarra la empanada que acabo de colocar en el plato de mi padre y le da un mordisco mientras él está de espaldas preparando el café en la estufa. Reprimo mis risitas. A veces la abuela Frida me recuerda a una niña de mi edad.

Papá sirve café a todos, incluso a mí, aunque el mío tiene más leche que café. Frunce el ceño cuando ve que su plato está vacío con solo algunas migajas sueltas, pero la abuela Frida rápidamente coloca otra empanada en su plato y le dice:

—¡Andrés, debes estar perdiendo la memoria en tu vejez! ¡Le advertí a Esmeralda que no se casara con un hombre mayor!

Nos reímos y luego hay un silencio inusitado. Siempre empezamos con las empanadas. Comenzamos a comerlas y nos sonreímos devorándolas una por una mientras aún están calientes, capturando en nuestros dedos pegajosos las migajas que se han escapado a nuestros platos.

Pero de repente me siento triste y acongojada. Pienso en los bebés de Minerva y los niños que viven en el cerro Campana y el cerro Delicia. Estoy segura de que hoy no están comiendo empanadas, aunque es domingo.

Pienso otra vez en cómo, hasta ayer, solo había visitado los barrios pobres de Valparaíso en días soleados. Los colores de las banderas colgadas entre las casas, la música que tocaban los ancianos en las esquinas con guitarras de una sola cuerda, llevando el ritmo en baldes de pintura vacíos. Eso es lo que siempre recordaba cuando pensaba en las afueras de la ciudad. Y los niños corrían y jugaban en las calles. Ahora que lo pienso, llevaban ropa andrajosa y la mayoría de ellos andaban descalzos, pero apenas me di cuenta en aquel entonces ya que se reían como todos los niños. De alguna manera, el brillo del sol parecía posarse sobre todo en los cerros, haciéndolos hermosos. O tal vez fueron las personas mismas que los hacían parecer hermosos.

Y ahora una idea extraña se está formando en mi mente, una que trataré de entender escribiéndola en mi cuaderno. Creo que hay dos tipos de lluvia en mi país. Es cierto que cae del mismo cielo, pero luego la lluvia cambia según sobre quién caiga. Hay la lluvia de gente como yo. Al caer, la miro desde las ventanas del Café Iris mientras como sopaipillas con mis amigos, o escucho su repiqueteo mientras leo en el sofá junto a la abuela Frida que teje bufandas azules, disfrutando de la sensación de que todos están seguros y acurrucados bajo el techo fuerte y sólido de nuestra casa robusta en el cerro Mariposa.

La lluvia de los pobres es una lluvia que derriba

casas, derrumba techos y estropea la comida. Es la lluvia la que hace que el barro y las enfermedades se levanten de la tierra. Es la lluvia la que le muestra a las Minervas de Valparaíso todo lo que les falta, al quitarles lo poco que tienen. El sol y la lluvia, el centro y la periferia de la ciudad. Solía pensar que todo era hermoso y bueno, pero ahora no estoy tan segura.

La abuela
Frida

Los domingos es mi deber lavar los platos después de nuestra gran comida de la tarde. Fue la abuela Frida quien insistió en darme este quehacer porque a mamá y papá les bastaba con que me concentrara en mis estudios. "¡Las crie a ti y a Graciela para valorar el trabajo duro, Esmeralda!" le dijo la abuela Frida a mi madre un día mientras yo estaba sentada debajo de la mesa de la cocina. "¡Y no quiero que mi nieta crezca como todos los niños holgazanes de la clase alta en su escuela!".

Pero no me molesta lavar los platos, al menos no tanto desde que descubrí que puedo inventar historias en mi cabeza y fregar la olla de la nana Delfina al mismo tiempo. Mi abuela se ha dado una tarea interminable: teje, teje y teje bufandas enormes que se mueven y se estiran como las olas ondulantes del océano invencible llamado el Pacífico. La abuela Frida se duerme cuando teje y a menudo la escucho hablar en voz baja como si algo inquietante estuviera sucediendo. Me pregunto si estará soñando con el largo viaje que hizo al puerto de

Valparaíso en el barco llamado Esperanza. Papá dice que la abuela Frida sufre de una enfermedad llamada nostalgia que a menudo se cura con una pizca de amor, un poco de limón, unas pasas y muchas rodajas de palta.

Cuando era más joven, mi abuela decía cosas como: "Celeste, quítate los zzzzzapatos del zzzzofá", y me preguntaba por qué siempre sonaba como abejorro cuando hablaba.

Coloco el último plato en el secador de platos y me seco las manos con un paño. La ventana sobre el fregadero de la cocina da al árbol de eucalipto con los columpios de color rosa y morado, y por las sombras que hacen en el césped adivino que quedan algunas horas de luz del día. Me pregunto si la abuela Frida me acompañará a dar un paseo. Quiero hablar con ella —solo nosotras dos— y preguntarle qué piensa de los barcos en el puerto y contarle sobre Minerva y sus gemelos tiritando de frío y todas las otras cosas preocupantes que vi ayer en el cerro Campana y el cerro Delicia.

Asomo la cabeza en el salón. Está sentada en su mecedora como siempre, tejiendo una bufanda azul.

—Abuela Frida, he terminado con los platos. ¿Quieres dar un paseo conmigo? Tal vez podemos comprarnos un helado...

—Es un poco tarde, querida. —La abuela Frida mira el reloj cucú en la pared.

—Pero... —junto mis manos— nunca es demasiado tarde para comer helado de dulce de leche, ¿no te parece?

Los ojos de mi abuela se iluminan ante la mención de su sabor favorito.

—Mmmm... ¡Está bien, está bien! —Se ríe—. Sabes que el dulce de leche es mi debilidad... además de ti, claro. Será bueno tomar un poco de aire fresco después de tanta lluvia. Consulta con tus padres primero mientras me retoco el cabello. Estoy segura de que me veo despeinada.

Corro por el pasillo hacia el estudio donde mis padres están leyendo. Antes de que yo pueda decir una palabra, mamá me pregunta:

—¿Están lavados los platos? ¿Tu tarea está hecha?

—Sí, mamá.

—Bien, entonces, ¡diviértanse las dos! —me dice, riéndose—. ¡Y tráiganme un helado con pepitas de chocolate! —A veces mamá es así... de alguna manera sabe exactamente lo que estoy pensando.

Papá levanta la mirada de su revista médica.

—Un helado de frutilla para mí, hija.

La abuela Frida y yo tomamos un teleférico hasta el pie del cerro Barón, luego caminamos el resto del camino hasta el mercado cerca del puerto. Vamos a nuestra heladería favorita que se llama Heladería Luigi, el mismo lugar donde la abuela Frida fue con mi abuelo

José en su primera cita. Encontramos un banco donde sentarnos y observar a la gente: ancianas vendiendo claveles; hombres con las manos en los bolsillos hablando entre ellos con cigarrillos colgados de los labios; familias regresando a casa después de un domingo en el parque, sus hijos pequeños arrastrando cometas detrás de ellos. Espero hasta que las dos hemos lamido las últimas gotas de helado de nuestros dedos para contarle a mi abuela los extraños miedos que he estado sintiendo recientemente.

Miro a la abuela Frida y abro la boca para hablar, pero no me sale ningún sonido. Miro hacia abajo, nerviosa. Siempre estoy recopilando palabras y escribiéndolas en mi cuaderno y también puedo ser una cotorra, especialmente con mi abuela. Pero de alguna manera hablar de estos miedos se siente diferente, casi peligroso, aunque no sé por qué. No sé cómo explicar cómo me siento.

La abuela Frida toma mi mano y carraspea:

—Mmmmm rrrrrrr zzzzzzz. —Sus sonidos se arremolinan alrededor de mi cabello enredados en la brisa salada—. Celeste de mi alma —me insta suavemente—. No te preocupes por encontrar las palabras acertadas para decir lo que piensas, simplemente dime lo que hay en tu corazón.

—Abuela, últimamente me he sentido incómoda, sobre todo por lo que veo en el puerto. Los barcos son diferentes... hay muchos y son mucho más grandes. Todo esto se siente peligroso. ¿Es solo mi imaginación o algo está pasando?

Entonces la abuela Frida me habla en alemán, lo que hace cuando tiene algo muy serio en la cabeza.

—Celeste, te hablaré con sinceridad. Yo también me he dado cuenta de que el puerto está más lleno últimamente. No sé si algo anda mal, pero cuando hablas de barcos grandes reunidos en un mismo lugar, me da miedo... pero tal vez es porque he visto la guerra. Cuando los nazis llegaron a Viena en 1938, no llegaron en barco sino a pie. Por eso, no estoy segura... —Su voz se apaga.

Ahora me siento mal porque tal vez he preocupado a la abuela innecesariamente haciéndole recordar las cosas horribles por las cuales pasó cuando era joven solo porque era judía. Busco algo para animarla.

—Pero los barcos también pueden ser maravillosos —le digo—. ¿Recuerdas cómo te encantaba contarme historias sobre el barco llamado Esperanza?

—Sí, te encantaban esas historias y a mí me encantaba contártelas.

Le tomo la mano.

—Cuéntamelas otra vez, abuela.

Ella sonríe y su voz tararea.

—La pareja que me ayudó a escapar de los nazis me llevó desde Austria hasta la ciudad de Hamburgo, en Alemania. Cuando llegamos al puerto, me dieron un boleto para un pasaje de tercera clase en el barco más enorme en el puerto de Hamburgo, con destino a Chile... a otro puerto, llamado Valparaíso. El nombre sonaba tan extraño pero hermoso también. Subí a bordo, completamente sola, una joven solo unos años mayor que tú ahora, pero esa misma noche, en el vientre del barco donde dormían los pasajeros más pobres, conocí a tu abuelo José. Nos hicimos amigos cuando llegamos a nuestra nueva ciudad y unos años después me casé con él. —Los ojos de mi abuela se llenan de una luz suave—. Me trajo paz y me ayudó a construir una nueva vida en el nuevo mundo.

Me encanta escuchar sobre el barco llamado la Esperanza e imaginar lo blanco que brillaba a la luz de la luna cruzando el oscuro océano Atlántico. Decido dejar mis otras preguntas para otro momento.

—Gracias por contarme esa historia otra vez, abuela.

—De nada, niña. —La abuela Frida me aprieta la mano—. Pero ahora estoy cansada. Vámonos a casa, Celeste.

Entramos de nuevo en la heladería para comprar helados para mis padres, luego caminamos por las calles de Valparaíso tomadas de la mano. Mientras subimos por el sinuoso camino que conduce a nuestra casa, la abuela Frida se vuelve hacia mí. Su rostro está radiante, iluminado desde dentro por un recuerdo.

—Viena era una ciudad tan hermosa antes de la guerra. Siempre había muchas lilas en la primavera y es por eso que el abuelo José las sembró afuera de mi ventana en el cerro Mariposa.

Las mañanas con la nana
Delfina

Mis padres se despiertan con el sol y se van al hospital mientras yo todavía estoy en la cama. Pero a veces el beso de despedida de mi madre en mi frente me despierta. Si no, Delfina irrumpe y golpea los postes de la cama con su escoba color morado.

—¡Buenos días, señorita!

Siempre le preocupa que llegue tarde a la escuela, pero no me demoro mucho en vestirme. Llevo el mismo uniforme azul marino todos los días. Las niñas pueden llevar faldas o pantalones —casi siempre elijo pantalones, aunque la abuela Frida dice que debería llevar falda porque se ve más femenina— y encima nos ponemos batas blancas con nuestros nombres bordados en letras rojas.

—¡Buenos días, señores y señoras pelícanos! ¡Buenos días, Valparaíso! —grito por la ventana antes de volverme hacia mi mochila repleta de los papeles que había guardado allí dentro la noche anterior.

Es difícil hacer que todos mis libros escolares y mis deberes quepan en la mochila. Ahora que estoy en el sexto grado tengo muchas asignaturas. Pero lo único que siempre siento que estoy aprendiendo es la poesía. "Conocer la poesía chilena es conocer nuestra historia", nos recuerda nuestra maestra, Marta Alvarado, cada vez que nos quejamos cuando nos asigna poemas para memorizar y recitar. Soy una de los pocos estudiantes que nunca se queja. La otra es Gloria porque es una estudiante perfecta, y Cristóbal, porque en general se queda dormido. Pero a mí me encanta la poesía. Mis poemas favoritos son las odas de Pablo Neruda. Son poemas sobre las cosas cotidianas que todo el mundo ve, como pizcas de sal o una castaña en el suelo o un pescado reposando en el mercado. Hoy me toca recitar un poema y he elegido "Oda a la sandía". Se me hace agua la boca cada vez que repito las palabras: "El más fresco de todos los planetas" y "la ballena verde del verano...".

—¡Niña, ya! ¡Vas a llegar tarde a la escuela!

Delfina me despierta de mi ensueño. Mis dedos peinan rápidamente mi cabello largo y rebelde mientras lo tuerzo en trenzas apretadas.

—¡Ya voy, Delfina! —llamo mientras bajo por las escaleras sinuosas. Luego vuelvo a subir—. ¡Se me olvidó la sandía!

—¿Qué demonios?

Agito el poema frente a Delfina mientras me da un suave empujón hacia la puerta.

Los terremotos del **alma**

Como no tengo un par de alas de pelícano, solo hay dos formas de bajar por el cerro Mariposa para llegar a la escuela. Cuando voy tarde, tomo los teleféricos. Me hace sentir como una niña grande cuando los tomo sola. En los días que tengo unos minutos extra, camino por una vereda empinada y sinuosa, una serie de altibajos que me recuerdan al aleteo de una mariposa. Y por la noche, estos altibajos iluminados por las luces de los teleféricos parecen proyectar las sombras de mil luciérnagas danzantes a mi alrededor.

Al final del camino está el Café Iris donde el mago me saluda con la mano mientras prepara su mesita en el patio con cartas del tarot y cristales. Y luego llego a las concurridas calles de Valparaíso donde hay puestos de fruta, plazas con estatuas, el puerto lleno de banderas y mujeres cargando cestas blancas, vendiendo claveles rojos y caramelos por solo un peso.

Mi escuela se ve hermosa desde lejos —su cúpula blanca rematada con rojo esconde una campana de

bronce que parece reír en vez de sonar— pero por dentro el edificio está lleno de grietas y fisuras. La escuela ha estado al pie del cerro durante más de cien años, desde que una mujer llamada Juana Ross decidió usar su fortuna para construir hospitales y escuelas por todo Chile, y mi escuela ha sobrevivido a muchos terremotos.

Todos los días el edificio valiente se balancea un poco con el viento como si la tierra bailara un vals muy lento con él. Pero algunos días el suelo se mueve demasiado rápido, como una samba brasileña y nuestros escritorios tiemblan y el aire se llena de polvo. Pero todos estamos acostumbrados a temblores como estos y a nuestra destartalada escuela donde los pupitres están clavados al suelo.

Cada chileno tiene una explicación para los terremotos. Yo digo que la tierra tiene derecho a bostezar y estirarse como yo lo hago en mi cama cuando no quiero despertarme temprano para ir a la escuela. También tiene derecho a estornudar como lo hacemos todos cuando estamos cubiertos de polvo.

—¡Tal vez la tierra se esté sacudiendo las arenas del desierto de Atacama! —le digo a mi madre esa noche mientras recito "Oda a la sandía" para ella y un temblor rompe algunas tazas de té en la cocina.

Mamá pone mi copia manuscrita del poema en la mesa y alisa el papel arrugado con la mano.

—Celeste, no me preocupan tanto los terremotos que

vienen de la tierra como los que nacen en el alma. —No estoy segura de lo que quiere decir y mamá, notando mi confusión, continúa—: Cuando la tierra tiembla y no tienes nada a lo que agarrarte, no puedes estabilizarte. Parece que incluso tu casa, que pensabas que era tan segura, no es más que una endeble balsa golpeada por las olas.

—Así que, ¿estás diciendo que nuestras almas pueden ser derribadas como las casas?

—Sí, mi niña sabia —dice ella—. Nuestras almas pueden desmoronarse cuando no nos preocupamos por nuestros vecinos o cuando decimos cosas maliciosas sobre los demás, o excluimos a las personas por ser diferentes. —Empieza a recoger los pedazos de porcelana destrozados del suelo. Me agacho para ayudarla y ella continúa—: Pero recuerda, Celeste, que siempre hay muchas más formas de curar y ayudar a las almas que de romperlas. Los seres humanos somos como la tierra... no queremos grietas. Recuerda esto. ¿Me lo prometes? —Noto cierta urgencia en la voz de mi madre, así que asiento con seriedad.

Es obvio por su tono que algo está mal así que le pregunto directamente:

—¿Qué pasa, mamá?

Mi madre barre los últimos restos de polvo de porcelana del suelo con las manos antes de contestarme. Siento que no solo está recogiendo los pedazos quebrados sino también sus palabras. Entonces me dice:

—Celeste, tu padre se enojará conmigo si sabe que te dije esto, pero siento que ya eres lo suficientemente mayor para saber lo que sucede a tu alrededor. Te escuché preguntar por los barcos en el puerto y, sinceramente, no estoy segura de qué está pasando. Ojalá lo que comparto contigo sean solo mis propios miedos y nada más. Siento que Chile pronto sufrirá muchos terremotos del alma. He escuchado rumores en el hospital de que los militares quieren poner fin a la atención médica para quienes no pueden pagarla, y algunos incluso dicen que los militares intentarían apoderarse del gobierno de Alarcón si alguna vez tuvieran suficiente poder para hacerlo... tal vez si tuvieran ayuda desde lejos... —Su voz se apaga y tira los pedazos afilados de porcelana a la basura. Luego se vuelve hacia mí y niega con la cabeza—. Pero a lo mejor me estoy dejando llevar por mi imaginación. ¡Seguro que no pasará nada mientras el presidente Alarcón tenga a los ciudadanos chilenos de su lado!

—Está bien, mamá —le digo, pero un escalofrío recorre mi espalda mientras veo a mamá llenar la tetera con agua.

—¿Más té, querida? —me dice, con una sonrisa demasiado brillante.

—No, mamá —le digo—. Me voy a la azotea a pensar.

Pétalos de rosa en el **pavimento**

Al día siguiente en la escuela no puedo dejar de pensar en lo que dijo mi mamá acerca de los terremotos del alma. Pienso también en todos los terremotos reales que he conocido. A veces todavía tengo pesadillas sobre el terremoto grande, el más grande que ha experimentado Valparaíso en décadas. Yo tenía siete años y estaba aquí mismo, en la escuela Juana Ross, cuando la tierra explotó bajo nuestros pies. Todos comenzamos a gritar y correr y nuestra maestra casi se desmaya. Me hice un ovillo debajo de mi escritorio y Lucila se arrastró por el pasillo para esconderse conmigo. Nos abrazamos, demasiado asustadas para llorar, incluso para respirar. Todo lo que quería hacer era correr a mi casa en el cerro Mariposa.

El terremoto duró solo unos minutos, pero se sintió como una eternidad. Poco después, la nana Delfina vino a buscarme a pie y, mientras regresábamos a casa, parecía que alguien había agarrado al mundo por las patas y lo había sacudido cabeza abajo. Se habían caído iglesias, casas, árboles, postes telefónicos... Las bañeras y las camas se habían estrellado contra las ventanas y la gente de las calles de abajo se había escondido debajo de ellas. Y lo peor fue cuando Delfina me dijo que escondiera mi rostro en su hombro. Sabía por qué, aunque no se lo dije. Estábamos pasando por cuerpos. La gente también había caído.

Miro a Lucila en su escritorio, recordando cómo nos aferramos la una a la otra y no nos soltamos por nada en el mundo ese día. Éramos tan pequeñas y sin embargo Lucila sabía de alguna manera que debíamos cubrirnos la cabeza con las manos. Imaginarnos acurrucadas debajo de ese escritorio me da escalofríos. Miro a Lucila una vez más, solo para asegurarme... De repente estoy tan ansiosa como cuando miro los barcos en el puerto. Lucila siente mi mirada y me sonríe. Le devuelvo la sonrisa, aliviada. Estoy muy contenta de que seamos grandes ahora y de que Valparaíso no haya tenido un terremoto tan terrible en mucho, mucho tiempo.

Descanso mi codo sobre el escritorio y apoyo mi mentón en mi mano, soñando despierta un poco más. Escucho a la señorita Alvarado hablar de la independencia de Chile. Empiezo a cabecear.

—¡Señorita Marconi, no habrá nada en el examen de historia la semana que viene sobre las siestas!

Levanto la cabeza con un sobresalto.

—Lo siento, señorita Alvarado.

Marisol se ríe y la atención de la señorita Alvarado se desvía de mí.

—Señorita López, haznos el favor de leer el siguiente párrafo sobre la guerra de independencia de Chile.

Marisol intenta poner su cara seria.

—Sí, señorita Alvarado.

Nuestra maestra es estricta pero nunca injusta, y me gusta que siempre conteste nuestras preguntas, incluso si lo único que puede decirnos es "No sé".

La calefacción en el salón de clases está rota otra vez y la señorita Alvarado sostiene una taza de té de jazmín humeante en sus manos para calentarlas. Bebe su té sorbo a sorbo a sorbo y lo deja en su escritorio solo para mostrarnos en uno de sus muchos mapas el lugar donde ocurrió una batalla con los españoles.

Como yo, la señorita Alvarado es muy pequeña de estatura y, no importa cuál sea el clima, siempre lleva un abrigo de cuero rojo que está un poco raído en el cuello y los codos y es tan largo que se arrastra detrás de ella como un tren cuando camina. Se pinta los labios del mismo color rojo que su abrigo.

A Marisol, Gloria, Lucila y a mí nos gusta ver si el novio de la señorita Alvarado la recoge después de la escuela. Tiene el pelo rizado, lleva gafas de sol oscuras y conduce una motocicleta. La señorita Alvarado se ve un poco cómica mientras intenta subirse a la moto con su abrigo largo de cuero y su bolso lleno de libros.

Hoy vislumbramos a su novio besándola en los labios

antes de ponerle un casco en la cabeza. Mientras se alejan, un rastro de pétalos de rosas rojas aparece en el pavimento.

—Ahora, eso —dice Marisol, agarrándose el corazón con aire dramático— sí que es romántico.

—¿No te parece romántico, Celeste? —me pregunta Gloria.

Pero apenas la escucho mientras busco en mi mochila mi cuaderno azul. Lo saco y escribo: *Algún día me pintaré los labios con lápiz labial rojo y subiré y bajaré por los cerros de Valparaíso en una moto con mi pelo suelto para que pueda volar detrás de mí con el viento.*

Bajo un paraguas negro

Los ensayos para la señorita Alvarado se tienen que entregar el próximo viernes. Todas las noches de esta semana me he apresurado a cenar y subir a la azotea para trabajar en el mío. Esto es lo que he escrito hasta ahora:

> Mi nana Delfina Nahuenhual Marquén llegó a Valparaíso con un paraguas negro y una rosa amarilla en el pelo. Me gusta pensar que llegó flotando a mi casa mientras caía un aguacero, pero la abuela Frida me cuenta que el día que Delfina llamó a la puerta fue en verano cuando hacía mucho calor. Mi abuela estaba sorprendida por la visita y le preguntó a Delfina por el paraguas negro que llevaba, que era más apropiado para los funerales y las ocasiones tristes. Delfina dijo que necesitaba protección contra los espíritus, el sol y el viento, y que, a menudo, el paraguas le servía de hogar ya que había perdido tantas casas en los terremotos.

Luego, después de hacerle una reverencia muy profunda, Delfina le sonrió a Graciela, mi tía recién nacida en los brazos de la abuela Frida, y le preguntó a mi abuela si necesitaba una niñera.

Y así como así, Delfina se hizo parte de la casa en el cerro Mariposa como las estrellas son parte del cielo nocturno de Valparaíso. En aquellos tiempos, dijo la abuela Frida, todos confiábamos los unos en los otros. Entonces, sin ninguna carta de recomendación, Delfina se mudó a nuestra casa. Sus únicas pertenencias eran su paraguas negro y una caja de corteza de un árbol de canela. Mi abuela Frida ama a la gente valiente y en ese momento ella y Delfina se hicieron compañeras para toda la vida.

Delfina cura nuestros resfriados poniéndonos cáscaras de papa en la frente. Cocina nuestras comidas y nos protege de los terremotos de la tierra y del alma. Mantiene nuestra casa limpia y la llena de su magia. Por las noches, me asomo a la puerta de su habitación. Ella observa en silencio los árboles que danzan entre las sombras. Siempre sabe que estoy allí y, sin volver la cabeza, le da una palmadita al lugar junto a ella en la cama. Me trenza el pelo mientras contemplamos los atardeceres anaranjados. Veo que su rostro se llena de asombro frente a tanta belleza.

Delfina habla de sí misma en tercera persona, "Aquí llega Delfina". Siempre usa un chal de lana verde como el musgo y se tapa la boca cuando se ríe porque le da vergüenza que le falten unos dientes. Ella fue quien me enseñó a no tener miedo a los fantasmas. Me aconsejó que me acercara a ellos y que les hiciera preguntas. Siempre me está recordando: "Pídele al cielo una señal, querida Celeste".

Delfina siempre está pidiendo señales. Se las pide a sus antepasados mapuches y a los santos católicos. Marca un calendario avejentado con los cumpleaños de sus santos favoritos como san Pedro, patrón del mar. El día de la fiesta de este año caminamos hasta el puerto donde se había reunido una gran multitud. En la arena hicimos estrellas de mar y sirenas y oramos por una abundancia de peces y por el retorno seguro de los pescadores durante las tormentas. Sé que soy judía, pero me encanta estar en compañía de los santos. Me encantan los ojos en las estatuas de la Virgen María en los barcos de madera que hacemos desfilar en el océano en días festivos. También aprendo a rezar las oraciones de Delfina porque las oraciones, dice papá, "son hermosos poemas".

—La señorita Alvarado es una maestra genial. —Mi padre asiente con aprobación cuando se asoma a la azotea y me ve escribiendo páginas y páginas en cursiva en mi cuaderno, que cierro en seguida con un golpe—. Ella te hace dar lo mejor de ti.

—Sí, pero a veces es más dura conmigo que con los otros niños —me quejo.

—Eso es porque ve tu potencial. Mamá y yo también lo vemos.

Escucho los pesados pasos de mi padre que descienden por las destartaladas escaleras y no abro mi cuaderno de nuevo hasta que oigo su voz baja hablando con la abuela Frida. No quiero que Delfina se entere de que estoy escribiendo sobre ella... se sentiría avergonzada, primero porque es tan modesta, "¿Qué hay que decir sobre Delfina?" podría protestar, y segundo, porque solo reconocerá su nombre y no podrá leer el resto. Tal vez algún día le enseñe a pronunciar las letras de cada palabra.

Se desliza una nube **oscura**

—Cristóbal, ¿notaste lo callada que ha estado la señora Espindola toda esta semana? —le susurro a mi amigo somnoliento en la cafetería de la escuela.

Cristóbal asiente. La señora Espindola es la cocinera de la escuela que todos los niños dicen que se tragó una radio eléctrica y es por eso que runrunea tanto mientras nos sirve cucharadas de guiso de pollo. De repente me doy cuenta de lo vieja que parece cuando no está runruneando y agitando cucharas para servir en el aire como una directora de orquesta.

Marisol, que está detrás de nosotros en la fila, oye lo que le acabo de decir a Cristóbal. Mete la cabeza entre nuestros hombros y susurra:

—Su hijo vive cerca de mi casa y nuestro vecino de al lado dijo que escuchó mucho ruido en medio de la noche un día de la semana pasada. —Marisol hace una pausa y mira de un lado a otro para asegurarse de que nadie esté escuchando—. A la mañana siguiente, las puertas de la casa estaban abiertas, ¡y él y su esposa embarazada ya no estaban! Nadie sabe si huyeron o si alguien... algo... pasó.

La historia de Marisol despierta a Cristóbal de un sacudón.

—Pero, ¿por qué? ¿Por qué se irían? —pregunta mientras su rostro palidece. Luego suelta un soplido.

—¿Qué, Cristóbal? ¿Qué pasa? —lo presiono.

—Es que... mi péndulo ha estado actuando raro. Algo no está bien... y he escuchado a los clientes de mi mamá en el mercado susurrar sobre los militares...

En ese momento Gloria pasa junto a nosotros en la fila.

—¡Hola, Gloria! —La saludo con la mano para que se nos una, pero rápidamente vuelve la cabeza—. ¿No nos vio? —les pregunto a los demás.

—¡Oh, ella nos vio! —dice Marisol, claramente molesta—. ¿Qué le pasa? ¡Está actuando como una esnob!

Cuando llego a casa de la escuela, subo directamente a la azotea sin ni siquiera comer una colación. Ha estado lloviznando todo el día y de repente una nube oscura desciende sobre el cerro Mariposa y comienza a caer un fuerte aguacero. Sé que debería bajar y empezar a hacer mi tarea, pero me quedo allí mirando el cielo. Quiero que las gotas de agua afiladas limpien mi confusión acerca de Gloria, las familias que desaparecen en la noche y muchas otras cosas.

—¡Niña Celeste! —Me llega la voz de Delfina junto con el aroma a sopaipillas—. ¡Cristóbal Williams está aquí!

Bajo a la cocina donde Delfina ya está poniendo montones de pan de calabaza caliente en el plato de Cristóbal. Él intenta sonreírme con la boca llena, pero su boca se ve triste y deforme. La nana Delfina me pasa una sopaipilla y luego comienza a secarme las trenzas con el delantal.

—Cristóbal, ¿qué haces aquí? —le pregunto con indecisión—. No estás aquí para caminar al Café Iris, ¿verdad?

Cristóbal niega con la cabeza con vehemencia.

—No, amiga. Siento en el fondo de mis huesos que estas nubes oscuras no están aquí para que juguemos en la lluvia, y me parece que no se levantarán por mucho tiempo.

Aunque antes nunca me importaba, ahora me asusta escuchar a Cristóbal hablando con acertijos.

—¿Qué quieres decir? —le pregunto frustrada—. Di lo que viniste a decirme.

—He soñado con soldados... tantos soldados, demasiados, marchando sobre el mapa de Chile hasta que no somos más que una larga línea oscura que se tambalea hacia el océano Pacífico.

Mi corazón empieza a latir rápido. La nana Delfina asiente con la cabeza a Cristóbal para que continúe.

—¿Y se han fijado en las buganvillas que llenan las plazas? He caminado por todo Valparaíso porque no lo podía creer. —Cristóbal respira hondo—. ¡De repente han empezado a marchitarse!

—¿Tu péndulo muestra algo? —le pregunto a Cristóbal.

—Eso es lo peor: mi péndulo gira en círculos como si estuviera perdido o como si se estuviera volviendo loco.

Esa noche doy vueltas y vueltas en la cama. Es como si mi piel estuviera en llamas. Bebo las gotas de sal de mis labios, e incluso cuando me quito las mantas de encima no dejo de sudar. Por fin mis ojos se cierran y no se vuelven a abrir. Sueño que estoy caminando hacia la azotea para mirar las estrellas, pero en lugar de estrellas, el cielo está lleno de fuego. Salto hasta la bahía de Valparaíso para escaparme de las llamas y aterrizo sin hacer ningún ruido en el agua oscura. Pero, ¡el agua está tan caliente! "¡Socorro! ¡Por favor! ¡Alguien sáqueme de aquí!". El agua arde. ¡Me estoy quemando viva! Nado hacia un barco de pesca cercano y me meto dentro. Intento apagar las llamas que han aparecido en mi piel. "¡Ay!". Me incorporo en la cama, temblando y con frío. "¡Los barcos!", grito cuando Delfina se apresura a despertarme de la pesadilla. "¡Están llenos de peces muertos!".

El **tiempo** del miedo

El viernes, la señorita Alvarado se ve más pálida que el papel que sujeta entre sus manos y está actuando de manera extraña. En vez de hablarnos como suele hacerlo, nos ha hecho completar una hoja de trabajo con datos y fechas y se ha ido a sentar en su escritorio con las manos entrelazadas y la cara mirando hacia abajo. Me acerco al gran escritorio cubierto de mapas y tazas de té vacías. El mapa encima de los demás, un mapa descolorido de América del Sur, está cubierto de lágrimas.

—¿Qué necesitas, Celeste? —me pregunta la señorita Alvarado sin mirarme. Su voz es como un eco pequeñito.

—¿Qué le pasa hoy, profe? —le susurro.

Ella permanece callada durante un rato largo. Luego, finalmente suspira y dice:

—Ya pronto te enterarás. Ahora, por favor, regresa a tu escritorio y siéntate.

Algo anda mal. La señorita Alvarado no es así. ¿Qué le pasa? Desconcertada, contengo las lágrimas y hago lo que me dice. Entonces Marta Alvarado vuelve su rostro pálido y húmedo hacia toda la clase. Intenta sonreír, pero la mirada en sus ojos enrojecidos hace que me dé un vuelco de corazón.

El día parece tan largo; no veo la hora de regresar a casa.

—Sé que algo realmente terrible está ocurriendo —le confío a Lucila mientras golpeamos borradores contra la pared exterior del edificio para limpiarlos.

Los ojos de Lucila están muy abiertos a través de la nube de polvo de tiza.

—¿Cristóbal ha presagiado algo?

Asiento y Lucila se muerde el labio hasta que está tan rojo que me recuerda a la señorita Alvarado.

Cuando por fin suena la vieja campana de bronce que indica que el día escolar ha terminado, corro por el pasillo y salgo por la puerta principal. El viento parece perseguirme mientras avanzo hacia la casa. Jadeando y temblando, cierro la puerta detrás de mí y corro hacia mi habitación sin ni siquiera saludar a la abuela Frida o a Delfina. Quiero estar sola para pensar. Agarro mi cuaderno y subo por las viejas escaleras desvencijadas hasta la azotea. Pero justo cuando mi corazón se calma y por fin recupero el aliento, escucho a alguien en las escaleras. ¡Mamá! ¿Por qué está en casa tan temprano? Me apresuro a entrar y bajo por las escaleras para hablar con ella.

—Mamá, tengo la misma sensación que siento justo antes de un terremoto. ¿Qué está pasando?

—¿Te acuerdas de cuando te dije que los terremotos nos recuerdan lo que realmente es importante en la vida? —me pregunta—. Bueno, se han sentido algunos temblores en el gobierno del presidente Alarcón... alguna oposición. Pero creemos que la gente es lo que le otorga a Alarcón su fuerza así que hemos invitado a algunos de nuestros amigos a reunirse aquí con nosotros para hablar sobre cómo podemos ayudar a mantener la paz y el orden.

La voz de mamá suena demasiado casual. Está tratando de no preocuparme, pero el no saber me está volviendo loca. De repente recuerdo lo que me dijo hace unas semanas sobre sus temores por el frágil gobierno del presidente Alarcón. ¿No se acuerda de esa conversación que tuvimos? ¿No entiende que ya no soy la niña que solía escuchar a escondidas debajo de las mesas para divertirme? ¿No se da cuenta que escucho para *saber* cosas? Decido quedarme cerca para escuchar lo que dicen mis padres y sus amigos durante las onces.

Las onces son un momento importante del día en Chile y aunque "onces" significa el número once, las onces ocurren a las cinco de la tarde. La señora Atkinson dice que en Gran Bretaña lo llaman "la hora del té". Desde que era pequeña me he sentado debajo de la mesa durante las onces para escuchar a los compañeros de mis padres del hospital, profesores de la universidad, pintores y todo tipo de gente hablar de todo tipo de cosas: Los

Beatles, la exploración espacial, pero sobre todo, últimamente, cada vez más, la política.

Hoy la política es lo único que está en boca de todos y con voces que suenan como banditas elásticas a punto de romperse. Escucho palabras que vuelan de un lado a otro sobre "la situación del país". Solidaridad. Justicia. Delincuencia. Consenso. Estas palabras se repiten una y otra vez. Clara, la amiga de mamá, sigue insistiendo, "Admiro al presidente Alarcón por tomar un riesgo tan grande, por tratar de cambiar nuestra sociedad para que sea un espacio donde todos somos iguales, pero él tenía que saber que eso enojaría a la gente con dinero y poder". Sé de lo que habla Clara. Mis padres, la señorita Alvarado, el padre de Lucila en la columna que escribe en el periódico... mucha gente habla de los planes de Alarcón desde que asumió la presidencia: atención médica para todos, educación para todos, suficiente comida para todos y un lugar donde dormir por las noches. Pero no entiendo cómo la igualdad puede ser tan peligrosa. ¿Cómo es posible que la igualdad enoje a ciertas personas?

Vuelvo a hurtadillas a mi habitación azul y pienso en lo que he oído. Escribo la palabra "riesgo" en mi cuaderno. Solía pensar que era una palabra hermosa pero ahora me tiemblan las manos. Mi "riesgo" en cursiva parece temblar de miedo.

La hora del té
en llamas

Todavía estoy escribiendo cuando me doy cuenta de que huelo humo. Dejo caer mi cuaderno.

—¡¿Mamá?! —El silencio reina en la casa, pero escucho una conmoción afuera: gritos y un crujido fuerte. El olor a humo se hace más fuerte a medida que subo a la azotea. Extrañas luces y sombras parpadean en la calle abajo—. ¡Ma...! —Me tapo la boca con las manos para no gritar. Una voz severa desde la parte más profunda de mi ser me está diciendo: *¡Cállate, Celeste!* Mi corazón late rápido. Mis ojos se llenan de lágrimas. Quiero correr y encontrar a mis padres, pero no puedo moverme ni apartar la mirada de la calle. Allí, en la pequeña plaza en el centro del cerro Mariposa hay un montón de libros. ¡Están en llamas!

—¡Celeste! ¡Celeste!

Casi pierdo el equilibrio, mi mente se nubla por la conmoción y la confusión. ¡Allí en la azotea de mi casa arrastrándose hacia mí está Cristóbal Williams!

—¡Cristóbal! ¿Cómo subiste hasta aquí? ¿Qué estás haciendo? ¿Qué está pasando?

Llega a mi lado jadeando y presiona su mano sobre la mía.

—Mantente gacha —susurra—. ¡No quiero que nos vean!

—¿No quieres que *quiénes* nos vean? ¿Qué está pasando?

—Los soldados. Pero, Celeste, no es solo aquí. ¡Están quemando libros por todas partes! ¡Por toda la ciudad! ¡En la plaza Aníbal Pinto hay una hoguera gigante de montones y montones de libros! ¡Y hay cientos de soldados con botas y cascos de metal! Están marchando alrededor de la hoguera y tirando más libros encima. La gente está mirando desde los callejones y las azoteas pero nadie dice nada... nadie intenta detener a los soldados... Es como si las personas fueran fantasmas.

—¡¿Qué?! Cristóbal, ¿estás seguro? —Mi cabeza da vueltas. Recuerdo lo que la abuela Frida me dijo acerca de los nazis quemando libros en Viena. Pero eso fue hace tanto tiempo y la historia me parecía más una pesadilla que algo real. ¿Podría pasar algo así aquí? ¿En Valparaíso? Ay, ¿qué, qué, qué está pasando?

—Sí, estoy seguro. Mi péndulo me lo dijo y luego fui y lo vi por mí mismo. Me iba para mi casa, pero de repente pensé en ti y tuve que buscarte para decirte que quería estar contigo. No sé por qué... —Su voz se apaga

y veo el miedo en sus ojos. Me estremezco ante los violentos destellos de llamas, luego sombras, luego llamas de nuevo, desde la calle abajo.

—Cristóbal, no regreses a casa. Podría ser peligroso. Quédate aquí en mi casa esta noche.

Cristóbal hace una pausa.

—No, no quiero que mi madre esté sola. Me fui sin decirle...

—¡Debe estar súper preocupada! La llamaremos y luego puedes quedarte...

—¡No! —niega rotundamente con la cabeza—. Llámala y dile que estoy en camino.

—Bien —me rindo. Cristóbal puede ser tan terco como somnoliento, pero, ¿cuándo se volvió tan valiente?

—¡Adiós, Celeste!

—Ten cuidado. Por favor, ten mucho cuidado.

Aguanto la respiración y miro mientras Cristóbal baja por el enrejado que conduce al jardín de mis muñecas. Me entrelazo las manos y rezo como la he visto hacer a la abuela Frida. ¡Por favor, por favor, que nadie lo vea! ¡Por favor, déjelo llegar a casa sano y salvo!

Entro y corro escaleras abajo, deseando que los brazos de mi madre me abracen más que nunca. Ojalá mamá pudiera acariciarme la frente como solía hacer cuando yo tenía una pesadilla y borrar esta noche de mi mente para siempre. Mi padre se encuentra conmigo en las escaleras y me toma en sus brazos.

—¡Papá! ¡Papá! ¿Qué es todo esto? ¿Qué está pasando? ¿Por qué hay soldados en la calle? ¿Por qué están quemando libros?

—Shhhh. Shhhhhh. —Papá me sujeta contra su pecho durante mucho, mucho tiempo. Finalmente dejo de llorar y miro su rostro que parece gris como las cenizas del fuego.

—¿Papá? —susurro, temerosa de su respuesta.

Abre la boca para contestarme, pero no sale ninguna palabra. Sacude la cabeza y me abraza aún más fuerte.

—¿Papá? —Con cada segundo de su silencio me acerco más y más a gritar de terror. Pero luego veo a mi madre subir por las escaleras. Nos rodea a los dos con sus brazos. Sus ojos se llenan de lágrimas.

—Mamá, mamá, ¡¿qué está pasando?! —le ruego con mi voz. Por favor, ¡dime que todo esto es una pesadilla! ¡Dime que puedes borrarlo todo y hacer que todo vuelva a la normalidad otra vez!

Las lágrimas corren por sus mejillas.

—Celeste, ¿te acuerdas de cuando hablamos de los terremotos?

—Sí, mamá. —Mi voz vacila y mi respuesta parece una pregunta temblorosa.

—Bueno, esta noche sentimos un terremoto del alma.

No recuerdo qué pasa después.

Me despierto en mi cama con mamá acostada a mi lado, todavía vestida con su ropa de doctora del día anterior. Hay manchas de lágrimas en mi almohada y el aire huele a humo.

Los subversivos

El resto del fin de semana es como una pesadilla. Todo el mundo se ha enterado de la quema de libros, pero nadie dice nada al respecto.

—Papá me dijo que no hablara de eso con nadie, ¡ni siquiera contigo, Celeste! —Lucila me susurra cuando corro hacia ella el lunes por la mañana con las palabras "fuego" y "soldados" saliendo de mi boca—. No le preguntes a Marisol tampoco... No le preguntes a nadie. ¿Me lo prometes? ¡Es peligroso hablar de eso!

—Pero, ¿por qué? ¡¿Por qué es peligroso?! —protesto. ¿Es que nadie quiere saber lo que está pasando? ¡¿Cómo podemos resolver los problemas si todos nos mantenemos callados?!

Lucila niega con la cabeza y se lleva un dedo hacia sus labios.

Si el padre de Lucila dice que es peligroso, entonces debe serlo. Él siempre sabe lo que está pasando. Es profesor de Periodismo y escribe una columna semanal para el diario más importante de Chile. A mis padres les gustan sus artículos sobre los trabajos que pagan poco, sobre la comida escasa para los más necesitados, sobre las sirvientas que se ven obligadas a comer las sobras en los cuartos de atrás de las grandes casas de los ricos en lugar de sentarse en la mesa con sus patrones y compartir, o sobre la igualdad de derechos para las mujeres y la educación y la asistencia médica para los pobres... De repente me siento mareada. El padre de Lucila... ¿las palabras que escribe serán como los libros que quemaron los soldados?

Y cada día somos menos en la escuela. ¡Quedan solo quince de treinta y uno en nuestra clase! Una de las alumnas ausentes hoy es Ana, una muchacha que es tan callada que me pregunto cuántos días se ha ausentado de la escuela.

—¿Dónde está Ana? —le susurro a Gloria, que se sienta a mi lado en el salón de clases. Las dos viven en el cerro Alegre así que supongo que ella sabrá o que le importará dónde está nuestra compañera. Pero Gloria se encoge de hombros y vuelve la cara hacia el *Quijote*. La miro. Su cabello rubio, que casi siempre lleva suelto en rizos que todos envidiamos, está tirado hacia atrás en un moño apretado. Desde que éramos niñas, Gloria ha sido nuestra líder, la que todos admiramos. Ahora siento como si me hubiera cerrado una puerta en la cara. Gloria nunca ha actuado tan fría conmigo.

Cuando termina el día en la escuela tomo las manos

de Lucila y Marisol y sujeto a mis amigas hasta que el salón está vacío. La señorita Alvarado nos mira con una cierta dureza. Se detiene un momento con la frente arrugada y finalmente habla en un tono severo que nunca la había escuchado usar:

—¡Hablen en voz baja y cierren la puerta detrás de ustedes, chicas, por favor! —Asoma la cabeza y mira de un lado a otro por el pasillo antes de irse, cerrando la puerta detrás de ella.

En el salón, Lucila me pregunta, dando golpecitos impacientes con el pie:

—¿Qué quieres, Celeste? Mi madre quiere que me vaya a casa inmediatamente después de la escuela. ¡Dijo que me castigará si llego tarde!

—Necesitamos hablar con Gloria. Algo le pasa... También necesitamos hablar con Ana. No ha venido a la escuela. Estoy preocupada. No podemos sentarnos en clase y fingir que todo está bien cuando todos los que nos rodean o están cambiando o se están yendo sin despedirse. ¡Hoy solo éramos quince! ¡Debe tener algo que ver con los soldados que estaban quemando los libros y con los barcos en el puerto! ¿No han notado que hay más y más barcos todos los días? ¡Y que cada día son más grandes!

Me pongo a llorar histéricamente y Marisol me abraza fuerte mientras Lucila susurra:

—Celeste, todo estará bien. Eso es lo que mi mamá me sigue diciendo una y otra vez. —Lanza una mirada nerviosa hacia Marisol—. Pero por favor, *por favor*, ten cuidado de lo que dices en público y a quién se lo dices...

Marisol sigue cuando la voz de su prima apenas se escucha.

—Nuestros padres nos dijeron que solo expresemos cómo nos sentimos en serio cuando estamos en casa... a puerta cerrada. —Marisol saca un pañuelo de papel de su bolsillo y seca mis lágrimas—. Ahora vámonos a buscar a Gloria. Las cosas con ella no pueden estar tan malas como te las imaginas, Celeste.

Pensé que sería difícil encontrar a Gloria, pero cuando entramos al patio, la vemos sentada en nuestro banco con Cristóbal. Ella lo está viendo mover su péndulo mágico de un lado a otro con una mirada molesta. Cuando nos ve acercarnos, nos grita:

—¡Vengan aquí! ¡Quiero que Cristóbal me prediga el futuro, pero dice que ya no puede hacerlo! ¡Ayúdenme a convencerlo!

—¿Es cierto, Cristóbal? —le pregunto.

—¡Sí! ¡Déjalo, Celeste! —Es la primera vez que veo a Cristóbal agitado. Luego agrega, con el rostro tempestuoso—: Mi madre me lo prohibió.

—Entonces, ¿por qué todavía tienes el péndulo? —insiste Gloria.

—No lo sé. ¿Qué te importa?

—¿Qué es lo que quieres saber, Gloria? —le pregunta Marisol.

Gloria otra vez nos da esa mirada fría e ilegible. Luego dice, inclinando el mentón hacia arriba:

—Quiero saber si la señorita Alvarado es una subversiva.

Al oír la palabra "subversiva", Marisol mueve los pies nerviosamente y Lucila palidece.

Gloria mira fijamente a Lucila.

—¿No quieres saberlo?

Lucila niega con la cabeza.

—Gloria, ¿qué es todo esto de los subversivos? —interrumpo.

—¡Ay, por favor! ¿No sabes lo que es un subversivo, Celeste? ¿Tú, la princesa de las palabras? —La miro como si estuviera loca—. ¡Todos los poetas y los escritores que tanto amas son subversivos! ¡Neruda es un subversivo! —exclama en voz alta.

Todos la miramos atónitos.

—¡Pero el señor Neruda es uno de nuestros héroes nacionales! —protesto.

—¡Por supuesto! —Gloria se encoge de hombros de forma sarcástica. Su voz suena como la de una mujer vieja y amargada, como si fuera una de esas personas que lleva paraguas a todas partes siempre a la espera de una tormenta. Esa voz inquietante que ahora habita en nuestra amiga continúa—: Mi padre dice que los poetas, los escritores y los periodistas son todos subversivos, además de algunos cantantes y artistas y la gente que trabaja con los pobres. Dice que esa gente cree que ellos mismos pueden cambiar las cosas. —Me lanza una mirada furiosa, como un cuchillo—. Esa gente está debilitando a Chile. Mi padre dice que son los enemigos de la patria y que son muy peligrosos.

Pero, ¿por qué? Siento que he olvidado cómo pensar. Entonces me doy cuenta de que, por supuesto, ¡mis padres y casi todos nuestros amigos y vecinos pertenecen a ese grupo! Y mis padres conocen al padre de Gloria. Me pregunto si él recuerda cómo mis padres aceptan una bolsa de limones o de panes dulces o una docena de huevos a cambio de sus servicios médicos. ¿Los considerará enemigos de la patria?

Pasa un largo y sofocante silencio. Entonces Marisol tira del brazo de Lucila.

—Tenemos que irnos a casa —le dice en voz baja y mis dos amigas caminan rápidamente hacia la salida.

—Nosotros también debemos irnos, Celeste —me dice Cristóbal mientras mete su péndulo dentro de su mochila.

—¿Tú te vas también, Gloria? —le pregunta Cristóbal.

—No. Yo espero a mi padre —contesta con frialdad—. Está hablando con el director Castellanos.

—¿Acerca de qué? ¡No puede ser acerca de tus calificaciones porque siempre recibes notas perfectas! —digo forzando una sonrisa, tratando de alcanzar a mi amiga Gloria. Pero ella me lanza una mirada fría que hace que se me hiele la sangre.

—Ya sabes de qué están hablando. Pero Cristóbal tiene razón, deberías irte a casa. ¿No necesitas ayudar a tu abuela a tejer bufandas o practicar brujería con la loca de tu nana?

Me aparto de ella. Las palabras de Gloria se clavan en mi corazón como una daga. Todo mi cuerpo se llena de dolor y miedo.

—Vámonos, Celeste. —Cristóbal me agarra de la mano y me lleva a la calle. Caminamos rápido en silencio durante mucho, mucho tiempo. Entonces por fin me doy cuenta de que Cristóbal me está acompañando camino arriba por el cerro Mariposa.

—Tú también tienes que irte a casa, Cristóbal. Ya puedo llegar a mi casa sola. No tienes que acompañarme.

Cristóbal niega con la cabeza. Parece más despierto que nunca.

—No, Celeste. Quiero acompañarte hoy. —Lo único que puedo hacer en respuesta es apretar su mano. Nunca encontraré otro amigo como Cristóbal.

Y tengo que preguntarle:

—¿Es cierto que tu madre te dijo que no usaras tu péndulo?

Él asiente.

—Ella cree que es peligroso, pero no me importa, Celeste. La gente está nerviosa y quiere respuestas. Así que todavía lo estoy usando, pero solo para ayudar a esas personas. No lo uso para las que hacen preguntas como las de Gloria.

—Cristóbal, por favor, te suplico, ¡predice solo para las personas en las que confías y hazlo en algún lugar seguro y secreto!

Un horizonte
desaparecido

No puedo dejar de mirar hacia el puerto. Más barcos, más que nunca, han estado llegando durante toda la semana. Ahora, en lugar de seis, ocho, diez, el puerto está lleno de ellos... demasiados para contarlos. Y se vuelven más inmensos cada día: ¡dos, no, tres veces el tamaño de mi casa! ¡Tal vez incluso el tamaño de mi escuela! ¿Se han tragado esos barcos monstruosos a todos los demás barcos? ¿Los arrastreros de pesca, los remolcadores, los veleros? Ya no puedo verlos. Estos barcos oscuros con banderas que apenas ondean casi borran el horizonte.

Siento que se me revuelve el estómago. Tengo miedo y la garganta se me cierra. La palabra que usa Delfina para describir este sentimiento en mapudungún es "julepe".

—¡Celeste, ven a comer estas empanadas!

—¡Ya voy, nana Delfina! —Pero no me muevo de la ventana. Estoy tratando de recordar la última vez que vi volar a los pelícanos y no puedo. Niego con la cabeza con incredulidad. ¡El julepe debe estar afectando a mi mente!

Corro escaleras abajo donde todos están alrededor de la mesa hablando en voz baja sin comer las empanadas que se están enfriando en nuestros platos. Papá está hablando por teléfono.

—¿Qué son esos enormes barcos en el puerto? —exclamo.

Mis padres intercambian miradas y la abuela Frida murmura ansiosamente entre dientes en alemán.

—Dile, Esmeralda.

Mi madre habla despacio:

—Son buques de guerra de la marina, Celeste.

¿Buques de guerra? No puede ser. He estudiado suficiente historia con la señorita Alvarado para saber que las marinas no funcionan de esta manera. Solo usan buques de guerra cuando hay guerras, y para tener una guerra, tiene que haber un enemigo.

—Pero, mamá —protesto—, Chile no está en guerra con nuestro Valparaíso. Eso es como si mi mano luchara con mi dedo pulgar. ¿Cómo podemos estar en guerra con nosotros mismos?

La cara de mamá empalidece y sus ojos parecen extraviarse, pero me dice con calma:

—Sé que es difícil de creer, Celeste, pero es la verdad. La madre de Cristóbal llamó antes para decirnos que la música de las marchas militares ha comenzado a sonar en el centro de la ciudad.

La miro, tanto horrorizada como incrédula. Luego miro a la abuela Frida cuyos ojos parecen tan perdidos como los de mamá. *¿Por qué nadie me ha dicho nada sobre esto? ¿Qué está pasando?* Papá ha estado hablando tensamente por teléfono con el rostro estresado. Cuelga el teléfono y nos mira.

—Era Bernardo. Los militares tienen al presidente Alarcón atrapado en el palacio presidencial en Santiago. La capital está sitiada. Bernardo dice... dice que la gente... —la voz de mi padre flaquea—, los maestros, los estudiantes, los médicos... cualquiera que sospechen que apoye a Alarcón... —Toma la mano de mi madre—. ¡Los están sacando de sus casas! ¡Automóviles sin placas están circulando por las calles de Santiago! ¡La gente en la calle es forzada a subirse en los asientos traseros, luego los coches se alejan a toda velocidad!

—¡Basta, Andrés! —interviene la abuela Frida con brusquedad. Miro a la nana Delfina que está pelando papas en el fregadero de la cocina. Ojalá se acercara a mí y me pusiera una tajada de una papa, tan fresca y reconfortante, en la frente. Pero mantiene la cabeza gacha. Es como si yo no conociera a ninguno de ellos. Me hundo al suelo. Mamá y papá corren a mi lado y cada uno toma uno de mis brazos y juntos me ponen de pie.

—¿Estamos... estamos en guerra? —tartamudeo, con ganas de entender—. Quiero decir, ¿están en guerra con nosotros? ¿Y quiénes son estas personas que les están diciendo a los soldados que marchen por las calles y que están enviando barcos para que devoren nuestro cielo?

Mamá me guía suavemente hacia una silla junto a la abuela Frida.

—¿Recuerdas lo que te dije, Celeste, sobre los terremotos del alma...

—¡Sí! —Oigo mi propia voz, tan aguda como la de mi abuela hace unos momentos, interrumpiendo a mi madre. Me alejo de ella—. Estoy tan cansada de escuchar acerca de tus terremotos del alma —espeto—. Estoy bien ahora, mamá. Déjame ir a mi habitación. Mañana es lunes y tengo tarea que hacer.

Subo corriendo por las escaleras y escucho a Delfina decirles a mis padres:

—Déjenla ir. Necesita estar sola para entender a su propio ritmo, a su manera.

Subo a la azotea y vuelvo a mirar hacia el puerto. Todos los sonidos del cerro Mariposa se han detenido. Las buganvillas huelen a cosas podridas.

Esperándote

El viernes, Lucila no asiste a la escuela. Tan pronto como terminan las clases, corro hacia donde los estudiantes mayores pasan sus ratos libres para preguntarle al hermano mayor de Lucila dónde está mi amiga.

—¿Dónde está Javier? —les pregunto. Todos se encogen de hombros y miran sus zapatos gastados.

Luego un chico alto con cabello largo y castaño y un moretón en la mejilla sisea:

—Javier y Lucila ya no están aquí, Celeste. Ve rápido a casa y ten cuidado a quién le haces preguntas, ¿de acuerdo?

Corro a buscar a Cristóbal. Está en un rincón sombreado del patio de la escuela. Cuando me acerco, veo que está trazando lo que parece ser un mapa con el dedo en la tierra. Cuando levanta la vista y me ve, pasa la mano sobre la tierra y borra lo que había trazado.

—¡Cristóbal! ¿Qué estás haciendo? —le pregunto sorprendida. ¡Cristóbal nunca me esconde nada!

—Te esperaba. —Hace una pausa—. ¿Quieres que te acompañe a casa?

Suspiro y el miedo que siento desaparece por un segundo.

—Eso es exactamente lo que vine a pedirte, Cristóbal. ¿Te quedarás a cenar con nosotros? —Me doy cuenta de que Cristóbal está preocupado por llegar a casa a tiempo, así que suelto con toda prisa—: Estoy tan preocupada. Ni Lucila ni Javier asistieron a la escuela hoy... Y todos los buques de guerra en el puerto y las marchas militares... todas estas cosas deben estar conectadas. Todo el mundo está susurrando, hablando de que los soldados están secuestrando a la gente en Santiago. Estoy tan asustada, Cristóbal. Sigo imaginando las cosas más horribles. ¿Crees... que tu péndulo puede decirnos qué está pasando? —Agarro su brazo y lucho por recuperar el aliento.

—¡Mi péndulo no nos dirá nada! —Cristóbal suena frustrado—. ¿No crees que se lo habría contado a Marisol y a ti si tuviera una idea de lo que está pasando? Le he pedido a mi péndulo que dibuje un mapa en la arena cientos de veces. ¡Simplemente da vueltas en círculos como si estuviera loco! —Su rostro parece afligido y sus ojos azules están oscuros—. Solo sigue intentando decirme una cosa, pero es una cosa tan terrible... —La voz de Cristóbal se quiebra—. Vámonos al cerro Mariposa...

—¿Qué intenta decirte? Tienes que contarme más. —Le sacudo el brazo con fuerza.

—¡No importa, Celeste! Lo que me dice el péndulo

no puede ser la verdad. ¡Es solo un pedazo de vidrio estúpido! —grita Cristóbal.

—¡No te creo! ¡Por favor, dime lo que te contó!

Cristóbal mira la tierra que acaba de patear y luego me mira. Respira hondo.

—La marina. Está aquí para bloquear el puerto. ¡Celeste, los soldados marchan hacia Santiago para asesinar al presidente Alarcón!

—¡Mentiroso! —grito, y golpeo el péndulo para que se caiga de sus manos. Corro con todas mis fuerzas hacia el cerro Mariposa.

Antes de que sea demasiado **tarde**

He querido ir a buscar a Cristóbal todo el fin de semana para pedirle perdón, pero mis padres no me permiten ir más allá del cerro Mariposa. Temen que la agitación en Santiago se extienda a Valparaíso.

—¿Por qué no lo llamas? Dile que tu propio miedo hizo que le dijeras algo hiriente —sugiere la nana Delfina cuando me encuentra rumiando en mi habitación. ¿Cómo es que Delfina siempre sabe todo sin que yo le diga ni una palabra?

—Lo haré pronto, nana —le prometo.

—No esperes mucho, niña Celeste —me dice con un tono severo—. Algo que es difícil de hacer se vuelve aún más difícil cuando esperas. No esperes que se haga por sí solo porque no lo hará.

Por la noche comemos espaguetis con pesto y nadie habla mucho. La abuela Frida chupa limones y los fideos se ven tristes esparcidos en mi plato. ¿Quizás debería llamar a Cristóbal ahora? Pero en vez de llamar a mi amigo sigo a mis padres a su estudio. Papá enciende la radio.

Están tocando una canción de los Beatles sobre un lugar llamado Strawberry Fields y empiezo a preguntarme si jamás me cansaría de comer fresas cuando la canción es interrumpida por una voz solemne:

—Buenas tardes —el locutor tose y luego continúa—. Ejem, compatriotas. Su atención, por favor. Se ha confirmado que aproximadamente a las dos de la tarde el presidente Alarcón fue asesinado. El palacio presidencial fue incendiado por una explosión de origen desconocido. Esto es todo lo que sabemos por ahora.

Nos sumimos en un silencio lleno de asombro, paralizados por lo que parece un tiempo muy largo. La canción empieza a sonar otra vez en la radio. Escucho la letra en inglés *"Living is easy with eyes closed, misunderstanding all you see"*. Estas palabras resuenan en mi mente aturdida, pero no las entiendo. El terror sube y baja por mi cuerpo en escalofríos. Este terror es como una serpiente venenosa... ¡De repente me llevo tal susto que casi se me sale el corazón por la boca! ¡Algo me toca el brazo! Pero luego exhalo, aliviada. Son solo los brazos de papá abrazándome.

—Quieta, Celeste —murmura mi padre—. Déjame abrazarte. —Lo miro y veo que tiene lágrimas en las mejillas. ¡Nunca he visto llorar a mi papá!

Hay un golpe fuerte en la puerta principal. Ahora todos saltamos y nos intercambiamos miradas nerviosas, con la excepción de la abuela Frida que permanece inmóvil como una estatua en su silla. Papá, cuyo rostro ahora parece un poco gris, camina rápidamente hacia la puerta. Son nuestros vecinos ancianos, el señor y la señora Vergara cuyos hijos gemelos viven en Santiago. Mientras beben el café que les prepara Delfina, nos cuentan que ha tomado el poder un general de bigote largo y enormes lentes oscuros.

—En la capital dicen que Alarcón fue asesinado por un fusil, pero no pueden decir con certeza quién disparó...

No quiero escuchar más. Me escabullo a la azotea y nadie me detiene. No quiero, pero no puedo dejar de imaginarme al presidente con una bala en la frente. Luego veo su corazón en llamas, sangrando por todo el palacio presidencial. El corazón sangra hasta que deja de latir, hasta que ya no tiene más sangre que perder, hasta que el presidente Alarcón no es más que un puñado de cenizas.

Las líneas telefónicas ocupadas o **cortadas**

A la mañana siguiente, trato de saludar a Valparaíso como siempre lo hago.

—Buenos días, Valparaíso.

No escucho nada más que un gran silencio. El silencio se siente pesado y presiona mi cabeza como un casco demasiado pequeño. Aguardo con la esperanza de que aparezcan los pelícanos.

—Señores pelícanos, ¡soy yo, Celeste Marconi! ¿Están ahí?

Pero el cielo está cubierto por una niebla gris y los pelícanos no pasan volando. Bajo por las escaleras para finalmente llamar a Cristóbal y disculparme por haberlo llamado mentiroso. Me estremezco cuando pienso en que él tenía razón y me había dicho la verdad y en lo injusta que fui con él. Marco su número, pero la línea está ocupada. Lo intento una y otra vez.

—Mamá, ¿por qué no puedo comunicarme con Cristóbal? —le pregunto, frustrada.

—¿Qué? ¿Qué dijiste, Celeste? Ah, los teléfonos...

Hay tanta gente intentando llamar a sus seres queridos, tratando de averiguar qué está pasando... Las líneas deben estar ocupadas o se han cortado.

Sé que mamá está hablando de las líneas telefónicas pero sus palabras me aterrorizan. *Las líneas ocupadas o cortadas*. Empiezo a imaginar las líneas telefónicas enredadas, atadas. Lo mismo puede pasarle a la gente...

No es solo mi madre... todos en la casa están preocupados. Todos están hablando en susurros, escuchando la radio, hablando furtivamente con los vecinos que se acercan a nuestra puerta. La abuela Frida sigue metiendo la cabeza entre las manos y gritando "¡José y yo conocimos a Alarcón cuando recién nos casamos! ¡Él era entonces estudiante de Derecho y un hombre respetable!", una y otra vez con incredulidad.

Encuentro refugio en la azotea tanto como sea posible, sentándome sobre las manos para evitar que tiemblen. Aunque es primavera tengo tanto frío. Mis piernas tiemblan y tiemblan. Este es el terremoto del alma del que mi mamá me habló. ¿Cómo es posible que alguien haya matado al presidente, a un buen hombre que solo quería ayudar a la gente? ¿Cómo es posible que alguien mate a otra persona... cualquier persona? ¿Qué le va a hacer a Chile ese general que ahora está a cargo de todo? Escuché en la radio que quiere "limpiar el país". ¿Limpiarlo de qué? Dice cosas extrañas como "blanquear las calles de mugre", ¡y habla de hacer que todo el país sea puro y blanco! Pienso en todos los colores de Valparaíso... las flores, las cometas, la pintura en las casas y las tiendas... ¿Y qué pasará con todos los murales que bordean las calles subiendo y bajando por los cerros? ¿Y toda la gente colorida?

De repente, no sé exactamente por qué, pero en medio de mi confusión siento miedo por mis padres... mucho, pero mucho, miedo.

Antes solo temía a los terremotos

Me despierto temprano a la mañana siguiente y me muevo con lentitud. Descalza voy a la cocina, pero me detengo cuando oigo las voces de mis padres y de mi abuela. Lo que dice mi padre me hace sentarme en las escaleras y envolver mis brazos alrededor de mi estómago. Les está contando cómo se escabulló hasta el puerto anoche donde descubrió que la bodega del buque de guerra más grande estaba llena de prisioneros.

—Podía escuchar los gritos de los hombres y las mujeres atrapados en las bodegas. —Hace una pausa y luego agrega—: El rumor es que los están golpeando y arrojando al océano.

Antes solo temía a los terremotos. En aquel entonces pensé que conocía el miedo, pero ahora me doy cuenta de que no fue el caso en absoluto. Este nuevo miedo es completamente diferente y extraño. Pongo un pie helado delante del otro. Tardo mucho en bajar por las escaleras. Entro a la cocina y todos dejan de hablar. Me siento y escucho mi propia voz que suena como la de un extraño.

—Buenos días, mamá, papá, abuela Frida y nana Delfina.

Me estremezco mientras trato de comerme el pan dulce que Delfina ha puesto delante de mí. Finjo no haber oído nada.

—¿Tienes frío, Celeste? —me pregunta la abuela Frida mientras me envuelve en una bufanda azul.

Asiento con la cabeza.

En la escuela, un hombre con un uniforme cubierto de medallas se encuentra en la puerta principal. Él asiente con la cabeza a cada uno de nosotros cuando entramos al edificio. Mantengo la cabeza gacha... todos lo hacemos. Y todos estamos absolutamente callados. Nadie se ríe, corre o grita en los pasillos. El hombre parece estar contando a cada estudiante. ¿Está buscando algo o a alguien en particular?

¡Y Lucila aún no ha vuelto a la escuela! Miro a Marisol. Ella me sonríe débilmente. Ana tampoco ha vuelto y parece que algunos compañeros más se han marchado también. Once, doce, trece... ¡Cuento diecinueve estudiantes ausentes! ¿El hombre de las medallas los estará buscando *a ellos*?

Estiro el cuello para ver el escritorio de Cristóbal y suspiro aliviada. Todavía está aquí. Intento llamarle la atención y cuando me mira murmuro las palabras "lo siento". Mira su escritorio un rato, pero luego cuando vuelve a mirarme parece mucho mayor. Sus ojos, en especial, están tan serios y alertos. Luego me lanza una sonrisa rápida. Se la devuelvo por un solo momento olvidándome de todo excepto de la suerte que tengo de tenerlo como amigo.

Marta Alvarado está sentada tranquila e inmóvil en su escritorio. Las enormes sombras negras bajo sus ojos hacen que se parezca a un zorrillo. Pero todavía usa su lápiz labial rojo. Por fin nos habla nuestra maestra que antes siempre volaba alegremente de un lado del aula al otro con mapas y tazas de té en la mano.

—Estudiantes. —Su voz suena ronca—. Es mi deber informarles que el tiempo del director Castellanos en la escuela Juana Ross ha terminado. A partir de hoy, las autoridades militares están a cargo de la educación de los alumnos aquí.

¿El director Castellanos? ¡Pero lleva veinte años en Juana Ross! ¿Ya se ha marchado? ¿Así de rápido? ¿Adónde fue?

Marisol levanta la mano para hacer una pregunta, pero la señorita Alvarado simplemente niega con la cabeza y se lleva el dedo índice a los labios. Mira hacia la puerta del salón de clases que está abierta al pasillo donde otro hombre en uniforme está en posición de firmes. Incluso desde el fondo del salón puedo ver el miedo en los ojos de mi maestra. Luego, como si hubiera tomado una gran decisión nos dice:

—Les prometo, niños, que seguiremos aprendiendo

lo mejor que podamos... y sin miedo. —Una lágrima se desliza hasta su mentón. Rápidamente la limpia mientras mira de nuevo hacia la puerta abierta.

—Hoy, nuestra primera tarea es pintar encima de los murales que pintamos en las paredes. Las autoridades han ordenado que todas las paredes de la escuela sean blancas. Y, chicas, a partir de mañana, solo pueden llevar faldas para ir a clase. Ya no se permite que lleven pantalones. Además, deben llevar el cabello recogido en un moño... bien prolijo, sin mechones sueltos al viento. Chicos, ustedes deben cortarse el cabello corto, por encima de las orejas. Si no lo hacen, las autoridades lo harán por ustedes.

¡¿Qué?! ¿Borrar las pinturas en las que todos trabajamos tanto al comienzo del año escolar? Las escenas que pintamos incluían a niños haciendo volteretas, los cerros y el puerto de nuestra ciudad, una paloma blanca en una rama de olivo que Marisol y yo pintamos con la palabra "paz" saliendo de su pico. ¿Estamos pintando encima de todo esto para estar rodeados de paredes en blanco? ¿Por qué?

¿Y qué importa cómo nos vestimos, o si nuestro cabello es largo o corto, o está recogido o suelto? ¿En serio que pueden decirnos cómo debemos vestirnos?

Me empieza a doler la cabeza. Me froto los ojos. De repente me siento tan, tan cansada. Ya nada tiene sentido.

Esa noche la voz en la radio cuenta lo que está pasando en Chile: "La restauración del orden en el país". Escribo las palabras en mi cuaderno y me pregunto, *¿qué estaba desordenado antes?*

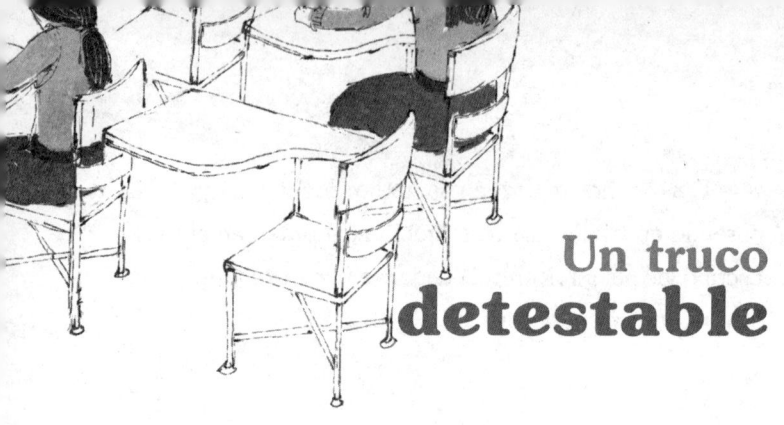

Un truco detestable

Es otro día en la escuela y todavía no hay rastro de Lucila. ¿Dónde está? ¿Dónde está Ana? Todos los días hay una, dos, tres sillas vacías más en la sala de clase. ¿Cómo puede ser que tanta gente se vaya sin dejar rastro, sin decirle nada a nadie? Es horrible, como si fuera un truco de magia maligna e incluso hay una palabra para eso: *desaparecer*.

Desaparecer. Oigo esa palabra en los teleféricos cuando voy a la escuela por las mañanas y cuando vuelvo directamente a casa por las tardes. Mis amigos y yo ya no comemos helado en el mercado y tampoco exploramos el puerto. Todos nuestros padres quieren que estemos seguros en casa. *Desaparecer*. Oigo esa palabra cuando me siento debajo de la mesa a altas horas de la noche cuando mis padres creen que estoy dormida. Marisol me susurra esa palabra en el patio de la escuela antes de que suene la primera campana.

—Oí a papá decirle a mamá que hicieron desaparecer a mi tío.

—¿Pero *cómo*? ¿*Quién* lo hizo desaparecer?

—Los soldados —sisea en mi oído, mirando alrededor para asegurarse de que no veamos al soldado que pisotea con sus grandes botas negras por toda la escuela durante todo el día, "para mantener una disciplina digna de la patria", nos dice el nuevo director de la escuela.

—Pero —protesto—, ¡el padre de Lucila tiene que estar en alguna parte! ¡La gente no desaparece así! —Trago saliva—. ¿Y qué hay de Lucila y su madre?

Marisol empieza a sollozar.

—Mamá me dice que existe la posibilidad de que se hayan escapado y se hayan ido a esconder... Pero luego escuché a papá decirle a mamá que no me haga ilusiones, que ella sabe que es casi imposible... Hubo testigos la noche que se llevaron a mi tío que dijeron que dejaron un guardia en la puerta y que un auto sin placas regresó poco después para llevarse a los demás miembros de la familia. ¡Hubiera sido imposible escaparse!

Apenas sé qué decirle a Marisol. Pienso en lo que dijo mi padre acerca de los gritos que venían de las bodegas de los buques de guerra. Niego con la cabeza intentando borrar la imagen de mi mente. ¡Lucila no puede estar en tal sitio! Y digo lo único que *puedo* decir:

—¡No podemos perder la esperanza, Marisol! Oí a mis padres hablar de cuántos de sus amigos se están escapando, trepando por los Andes de noche y escondiéndose en cuevas durante el día.

Marisol respira entrecortadamente.

—Sí, tienes razón. Existe una posibilidad. —Ella me mira con ironía—. Aunque Lucila odia el frío... —Pienso en mi amiga tiritando en una tormenta de nieve. ¿Estará helada? ¿Tendrá hambre? ¿Dónde estará?

Suena la campana y doy un salto.

—¡Ay! ¡Debemos apurarnos para no llegar tarde! —Le entrego mi pañuelo a Marisol—. ¡Sécate los ojos para que nadie te pregunte por qué lloras! —le digo.

Marisol se seca la cara y se suena la nariz.

—Gracias, amiga. —Luego me mira con urgencia—. Celeste, ¿puedo contarte un secreto?

—¡Claro que sí!

Marisol toma otro aliento entrecortado.

—Me siento egoísta al decir esto, sobre todo porque debo estar preocupada por Lucila, pero tengo pesadillas todas las noches de que me hagan desaparecer.

—Yo también.

—¡Celeste, no quiero desaparecer!

—Yo tampoco. —Entramos en fila al edificio y trato de imaginar que un día me despierto y ya no existo... he sido tragada por una nube negra sin despedirme de nadie. Se me ocurre un pensamiento extraño. Creo que mañana traeré fotos de mí misma a la escuela por si acaso desaparezca. No quiero que la gente se olvide de mí.

Me cruzo con Gloria camino a mi escritorio. Me mira a los ojos y luego rápidamente vuelve a mirar el libro de texto de Matemáticas. Sus zapatos marrones golpean con velocidad contra el piso: zapatea, zapatea y zapatea más, como siempre lo hacía antes de una prueba que la ponía nerviosa o, a veces, cuando hablaba de lo estricto que podía ser su padre. Pero ya no habla sobre su padre. De hecho, me doy cuenta de que ya no le dice mucho a nadie.

Se parece tanto a ti

Hoy mis padres hacen algo que nunca suelen hacer: salen tarde para el trabajo. Quieren acompañarme a la escuela en los teleféricos antes de ir al hospital.

—Puedo caminar desde aquí sola —les digo cuando nos bajamos al pie del cerro Barón, pero mi madre niega con la cabeza y me toma de la mano. Papá nos sigue unos pasos detrás de nosotras, jugando con su estetoscopio. Anoche después de la cena anunció que no quería dejarme ir más a la escuela, pero le dije que quería seguir asistiendo, pase lo que pase.

—¡No dejaré de ser alumna de Juana Ross! —le grité—. ¿Qué tiene que ver el asesinato del presidente a dos horas de aquí en Santiago con mi asistencia a la escuela? —Crucé los brazos sobre el pecho y miré a mi papá desafiante, sabiendo todo el tiempo que lo que hacía era infantil. Sé que mis padres están muy preocupados por las familias que siguen desapareciendo a nuestro alrededor y por los soldados en mi escuela y en la calle y lo que podrían hacerme. Pero esta parte infantil de mí espera que, si finjo que mi propia vida sigue siendo normal, todo lo que me rodea de alguna manera vuelva mágicamente a la normalidad también. Los buques de guerra en la bahía se irán y Lucila, Ana y todas las demás personas que han desaparecido regresarán.

Entonces papá pareció muy enfadado. Había conocido al presidente Alarcón y había ayudado en sus campañas de atención médica a los pobres. Supongo que yo también apoyé a nuestro presidente, ¡pero en este momento él parece ser parte de esta gran discusión en nuestro país que lo ha estropeado todo! Quizás el presidente Alarcón no debería haber tratado de ayudar tanto a los pobres... aunque no entiendo por qué eso enfureció tanto a los soldados... pero no me importa porque entonces Lucila y Ana y el señor Castellanos no se habrían ido... y Gloria no se habría vuelto tan desagradable...

—Andrés, tenemos que dejar que Celeste vea a sus amigos, que mantenga su vida lo más normal posible —mi madre abogó por mí.

—¡Es peligroso, Esmeralda! ¡Esa gente sabe con quiénes simpatizamos! —dijo mi padre en un tono que nunca antes le había escuchado usar con mi madre.

Abrí la boca para preguntarle qué quería decir con "simpatizar", pero mi madre ya había empezado a agitar las manos como lo hace cuando mis padres difieren.

—Andrés, ¡escucha lo que estás diciendo! ¡Chile

nunca será libre si no dejamos que nuestros hijos sean niños! ¡Mi amor, tuvimos a nuestra hija para que ella pudiera hacer lo que le dicte su corazón! Quiere seguir asistiendo a la escuela.

—Es tan parecida a ti, Esmeralda —dijo mi padre con un suspiro y extendió el brazo por encima de la mesa y tomó la mano de mi madre en su mano.

Antes de salir de la casa esta mañana, mi madre puso en mi mochila una carta dirigida "a la señorita Alvarado".

—Esta carta es solo para tu maestra —me dijo con severidad. Observé la blancura del sobre. Era exactamente del mismo color que las paredes recién pintadas de mi escuela.

—¿No puedo saber lo que dice, mamá?

La voz de mamá suena extrañamente indiferente.

—Ah, solo que queremos que ella te mantenga a salvo... Ahora, termina de comer tu pan, Celeste.

Cuando nos acercamos a Juana Ross, veo a Cristóbal que entra por la puerta. Saluda a mis padres.

—¡Hola, señora Marconi, hola, señor Marconi!

—¡Hola, Cristóbal! —exclaman al mismo tiempo.

—¡Adiós, mamá! ¡Adiós, papá! ¡Hasta luego! —Corro delante de ellos para unirme a Cristóbal antes de que mi padre cambie de opinión.

—¡Celeste, ven a ver! ¡Mi péndulo está actuando más extraño que de costumbre hoy! —Los ojos de Cristóbal se mueven de un lado a otro mientras me lleva a un rincón vacío del patio. Nos sentamos de espaldas contra el amplio tronco de un eucalipto para que nadie nos vea. Cristóbal saca el péndulo del bolsillo y lo sostiene entre su dedo índice y su pulgar.

—¡Despiértate! —ordena a su péndulo en voz alta, pero el péndulo no se mueve de un lado a otro como suele hacerlo. Cristóbal lo empuja con la otra mano, y el péndulo no se mueve. Me invade un escalofrío.

—Eso es raro —le digo y luego agrego esperanzada—, ¿es un nuevo truco tuyo, Cristóbal?

—No... de verdad, Celeste. Siéntelo tú misma. —Cristóbal toma mi mano y la coloca contra el péndulo. ¡Está completamente rígido y se mantiene firme como si estuviera enraizado en el aire!

—¡Ay! —Retiro la mano—. ¡Está *muy* frío!

—¡¿Qué está pasando aquí?! —Una voz como una nube de tormenta retumba detrás de nosotros. Cristóbal y yo saltamos y giramos al mismo tiempo. El guardia que patrulla la escuela nos está mirando desde el otro lado del árbol.

—¿Qué...? Quiero decir... buenos días, señor —balbucea Cristóbal. Agarro el brazo de mi amigo con miedo. Lo siento temblar.

—Déjenme ver eso. —La voz del guardia es ronca y severa, pero cuando lo miro a la cara, veo que es joven. Parece uno de los chicos mayores de nuestra escuela... no tendrá ni veinte años. Su mano enguantada de cuero agarra el péndulo de la mano de Cristóbal.

Dirigiéndose a Cristóbal le dice:

—¿Qué diablos estás haciendo aquí? ¡Me dijeron que estuviera atento a este vudú tuyo!

—Por favor, señor. —Me levanto para enfrentar al guardia—. ¡Es solo un juego! ¡Un juguete! Mi amigo no estaba haciendo nada malo.

La cara del guardia se enrojece.

—¡Siéntate, niña, o te denunciaré por conducta impropia de una señorita: ¡sentada detrás de un árbol con un niño! —Se ríe para sí mismo.

—¡Déjala en paz! —Cristóbal se pone de pie y se mete entre el guardia y yo. ¡En un instante, el guardia saca el garrote que lleva en la cadera y trata de usarlo para pegarle a Cristóbal en la cabeza! Cristóbal lo esquiva pero el garrote le pega en el hombro.

—¡Por favor! ¡Pare! —Me acerco al lado de Cristóbal justo cuando suena la campana.

El soldado nos da otra sonrisita.

—Una cosa más antes de que se vayan a la clase... —Levanta su pesada bota negra, ¡y pisotea el péndulo con todas sus fuerzas! Sorprendentemente, el vidrio marino del péndulo no se rompe. Cada vez que el soldado pisotea el péndulo, el vidrio marino se ilumina cada vez más rojo. Puedo sentir en la cara el calor que emite el péndulo, cada vez más caliente, como el fuego.

Finalmente el guardia retrocede.

—¡Nunca más quiero ver ese péndulo en la escuela! —Su ceño fruncido ahora se ha convertido en una mirada de terror.

—¡Cristóbal! —grito cuando el soldado por fin se va—. ¿Estás herido? —Le toco el hombro ligeramente. Él hace una mueca y se aparta de mí.

—No, solo me duele un poco. —Intenta hacer que su voz suene valiente.

—Déjame ver si algo está roto. —Empiezo a presionar mis dedos ligeramente por su brazo como he visto hacer a mis padres. Me veo hacer los movimientos como si estuviera atrapada en una pesadilla de la que no puedo despertarme. *¿Que podría ser sino una pesadilla? Simplemente no tiene sentido... ¡¿Cristóbal, aporreado por un guardia en la escuela Juana Ross?! ¡¿En la escuela que los dos conocemos desde que teníamos cinco años?!*

Debo estar presionando la carne de Cristóbal con demasiada fuerza porque de repente su mano cubre la mía y suavemente la quita de su brazo.

—¡Celeste, estoy bien! —protesta—. Pero si no llegamos a clase a tiempo, las cosas empeorarán mucho más para los dos. ¡Vámonos!

Tiene razón. Asiento con la cabeza y le tomo la mano a Cristóbal y con la otra recojo su péndulo. Entramos corriendo al edificio y por el pasillo hasta llegar al aula de la señorita Alvarado sin decirnos nada. Marisol me mira con tristeza cuando entro en el aula y me siento sin siquiera quitarme el abrigo.

—¡Eso fue una prueba! —Gloria gira la cabeza y me susurra con saña—. ¡Y la desaprobaste, Celeste!

Mi mente se tambalea con tanta confusión. ¿Una prueba de qué? ¿Gloria nos delató a las autoridades? ¿Fue por eso que vino el soldado a buscarnos a Cristóbal y a mí? Ella me da una sonrisita. ¡Sí, nos delató! ¡¿Cómo puede ser *tan... tan... cruel*?! Estoy aturdida y asustada y herida, pero también enfadada... lo suficientemente enojada como para encontrarme con su mirada fría sin vacilar hasta que Gloria se da la vuelta. Me inclino, pongo la cabeza en el escritorio y cierro los ojos tratando de calmar mi corazón palpitante.

Escucho a la señorita Alvarado haciendo preguntas a la clase y a mis compañeros contestándolas, pero no me pregunta nada a mí. No me doy cuenta de cuánto tiempo ha pasado hasta que Marisol me toca el hombro.

—Celeste, es la hora de almorzar.

Levanto la cabeza y la sacudo diciendo:

—No tengo hambre —y agacho la cabeza de nuevo.

Marisol tira suavemente de una de mis trenzas y la escucho decir:

—Te traeré un sándwich por si tienes hambre más tarde.

Quiero darle las gracias, pero no puedo hablar. Estoy atrapada aún más en la pesadilla, aterrorizada de que si levanto la cabeza y hablo, o incluso me muevo un centímetro, me suceda a mí o a uno de mis amigos otra cosa horrible, algo aún más terrible. Me quedo paralizada así hasta que suena la campana final. Luego me pongo de pie de un salto como un conejo cazado y sin mirar a la izquierda, a la derecha ni a ningún otro lado salvo derecho, corro todo el camino de regreso al cerro Mariposa.

No quiero hablar de lo que le pasó a Cristóbal, así que le digo a Delfina que quiero dormir y corro escaleras arriba antes de que pueda preguntarme sobre mi día. Esa noche, cuando mi padre llega a casa, toca a la puerta de mi habitación.

—¿Qué tal tu día en la escuela? —me pregunta abriendo los brazos como el mar. Me acerco a él y me abraza con fuerza.

—Estuvo bien, papá. —Puedo sentir su alivio.

Si le dijera lo de Cristóbal, papá estaría aún más preocupado por mí. Luego me dice:

—Puedes seguir asistiendo a la escuela si eso es lo que quieres.

¿Es eso lo que quiero?

—Gracias, papá.

Nunca antes le había mentido a mi padre.

Incluso el mar se ha **detenido**

Delfina ya no barre la calle que conduce a nuestra casa con agua de rosas. Constantemente me dice, "¡Niña Celeste, no mires por la ventana!". Hago lo que me dice; no miro. Y cuando enciendo la radio, ya no se escucha música como antes sino el áspero estruendo de las marchas militares. Apago rápidamente la radio.

Dejo de escribir nuevas palabras en mi cuaderno porque la única palabra que se repite una y otra vez en mi oído me aterroriza demasiado para escribirla. ¡Si me la imagino, podría hacerse realidad! ¿Acaso fue tan solo hace unos meses que la palabra *desaparecer* me hacía pensar en el mago del Café Iris que siempre estaba sacando conejos de su sombrero o perdiendo palomas por todo el Café? *Desaparecer* ya no es un truco de magia. Cuanto más escucho la radio... cuanto más me siento debajo de la mesa a altas horas de la noche... cuanto más miro los rostros sombríos en los teleféricos y miro las manos temblorosas de mi maestra... me doy cuenta de que *desaparecer* ahora puede significar *muerte*.

Tenemos que decirle almirante Retamales al hombre vestido de uniforme que se para todas las mañanas en la puerta principal de la escuela. Nunca sonríe y camina con un palillo en la boca inspeccionando todo constantemente. Hoy rompió un cartel de los grandes poetas chilenos que colgaba sobre la pizarra en nuestro salón de clases. En su lugar hay un retrato gigante en un marco dorado. Y mirándonos desde dentro de ese marco es el general que se ha apoderado de Chile, con su enorme capa negra y sus enormes gafas de sol negras. Nadie ha visto nunca al general sin esas gafas de sol.

—Mamá dice que los ojos son la ventana del alma —me susurra Marisol mientras salimos en dos filas; ahora hay una para las niñas y otra para los niños. Salimos para la clase de educación física que ahora es impartida por otro hombre ceñudo con un bigote como el del general. ¡Mientras pasamos por las otras aulas, vemos al general con gafas de sol enmarcado sobre cada pizarra!

—La abuela Frida también —le respondo en un susurro.

—¿Entonces tal vez el general no tiene ojos?

Nuestras miradas se cruzan.

—¿Quizás no tiene alma? —digo.

Cristóbal, que se encuentra al final de la fila de los chicos, pasa cerca de nosotras.

—¡Chicas, escuchen! —Su voz se oye presa del

pánico. Me tapo la boca con el dedo demasiado tarde para decirle que se calle—. ¡El mar ha dejado de hablar! —dice demasiado fuerte.

El maestro llega a su lado en un instante y golpea a Cristóbal dos veces en la espalda con un puntero largo y afilado. Marisol y yo nos estremecemos y nos agarramos de las manos.

—¡Sigan caminando! —nos grita el maestro.

Mis ojos, que están ardiendo, se vuelven hacia el suelo y observan cómo mis pies se mueven uno frente al otro, como si fuera un robot. Pero *tengo* que saber si Cristóbal tiene razón, así que miro hacia atrás por un segundo rápido. Los ojos de Cristóbal, muy abiertos, despiertos y enojados, se encuentran con los míos. Su cabeza rapada asiente desafiante.

—Sí. Hasta el mar se ha detenido.

El toque de **queda**

Esa noche las sirenas comienzan a sonar como si estuvieran aullando.

—¿Qué es eso? ¿Qué es eso? —grito mientras corro escaleras abajo y entro al salón. La abuela Frida me acurruca con sus brazos que huelen a limón.

—Ese sonido anuncia el toque de queda —me dice. Su voz suena tranquila pero triste mientras me explica lo que eso significa. Decido que voy a escribir la nueva palabra "toque de queda" en mi cuaderno. Significa que nadie puede salir de sus hogares y si lo hacen, la policía los tomará presos. Ya sé lo que sigue al toque de queda... esa otra palabra que me niego a escribir.

Todas las noches apenas puedo respirar hasta que mis padres regresan de la clínica médica. Cada minuto después de las siete se siente como una piedra pesada sobre mi pecho. Siempre llegan justo cuando el sol comienza a ponerse, minutos antes de que las sirenas que anuncian el toque de queda me hagan estremecer, una sensación que es como si subieran y bajaran agujas por mi columna vertebral. Y luego, con la puerta cerrada detrás de ellos, las piedras se caen al suelo y por fin puedo recuperar el aliento.

Esta noche me siento afuera de la habitación de mis padres. Parece que están discutiendo.

—¡Mi amor, deberíamos quedarnos todos juntos! ¡Podemos ir al norte a casa de mi hermana!

—¡No, Esmeralda! ¡No hay forma de que los soldados puedan permanecer en el poder! ¡Debemos estar aquí para ayudar cuando todo esto termine... y terminará pronto!

—¿Y Celeste?

—Es mejor para ella estar aquí con Frida y Delfina... Nuestros amigos nos avisarán si la situación se vuelve peligrosa. —Me inclino más cerca para tratar de escuchar mejor, ¡y mi cabeza choca contra la puerta!

—¡Ay! —Temerosa de que me hayan escuchado, corro a mi habitación y meto la cabeza bajo las mantas. Tengo la esperanza de que vengan a ver si estoy bien y que me digan que solo fue una pesadilla... pero no vienen. Toda la noche trato de olvidar lo que escuché, pero no logro pegar ojo.

Al día siguiente en la escuela sigo escuchando la conversación de mis padres en mi cabeza palpitante. ¿De qué estaban hablando? ¿Ir al norte? ¿A ese lugar lejano llamado Maine al que se mudó la tía Graciela cuando yo era pequeña? ¿Quedarnos cerca? ¿Yo aquí con la abuela Frida y Delfina? Entonces... ¿dónde estarían mis padres?

Por primera vez en mucho tiempo mis padres están en casa cuando llego de la escuela.

—¿Qué estás haciendo aquí? —le pregunto a mi padre cuando entro por la puerta.

—¡Hola a ti también! ¡Me alegro de que estés contenta de vernos! —intenta bromear conmigo y siento que mis hombros se relajan y respiro profundo mientras dejo caer mi mochila al suelo.

—Es que... todos están tan tensos últimamente. Siento que siempre estoy esperando malas noticias.

—Entiendo lo que estás diciendo, Celeste. —Frota la parte superior de mi cabeza hasta que la estática me pone los pelos de punta. Me encantaba cuando mis padres me hacían eso cuando era pequeña. Ahora... no tanto. La verdad es que ya no me gusta *en absoluto,* pero me quedo callada, deseando poder ser... fingiendo ser... la pequeña Celeste de nuevo.

—Delfina nos dijo que esta noche preparará su famoso guiso de pollo —continúa mi padre—, así que decidimos llegar temprano a casa para que todos podamos disfrutarlo juntos. Eso es todo.

Papá me suelta el pelo y camina hacia su estudio, preocupado de repente.

—¿Por qué no ves si Delfina necesita ayuda? ¿O tal vez tienes tarea que hacer? —Su voz se apaga cuando cierra la puerta de su estudio, pero no antes de que yo vislumbre una caja de libros y una pila de mapas en su escritorio.

El amor es así de poderoso

Subo a la azotea y miro a esa niebla oscura que cubre las casas, cubre el puerto e incluso cubre mi mano cuando la extiendo lo suficiente. Miro hacia la casa de la señora Atkinson. Ya no sale a su balcón como solía hacerlo. Me quedo así por lo que parece mucho, mucho tiempo, hasta que por fin escucho a mi mamá llamándome.

—¡Celeste, me temo que la niebla te trague! ¡Ven abajo!

Todos están reunidos alrededor de la mesa de la cocina. Noto que la abuela Frida ha sacado las velas que en general reserva para las fiestas religiosas.

—¿Qué está pasando, abuela? —le susurro, pero ella solo inclina la cabeza y comienza a rezar en hebreo. Cuando termina, mantiene la cabeza gacha y comienza a comer el guiso de pollo de Delfina en silencio.

Mis padres hacen lo mismo. Nunca había escuchado tanto silencio alrededor de esta mesa. Al final, mamá dice:

—¡Este guiso está riquísimo, Delfina! —pero su voz suena triste, como un collar roto.

Papá tose, carraspea y dice:

—Celeste, tenemos que hablarte de algo muy doloroso. —Me pongo tensa cuando oigo sus palabras—. No hace falta decirte que estamos pasando por un momento difícil en Chile. —Mi corazón empieza a latir tan fuerte que apenas puedo oír lo que me está diciendo papá. Un miedo como dedos fantasmales se envuelve alrededor de mi garganta—. Celeste, tu madre y yo trabajamos muy duro aquí en Valparaíso para apoyar al presidente Alarcón en su campaña para hacer que todo el mundo tuviera acceso y el derecho a la asistencia médica. Todos en la ciudad conocen nuestra clínica gratuita y nuestras visitas para atender a las personas en los barrios más pobres. También recuerdan que tu madre forma parte de la junta directiva de la campaña *Sonrían para Chile*.

—Sí, papá, pero, ¿qué importa eso ahora que han matado al presidente Alarcón?

Mamá se inclina sobre la mesa y me toma de la mano.

—Celeste, no fue suficiente que el general matara al presidente Alarcón. Para él, la única forma de controlar el país es gobernar a través del miedo. Entonces, cualquiera que él perciba que ha apoyado a Alarcón está siendo amenazado.

—¿Qué quieres decir con *amenazado*? —El miedo se intensifica en mi garganta.

El rostro de papá palidece y tiene un extraño tono de gris.

—Tu madre y yo hemos recibido cartas en el hospital... Y la clínica ha sido vandalizada. No es seguro para nosotros estar aquí en Valparaíso en este momento. Tampoco es seguro para ti, Frida y Delfina... Tu madre y yo... —carraspea otra vez e intenta empezar de nuevo—. Tu madre y yo... —tose y mira a mamá en busca de ayuda.

—Celeste. —La voz de mamá es tan firme que casi suena como un robot—. Papá y yo debemos separarnos de ti por un tiempo. Nos vamos a esconder.

¡¿Qué?!, grita mi mente, pero ningún sonido sale de mi boca abierta. Agacho la cabeza. No puedo mirarlos en este momento. ¡¿Separarse de mí?! ¡¿Esconderse?! ¿Qué están diciendo?

Mi madre continúa:

—Celeste, ¿cómo puedo explicarte algo que yo misma apenas puedo comprender? Pero tengo que confiar en esa niña anciana y sabia que vive dentro de nuestra hija... que de alguna manera encontrarás la manera de entender lo que debemos hacer y perdonarnos.

De repente la cocina empieza a dar vueltas. Me siento mareada.

—¡Ay! —Aprieto mi estómago y corro hacia el baño. Mamá me sigue y, de la manera tranquilizadora que solo tiene mi mamá, me sujeta el pelo y me frota la espalda.

—Ven, Celeste. —Me lleva a la pileta—. Vamos a lavarte la cara y la boca. Así. Bien. —Luego me toma en sus brazos—. Nana te está preparando un té de jengibre para calmarte el estómago. Celeste, ¡lo siento tanto! ¡Mi pobre hija! —Mamá empieza a llorar y lágrimas como delicadas perlitas ruedan desde su mentón hasta lo alto de mi cabeza—. Por favor, créeme, nos duele tanto dejarte, pero nos dolería aún más perder la vida y no estar más aquí para ti. Debemos tomar precauciones. Mi hija valiente, todos debemos soportar este sacrificio para que cuando finalmente se restablezca la paz en Chile, podamos estar todos juntos de nuevo.

—Pero, ¿cuándo será eso? ¿Cuánto tiempo tomará, mamá? —la presiono mientras ella me lleva de regreso a la cocina donde la abuela Frida y luego papá abren sus brazos para abrazarme. Entonces Delfina pone una tasa humeante en frente de mí.

—El té de jengibre ahora, niña Celeste, y las preguntas después. Debes calmarte el estómago.

Y mamá responde por fin a mi pregunta:

—No sé cuánto tiempo estaremos separados.

—Pero... pero... ¿adónde irán? ¿Cuándo se van? —les pregunto, apenas conteniendo las lágrimas.

—Celeste de mi alma —me dice la abuela Frida—,

tu vida seguirá con la mayor normalidad posible dadas las circunstancias. Te quedarás aquí conmigo y con Delfina y las tres nos cuidaremos muy bien.

Papá asiente.

—Celeste, no me gusta esconderte cosas, pero es mejor que no sepas ningún detalle sobre dónde y cuándo tu madre y yo nos iremos. De esa manera, en caso de que alguien te pregunte, puedes responder con sinceridad que no lo sabes.

Las lágrimas ahora ruedan por mis mejillas.

—¿Quieres decir que ni siquiera podemos despedirnos?

—No habrá despedidas, Celeste —dice papá con mucha tristeza.

—Pero te llevaremos con nosotros en nuestros corazones. —Mamá sonríe a través de sus lágrimas—. Y así nunca estaremos lejos de ti. El amor es así de poderoso, Celeste. Aunque no me veas, te arroparé cada noche en mi corazón.

No puedo aguantar decir la **palabra**

Salgo temprano para la escuela porque ya no soporto estar en casa sabiendo que nuestra familia podría no estar junta esta noche. Camino a la escuela aturdida, como si se me hubiera quitado toda la fuerza de los huesos. De alguna manera me encuentro en la puerta de Juana Ross. Mi corazón late más rápido. No quiero ver a nadie. Tengo miedo de contarles a mis amigos sobre mi mamá y mi papá, en parte porque la abuela Frida me dijo que no se lo mencionara a nadie, pero sobre todo porque no puedo soportar decir la palabra *desaparecido* en voz alta. Pero Cristóbal y Marisol corren hacia mí en cuanto me ven entrar al patio de la escuela.

—¡Te hemos estado esperando, Celeste! —Marisol me abraza—. Nuestros padres nos contaron lo de tus padr...

—¡Marisol, cállate! —Cristóbal la interrumpe a media frase. Marisol rápidamente cambia de tema manteniendo la voz baja—. Puede que yo deje de asistir a la escuela.

—¡¿Por qué?! —El miedo hace que mi estómago dé

vueltas otra vez—. ¿Estás en peligro? ¿Te vas a esconder también?

—Papá dice que todo lo que estoy aprendiendo aquí son mentiras. Espero no tener que asistir más. Tengo pesadillas todas las noches sobre el guardia que lastimó a Cristóbal.

—¿Y tú, Cristóbal? ¿Tienes miedo de seguir asistiendo a la escuela?

Cristóbal se rasca la cabeza.

—Es extraño, pero tenía más miedo antes de que el guardia y el maestro de gimnasia me golpearan. Ahora sé a qué tenerle miedo, lo que es mejor que tener miedo de las cosas que imagino. —Se mira los pies y se mueve de un lado a otro—. Creo que me quedaré. Eso es lo que mi péndulo me dice que haga. —La mandíbula de Cristóbal se tensa con determinación—. Dice que tengo que quedarme y ver todo esto.

El resto del día pasa en una especie de neblina. Camino a casa desde la escuela con los ojos puestos en el suelo... un marcado zapato negro delante del otro. No tengo ganas de ver a nadie y tener que pararme para saludar. ¡En especial a la señora Atkinson! Ella nunca deja de preguntarme si mis padres están todavía trabajando hasta la muerte en el hospital y la clínica. Pero cuando me acerco a la cima del cerro Mariposa, escucho un rugido y miro hacia arriba. La puerta principal de la casa de los

Vergara está abierta. Eso es bien extraño. Escalofríos recorren mi espalda. Me acerco con cautela.

—¿Hola? ¿Hay alguien en casa? —Entro en la casa de puntillas. Allí, en el pasillo, está su caniche—. ¡Princesa! ¡Ven aquí! ¿Estás durmiendo? —Me acerco unos pasos. El hedor me abruma y me tapo la boca con horror.

¡Está muerta!

El señor y la señora Vergara no están.

¿Cómo es posible que se hayan ido sin llevar a Princesa? ¿O es que alguien vino e hizo que los señores Vergara desaparecieran? ¿Esa misma persona mató a su perra?

Corro a casa con un grito atrapado en mi garganta.

—¡Celeste! ¿Eres tú? —Escucho la voz de la nana Delfina desde la cocina, pero no me paro para saludarla. Sigo subiendo hasta llegar a la azotea. Me siento allí y espero poder seguir llorando hasta que suene la sirena para el toque de queda.

—¡Celeste! —La nana Delfina aparece en la azotea—. Ya basta de estar sola, querida. Es hora de entrar y cenar.

Es difícil masticar el arroz con azafrán que la nana ha puesto delante de mí. Sigo mirando la puerta, esperando la llegada de mis padres... pero no vuelven a casa. Lo que sabía en mi corazón todo el día se ha hecho realidad. Papá y mamá se han ido.

La abuela Frida mantiene la cabeza gacha. Observo que una lágrima se desliza hacia su plato. Nuestra casa que solía zumbar con voces alegres se ha quedado muda.

Subo a mi habitación después de cenar. Podría volver a subir a la azotea, pero no quiero ver el cielo tan gris. No quiero ver lo que le está pasando a mi ciudad. En cambio, trato de dormir... de esa forma no tendré que pensar. Pero tengo pesadillas en las que los soldados vienen a llevarnos. Bajo por las escaleras a hurtadillas y miro el reloj en el pasillo. Es medianoche, pero, de todos modos, entro de puntillas a la habitación de la abuela Frida.

Está despierta, sentada en la cama. La luz de la luna brilla a través de la ventana en su camisón y sus sábanas, en su piel y su cabello, todos los cuales son de un blanco fantasmal.

—Ven aquí, Celeste de mi alma. —La abuela Frida abre los brazos y me hace lugar en la cama. Agradecida, me acurruco a su lado.

—Tu almohada huele a lilas... —le digo y luego respiro hondo. No quiero hablar de mamá y papá... Pero algo más también me está molestando.

—Abuela, no quiero asistir más a la escuela. Marisol ya no va y mi único amigo de verdad que queda es Cristóbal y él... él... bueno, ¡es mucho más valiente que yo!

—Todos podemos ser valientes a nuestra manera, Celeste —murmura la abuela Frida en mi cabello.

—Yo no, abuela. Tengo mucho miedo... ¡de los teleféricos y de que me quede atrapada en uno de ellos con un soldado! ¡Del soldado que patrulla nuestra escuela! ¡Me temo que algo terrible le esté pasando a Lucila!

Miedo. ¡Tanto miedo! Miedo que se desliza por mi cuerpo entero y que camina a mi lado como una sombra.

—¡Abuela Frida, por favor no me obligues a asistir a la escuela! ¡Papá no quería que fuera y tenía razón! —No puedo contener más mis lágrimas y empiezo a sollozar.

—¡Shhh, Celeste, shhh! ¡Ya está, niña! ¡Ya está, mi nieta valiente! —Empieza a acariciarme la frente como lo hace mamá—. Celeste, eres muy valiente. Quiero que recuerdes eso. Pero algo que he aprendido en la vida es que no debemos desperdiciar nuestra valentía, sino más bien guardarla para las batallas correctas. Aprendí temprano cuando salí de Viena que a veces es mejor marcharse... Creo que esto me ha ayudado a sobrevivir...

Levanto la cabeza y miro sus grandes ojos azules. Sus ojos no se ven tristes... más bien decididos.

—No tienes que asistir a la escuela, Celeste, si no quieres. Quería respetar los deseos de mi hija y dejarte elegir, pero ella también me dejó a cargo de tu bienestar y, bueno, también me siento más segura teniéndote en casa conmigo en el cerro Mariposa.

Un calendario
vacío

Los días transcurren. Yo paso la mayoría de ellos en la azotea. Observo y espero, pero mamá y papá no regresan. Otro día pasa... y luego otro. Una semana pasa... y luego otra. Decido dejar de contar.

Mi mandíbula está tan apretada que tengo miedo de que mis dientes se rompan en un millón de pedazos.

—Demasiado joven, demasiado joven —la voz de Delfina tiene la cadencia de una oración—. ¿Tienes dolor de cabeza, Celeste?

Asiento con la cabeza. Extiende la mano y me frota las sienes con los dedos que todavía están empapados con aceite de oliva y la suavidad del cilantro de la sopa que acaba de hacer. Me duele la cabeza todo el tiempo desde que mis padres se fueron. Y ni los medicamentos ni las hierbas medicinales de Delfina pueden quitarme el peso de este miedo constante sobre mis hombros.

—Siéntate y come mientras Delfina le sirve la comida a la abuela Frida. Las dos están empezando a parecerse como el aire de tan delgadas. Luego, después de comer, pide una señal.

Se siente bien sentarme. Estoy tan cansada, aunque casi no hago nada más que acostarme en mi cama y pensar todo el día. Como un poco de la sopa de pollo y verduras que sé que es tan deliciosa. La he sorbido un millón de veces antes y he relamido las gotas de mi mentón con una sonrisa. Pero ahora todo es menos de lo que era antes. Me encantaba comer, pero ahora tengo que esforzarme, y no comería nada si la nana Delfina no estuviera aquí cuidándome. Mi garganta también se siente comprimida, por lo que casi me ahogo cuando trago. Y cada vez que trago no puedo evitar preguntarme si mis padres tienen algo de comer.

La nana Delfina regresa rápidamente de la habitación de la abuela Frida.

—Está dormida —dice con un suspiro—. Pero Delfina dejó la sopa en su mesita de noche, con su pan de romero empapado en el tazón. —Los sabios ojos de la nana Delfina no se pierden nada. Ella ve que estoy luchando para comer. Enseguida llena su propio tazón y se sienta a mi lado. Frota mi espalda suavemente. Y casi por arte de magia, poco a poco, se abre mi pecho. Es más fácil respirar y el sabor vuelve a la comida. Delfina se queda así hasta que he tomado toda la sopa. Paciente y tranquila, deja enfriar su propia sopa hasta que pongo la cuchara en mi tazón vacío y le digo:

—Come, nana Delfina. Tú nos cuidas a todos, pero, ¿quién te cuida a ti?

—Dios y los antepasados de Delfina la cuidan, querida. —Ella sonríe—. Nunca tienes que preocuparte por tu nana. —Apoyo mi cabeza contra su hombro mientras ella se toma su sopa. Puedo oír el latido de su corazón y el extraño gorgoteo de su vientre, como cuando dos pequeñas mareas chocan y se arremolinan juntas en un tramo hueco de arena. Pienso en la fe de la nana Delfina. Es tan fuerte como su espalda recta y sus brazos arrugados color castaño.

—¿En qué estás pensando, Celeste? —me pregunta mientras empuja su tazón a un lado.

Estoy pensando en mis padres, pero en vez de decirle eso le pregunto:

—¿Dónde naciste, nana?

—Delfina nació en Cautín, el lugar donde los bosques, el desierto y el mar se unen.

—Fue allí que aprendiste tu magia, ¿cierto, nana Delfina?

—Sí, mi niña. Los antepasados de Delfina le enseñaron a sanar a los demás. Transmitieron sus conocimientos con sus voces. Conoces algunas palabras del idioma de Delfina por las canciones que te canta, pero no puedes escribir las palabras en tu cuaderno. El mapudungún es un idioma oral. Es sagrado y solo puede mantenerse a salvo en tu lengua.

Me mira profundamente a los ojos.

—Cuando seas mayor —dice—, Delfina te contará muchos secretos. Ella te enseñará a secar pimientos y molerlos con comino, semillas de cilantro y sal para hacer merquén para condimentar los alimentos. —Delfina hace una pausa para mirarme con picardía porque sabe que siempre estoy más deseosa de aprender de los misterios que de las tareas del hogar—. Y ella te enseñará a visitar a tus espíritus guardianes en tus sueños.

Sonrío por primera vez en semanas.

—¡Sí, sí, me encantaría eso, nana! —La abrazo y una carcajada estalla de sus labios como un globo color rosado.

La señal

Aunque la abuela Frida no me deja abrir las ventanas, esta noche entreabro la de mi habitación unos centímetros. Nana me dijo que pidiera una señal así que rezo para que llegue algo del cielo. Me imagino que podría llegar un caramelo que se ha escapado de una triste fiesta de cumpleaños. Pero durante toda la noche no siento nada, ni siquiera el viento.

Es difícil dormirme rodeada de tanto vacío... hay tanto silencio que parece que estoy en otra ciudad, una ciudad extraña habitada por los muertos. Al amanecer, cuando por fin me he quedado dormida, me despierto sobresaltada por el sonido de un fuerte grito. ¡Es el viejo pelícano! ¡Ha regresado!

—Buenos días —le susurro, temiendo que mi voz sea escuchada por los hombres en uniforme con el ceño fruncido que patrullan las calles haciendo cumplir el toque de queda. El pelícano vuela más cerca de mi ventana. De repente, golpea el cristal con su pico gigante. Es entonces que mis ojos se posan en un sobre metido en el marco de la ventana. ¡Alguien debe haberlo dejado allí durante la noche! Agarro el papel húmedo. Tengo la boca más abierta que el pico del pelícano por la conmoción. Cuando miro hacia arriba, el viejo pelícano está volando hacia el puerto. Aprieto la carta contra mi pecho. Mi corazón late y parece cantar una canción de asombro y agradecimiento. Me siento con las piernas cruzadas en mi cama, abro la carta y veo una letra familiar. ¡Mamá! Aguanto la respiración y leo:

> *Mi querida Celeste:*
> *¿Cómo estás mi pequeña estrella? ¿Qué has escrito en tu cuaderno azul? ¿Cómo está el jardín de tus muñecas? ¿Y cómo está tu abuela? ¿Cómo está la casa? ¿Ya se ha volado el techo?*
> *Tu padre y yo estamos a salvo. Nos quedamos junto al océano protegidos por la buena voluntad de unos amigos valientes.*
> *Celeste, ten fe en que la libertad regrese pronto a Chile. Cada día sueño con verte de nuevo.*
>
> *Papá y yo te enviamos nuestro amor.*
> *Tu madre, Esmeralda*

Corro a la habitación de mi abuela. Todavía está en la cama medio dormida y medio vestida. La abuela Frida decía que si alguien venía a buscarnos, siempre era mejor llevar ropa interior limpia.

—¡Abuela Frida, mira lo que llegó! —Parpadea una y otra vez al reconocer la letra de su hija. Los ojos de mi abuela se hacen más y más grandes hasta convertirse en océanos. Besa el lugar donde mi madre había firmado "Esmeralda".

La incertidumbre **crepita** en cada rincón

Me despierto temprano en mi habitación azul que se llena de sombras. Me acurruco de lado y trato de contar los días que han pasado desde que recibí la carta de mamá. El tiempo ha pasado tan lentamente. Cada día es como un espagueti inmensamente largo con el que nos ahogamos, prisioneras en nuestra propia casa.

Me incorporo y miro por la ventana. Valparaíso está envuelta en una densa niebla. Me recuesto. No tengo energía. No deseo estar despierta. Me siento tan cansada de tener que estar cerca de mi casa en todo momento. ¡Al menos puedo pasar tiempo en la azotea! Siento que cada vez que les hago una pregunta a la abuela Frida y a la nana Delfina sobre lo que está pasando en el mundo más allá de nuestra casa, solo escucho palabras confusas que son peores que su silencio. La incertidumbre crepita en cada rincón de la casa.

Durante el desayuno, las tres estamos tan calladas que cada vez que mastico las tostadas, el sonido hace eco por toda mi cabeza y la hace palpitar. La abuela Frida, que vive la mitad de sus días en otro mundo y la otra mitad aterrada, rompe el silencio cuando se inclina sobre la mesa y me agarra del brazo con fuerza. Su mano tiene arrugas y es huesuda, pero también fuerte. Aprieta mi carne como si tuviera miedo de soltarme.

—Celeste, tengo que pedirte que ya no subas a la azotea. Sé lo mucho que amas estar ahí, querida, pero como hay toque de queda, ahora cualquier loco podría verte ahí arriba y pegarte un tiro.

Miro suplicante a la nana Delfina, pero ella asiente enfáticamente. La abuela Frida continúa:

—Y, Celeste, no uses más esos *jeans*, ni siquiera cuando estás en casa. Nunca sabemos quién llamará a la puerta y los militares exigen que las niñas se vistan solo con faldas y que lleven el pelo recogido en moños decorosos. Y tu pelo, Celeste, es más rebelde que el de tu mamá cuando tenía tu edad.

Frunzo el ceño y aparto el brazo.

—Abuela Frida, ¿todavía puedo reírme?

La ira en mi voz nos sorprende a todas. Delfina se mira las manos. Pero la voz de abejorro de la abuela Frida es suave. Soy yo la que a veces hablo con una voz como aguijón.

—Por supuesto que puedes reírte, pero ahora es mejor reír suavemente, en susurros.

Miro los ojos azules de mi abuela en su rostro delicado. Todavía brillan como estrellas en el cielo, como un mapa de su mundo interior. Me levanto de la mesa y me siento a sus pies. Siento que las manos de la abuela Frida juegan con los mechones enredados de mi cabello mientras dice en su voz baja pero fuerte:

—Celeste, el país está pasando por lo que tu mamá llama un terremoto del alma. Nunca en Chile he visto vecinos volverse en contra de otros vecinos. Nunca me hubiera imaginado que en este país alguien pudiera tocarle a la puerta a uno, sacarlo de la cama, decirle que lo van a llevar a algún sitio por unas pocas horas y luego interrogarlo con violencia... que nunca más se sepa de la persona y de ahí en adelante la persona se llame *desaparecida*. Celeste, ojalá pudiera protegerte del mal, pero no estaría bien de mi parte esconderte la verdad. La gente, cada vez más gente, está desapareciendo.

Miro a la abuela Frida y le pregunto:

—¿Como mis compañeros de la escuela que desaparecieron y algunos profesores que volvieron repentinamente a sus países de origen? ¿Es eso... es por eso... —mi voz se quiebra— que mamá y papá tuvieron que esconderse?

—Sí. Este terremoto en el que vivimos se llama *dictadura*. Se llama *intolerancia*. Nunca olvides estas palabras, Celeste. Son las palabras de las que yo misma escapé en el barco llamado Esperanza hace tantos años.

Cuchuflí y el abuelo José

Esa noche llamo a la puerta de la habitación de la abuela Frida para darle las buenas noches. Está acostada en la cama con las sábanas dobladas hasta el mentón mirando la foto de mi abuelo en su mesita de noche.

—¿Abuela Frida?

—¿Sí?

—Abuela Frida, mañana es domingo. Tengo ganas de ir a la ciudad como solíamos hacer. Todavía podemos salir mientras estemos en casa antes del toque de queda, ¿cierto? Prometo peinarme y ponerme mi falda azul plisada.

Mi abuela me mira apaciblemente.

—Está bien. Mañana llamaremos a Alejandro y le pediremos que nos lleve en su taxi.

Me incorporo con un salto y aplaudo fuerte. La pequeña abuela Frida se balancea para arriba y para abajo en el colchón como un barco de pesca en la bahía.

—¡Gracias, abuela! ¡Estoy tan emocionada!

La abuela Frida me sonríe de modo travieso.

—A decir verdad, ¡yo también estoy emocionada! No eres la única que está harta de estar atrapada en la casa. ¡Nos vamos a divertir tanto! ¡Ojalá pudiera llevarte a comprar cuchuflí! ¿Puedes creer que tu abuelo y yo solíamos comprar un paquete de cuatro por solo un peso?

—Ay, no he probado un cuchuflí en tanto tiempo, abuela. Me encanta cómo tienen forma de flauta, pero en lugar de música están llenos de dulzura.

La abuela Frida se queda sin aliento.

—Celeste, eso es exactamente lo que decía el abuelo José cuando mordía uno. —Pongo mi mentón en mis rodillas y veo a mi abuela que en su mente viaja a los días en que era una joven hermosa—. Es una pena que nunca hayas conocido a tu abuelo. ¡Tenía los ojos tan verdes! Yo le decía que era porque tenía dentro de su alma un bosque inmenso y verde. Era la persona más generosa que jamás he conocido. ¿Recuerdas que lo conocí en el barco que me trajo a Chile?

—Sí, abuela Frida. En el barco llamado Esperanza.

De repente me abraza muy fuertemente.

—¡Qué no daría yo por ver esas velas blancas y sentir los brazos de José alrededor de mí otra vez!

Soñar es común en mi familia

Alejandro llega al día siguiente para llevarnos al puerto. Solía tocar la bocina de su taxi cuando venía a recogernos, pero hoy se baja y toca a la puerta con cuidado.

Por lo general, el taxista de cabello blanco siempre se reía. Cuando yo era pequeña, pensaba que Dios le había dado dientes de más porque su sonrisa era tan grande. Pero hoy su rostro está sombrío, ni siquiera sonríe cuando la abuela Frida llega a la puerta principal con su acostumbrado ademán ostentoso. Como siempre, está elegantemente vestida con un vestido de orquídeas y lleva aretes y un collar de perlas.

Cuando don Alejandro empieza a conducir cerro abajo, asomo la cabeza por la ventana y saludo a la nana Delfina que está parada en la puerta principal susurrando oraciones de protección para nosotras.

—Celeste. —La abuela Frida tira de mi blusa—. Por favor quédate en el auto. Sabes que tenemos que tener más cuidado ahora.

Subo la ventana y la abuela Frida alisa los mechones de pelo suelto en mis trenzas.

Viví en el cerro Mariposa

—¡Ay, lo siento, abuela! ¿Puedes creer que, por un minuto, se me olvidó?

—Bueno, no hay nada que lamentar, querida, pero debemos mantenernos alertas y no perdernos en la tierra de los sueños. ¡Sabes muy bien que soñar es muy común en nuestra familia! ¿No le parece, don Alejandro?

Ahora veo una amplia sonrisa en el espejo retrovisor.

—Después de cuarenta años sirviéndola, doña Frida, sí sé algo acerca de los sueños.

—¿Ves, Celeste? Es por eso que solo llamo a don Alejandro. Sabemos que donde sea que viajemos, siempre regresamos sanos y salvos al cerro Mariposa.

Nos quedamos en silencio mientras miramos por la ventana. Todas las tiendas y los cafés están cerrados. No puedo ni oler el aroma a empanadas horneándose. Miro a la abuela Frida que tiene una expresión de consternación en el rostro. Lee mis pensamientos y me dice:

—El dictador ha prohibido que los negocios abran los domingos.

Doblamos por el Paseo 21 de Mayo. La amplia avenida, que normalmente está llena de parejas que caminan abrazadas y vendedores ambulantes que venden de todo, desde limonada hasta cometas de todos los colores del arcoíris, parece tan vacía. Pero el aire todavía está denso con el suntuoso aroma a madreselva. La abuela Frida se ha quedado muy callada y pensativa con el ceño fruncido.

—¿Qué te pasa, abuela Frida? ¿Te sientes bien?

—Sí, sí, querida. —Me da una palmadita en la mano—. Pero creo que me vendría bien un poco de aire fresco del mar. Alejandro, ¿puede llevarnos a la playa?

En la orilla con la **abuela** Frida

Nos quedamos calladas un rato mientras disfrutamos de la suavidad de la arena blanca en nuestras piernas. La marea parece subir y retroceder en puntillas. Quizás el mar tiene miedo de hacer demasiado ruido. Incluso el aire ha cambiado. El viento huele menos a sal y más a ceniza, pero no comparto nada de eso con la abuela Frida. La miro sentada con las piernas elegantemente cruzadas como una verdadera dama, incluso en la arena. Sus ojos azules están fijos en el horizonte resplandeciente.

Debe sentirme mirándola. Sin mover la mirada dice:

—El sol se pondrá pronto. Quiero hablar contigo antes de que oscurezca y tengamos que volver a casa. Celeste de mi alma, tengo algo que decirte...

Mi corazón da un vuelco. *Algo que decirte...* Últimamente nada bueno les sigue a esas palabras.

—Te escucho, abuela.

—Celeste, la situación en el país va de mal en peor. Tus padres se han escondido para no ponernos en peligro, pero... —Mi abuela se vuelve por fin para mirarme mientras asiento vacilante. Qué delicada se ve mi pobre abuela, aunque su voz es firme mientras continúa—: Pero el peligro se acerca cada vez más. Necesitamos, Celeste... Necesitamos enviarte a vivir un tiempo con la tía Graciela.

¿La tía Graciela? ¡La tía Graciela! La hermana mayor de mi mamá. No la he visto en años. Vive en una de las zonas más al norte de los Estados Unidos, a miles y miles y miles de kilómetros de Chile.

Entonces el significado verdadero de las palabras de mi abuela se hunde en mí como un cuchillo. De pronto me encuentro de pie, juntando mis manos y gritando:

—¡No! ¡Por favor, abuela Frida, no me envíes al norte! ¡No puedo dejarlas a ti y a la nana Delfina solas!

Me estoy ahogando. Me arrojo en el regazo de mi abuela. Ella me deja llorar y llorar hasta que ya no puedo llorar más.

—¡Ay, abuela! —Me pica la garganta. Susurro, pero se siente como un grito—. ¿Y mamá y papá? Es posible que vuelvan pronto. Y yo no estaría aquí... ¿y si necesitan que los ayude?

La abuela Frida limpia la arena que se me ha pegado en la cara.

—Celeste, tus padres querrían que te fueras. Hablamos de esta posibilidad. —Se quita la arena de sus guantes y me cuenta más—. No querían asustarte más de lo que ya estabas, pero creo que debes saber la verdad.

Esmeralda y Andrés recibieron amenazas de muerte. Y ahora... y ahora que han huido, parece que el gobierno...
—La voz de mi abuela se vuelve inestable, pero sigue mirándome a los ojos—. Ahora tampoco es seguro para ti. Tus padres me dijeron que usara mi mejor juicio con respecto a tu seguridad. He rezado acerca de esto, Celeste. Es mejor que vivamos separadas por un tiempo. En este momento Chile no es buen lugar para que una niña crezca.

Niego con la cabeza con incredulidad.

—Pero...

—Créeme... Ya tengo demasiada experiencia con este tipo de situación.

—Ya lo sé, abuela Frida.

Mira la bola de luz roja que se hunde hacia el mar y me habla en alemán.

—Mi madre me mandó lejos porque no quería que una niña fuera expuesta a la crueldad que los judíos estaban viviendo en Viena.

La abuela Frida respira rápida y bruscamente. La tomo de la mano con fuerza porque tengo miedo de sus recuerdos.

—Recuerdo cuando mi madre cosió sus joyas en el forro de mi abrigo de invierno. Luego me lo puso y lo abrochó por completo. No quería soltar a mi mamá, pero me empujó hacia la puerta y la calle donde me esperaba un coche. Dentro estaba la joven pareja austriaca de la que te he hablado. Arriesgaron sus vidas para sacarme del país...

La voz de la abuela Frida se suaviza hasta convertirse en eco.

—Celeste, soy hija única como tú. Creo que si mis padres hubieran sabido que iban a morir, no se habrían quedado en Viena... habrían venido conmigo. Mi madre, mi padre, mis abuelos, mis tías y mis tíos... toda mi familia se murió. Solo unos meses después de que yo me escapé, los nazis invadieron nuestra casa durante la noche. Un refugiado austríaco que conocí en Santiago confirmó mis peores temores. Mi padre había reparado sus violines y por eso el refugiado lo reconoció entre las miles de personas esperando... esperando como animales en corrales... el tren para llevarlos a un campo de concentración. Pero nunca supe dónde o cuándo murieron los miembros de mi familia. —La abuela Frida saca un pañuelo del bolsillo y se lo aprieta sobre la nariz y la boca.

—¡Ay, abuela Frida! —La abrazo sollozando—. Lo siento tanto.

La abuela Frida toma una de mis trenzas y la deshace y la vuelve a trenzar durante un rato largo.

—Ya ves, Celeste del alma mía, que tengo que tomar precauciones cuando se trata de cuidarte.

La abrazo aún más fuerte y temo que la esté lastimando puesto que es tan frágil y delicada, pero no puedo soltarla.

—Mi amor, lo siento tanto. Aún eres una niña y no es bueno hundirte en tanta tristeza. Perdóname.

Lo único que puedo hacer es abrazar a mi abuela hasta que me tiemblan los brazos. Ella siempre me dice que guarde mis lágrimas para las cosas alegres, pero en este momento no puedo evitar llorar de nuevo. El delgado cuerpo de la abuela Frida también tiembla y ella solloza igual que yo. Parece que las dos podríamos llenar otro océano con todas nuestras lágrimas.

Lloro hasta caer en un sueño ligero y sueño que el océano se abre para formar un anillo de protección alrededor de nosotras. Sobre mi cabeza vuelan pelícanos blancos iluminando la noche que se ha hundido en mi corazón.

—Celeste mía, despiértate, querida. Se está poniendo el sol y Alejandro nos espera para llevarnos a casa. —Abro los ojos y la abuela Frida me dice—: Recuerda que solo te irás por un tiempo breve. Tengo fe en que este país volverá a la vida. Pero mientras tanto estarás a salvo. Rezaré para que el tiempo pase rápido. Y pronto regresarás a nuestra casa en el cerro Mariposa.

Una caracola y un **chal** verde

Es imposible dormir esa noche. Doy vueltas en la cama. Mi mente se llena de temores. Me asusta dejar a mi familia, a mis amigos, a mi país... Y de repente las preocupaciones más extrañas desvían mi atención. Por ejemplo: ¿Qué pasará si los pelícanos comienzan a volar cerca de mi ventana otra vez? ¿Qué pensarán si no estoy aquí para saludarlos? ¿Quién regará el jardín de mis muñecas? Luego surge otra gran preocupación: ¡No hablo inglés! ¿Cómo hablaré con la gente? ¿Cómo sabré lo que está pasando?

En la cena le pregunté a la abuela Frida acerca de no hablar inglés. Delfina había preparado mis humitas favoritas, pero apenas podía tragarlas y mucho menos saborearlas.

—Graciela estará allí para ayudarte —dijo mi abuela con un gesto de la mano como si tratara de difundir el inglés a los rincones de la cocina y a lo más recóndito de mi mente—. Y aprenderás como yo aprendí a hablar español cuando llegué a Valparaíso... poco a poco.

Al final dejo de intentar dormir y me escabullo hasta

la azotea para ver el cielo nocturno iluminarse con el amanecer. El oleaje del mar se vuelve rosado bajo los primeros rayos del sol. Es hermoso. Y cuando la luz llega a mis ojos, inclino la cabeza y rezo por mis padres, la abuela Frida y la nana Delfina. "Por favor, manténgalos a salvo. Que todos volvamos a estar juntos pronto".

Sé que es hora de irme. Me tiemblan las manos mientras vuelvo a mi habitación azul. Mi garganta se estrecha, pero contengo las lágrimas para poder echar un último vistazo a mi pared llena de palabras. "Las lágrimas deben guardarse para la felicidad", me repito las palabras de la abuela Frida. Recuerdo haberlas escuchado tan a menudo cuando era niña... cuando tropezaba y me caía o cuando derramaba mi helado en el pasto. "Las lágrimas son para la felicidad, Celeste". ¿Quizás si guardo mis lágrimas, vendrá la felicidad?

Paso mis manos por encima de mi escritorio, mi silla, mi álbum de fotos. No empaqué mucha ropa en la pequeña maleta turquesa que le había pertenecido a la abuela Frida. Delfina me regaló su chal verde tejido hace tantos años por su propia madre.

—Cuando te lo pongas, Celeste —me dijo—, llevarás un abrazo de Delfina.

Me llevo una foto de la abuela Frida junto a sus lilas y un retrato de mis padres en el día de su boda, pero ninguna foto de Delfina.

—Quiero que solo lleves la foto de la nana en tu corazón donde podrás verla mejor —me dice.

Me llevo también la foto de mi clase que fue tomada justo antes de que yo dejara de asistir, ¡pero faltan muchos de mis compañeros! Lucila... Ana... También tendré que guardar sus rostros en mi corazón. ¿Y los que todavía están aquí? ¿Qué pensarán cuando descubran que me he ido? ¿Marisol y Cristóbal Williams se sentirán heridos porque no me despedí de ellos?

La abuela Frida quiere que me vaya del cerro Mariposa tan rápido, ¡y sin despedirme de nadie!

—Es más seguro para todos si descubren que te has ido una vez que estés a salvo en los Estados Unidos —me dice con firmeza en alemán, y aunque ni siquiera habla alemán, ¡Delfina asiente con la cabeza!

No puedo decirle a nadie ni adiós. ¡Me da la sensación de que nunca volveré a ver a mis amigos! Y cuando pienso en que no pude despedirme de mis padres, un nuevo nudo de tristeza sube a mi garganta, luego uno más de miedo. ¿Gloria se lo dirá a su padre una vez que se dé cuenta de que me he ido? ¿Me traicionará? "Por favor, amiga", susurro. "Has sido mi amiga desde que teníamos cinco años. Siempre serás mi amiga. Por favor, mantén mi secreto a salvo".

No hay despedidas, solo **regresos**

La mañana de mi viaje al norte abro la puerta principal de mi casa como una sonámbula. Don Alejandro y su taxi me esperan. Lo único que siento es un nudo en el estómago cuando pienso en mi abuela. Está en la cama desde ayer por la mañana, tan frágil y envuelta en tantas mantas que me recuerda a una cebolla con su piel fina y delicada. Anoche le di un beso de buenas noches como siempre lo hago, y ella me dijo, "Te veo en la mañana, Celeste de mi alma", y cerró sus ojos brillantes. Sé muy bien que mi abuela no soporta decir adiós.

—Ten, toma esto. —Delfina me coloca una bolsita marrón en la mano—. Son semillas que debes sembrar en tu nueva tierra. —Me besa en la frente y me dice—: La sabiduría del universo te protegerá. Ten fe y cree en el universo. —Luego corre hacia adentro.

Bajo despacio por los escalones de piedra. Veo el jardín de mis muñecas y el viejo pelícano volando por encima. "No hay despedidas. Las lágrimas son para la felicidad". Sigo susurrándome estas palabras con la esperanza de que se hagan realidad.

De repente escucho una conmoción en el cielo y me doy la vuelta. El viejo y lento pelícano —mi favorito— está graznando y bajando en picada, golpeando sus alas contra el techo de nuestra casa. Lo miro con asombro y cuando bajo la mirada veo a la abuela Frida parada en la ventana. Está envuelta en una enorme bufanda anaranjada saludándome. Sus labios tiemblan, pero puedo leerlos mientras se mueven lentamente en su hermoso y arrugado rostro.

—¡Yo también te amo, abuela Frida! ¡Hasta pronto! —le digo. Su sonrisa es lo último que veo antes de que Alejandro me ayude a subir al taxi.

El camino a
Santiago

El rocío cubre los pastos y los dedalitos de oro que crecen a lo largo de la carretera a Santiago. He visto caer la nieve solo en el campo cerca de las montañas, pero pronto veré caer otra nieve en una ciudad y ni siquiera sé cómo decir "nieve" en inglés. Todo lo que veré, todo lo que oiré, será desconocido para mí. Solo conozco a la tía Graciela, pero no la he visto desde que tenía ocho años. ¿Me reconocerá? ¿Habrá cambiado mucho?

Intento contar las mariposas que pasan volando como lo hacía cuando era pequeña: una, dos, tres... cualquier cosa para mantener la mente quieta unos segundos. Cuatro, cinco...

Junto al valle se eleva la montaña más alta de las Américas, el cerro Aconcagua. Me llena los ojos como una ráfaga de nieve.

—Ya no veo el océano, Alejandro.

—El mar todavía está ahí... simplemente yace detrás de ti ahora.

Detrás de mí. Hay tantas cosas detrás de mí: el

mar con su sabor a sal, los cerros, las luciérnagas como racimos de uvas grandes y brillantes. Detrás de mí está la azotea de mi casa. ¿Y el cielo sobre mi azotea es el mismo cielo sobre nosotros ahora? ¿Serán las mismas estrellas sobre Juliette Cove, donde vive mi tía, o tendré que encontrar un nuevo mapa del cielo?

—¡Celeste!

Me sobresalto cuando la voz baja de Alejandro me saca de mis pensamientos.

—No pienses tanto, niña. En este momento tienes que seguir adelante y no mirar para atrás. Pero cuando estés allá en el norte, ten un ojo mirando hacia adelante y el otro mirando detrás de ti. Ten cuidado de las cosas desconocidas, pero también ten fe, niña Celeste. Dios está en todas partes. Dondequiera que vayas Él está allí.

—Haré lo que usted dice, don Alejandro.

Asiente con la cabeza por el espejo retrovisor.

—Muy bien, niña Celeste. —Nunca antes había notado lo poderosa que es la mirada de Alejandro—. Y ahora algo para llenar tu mente de pensamientos más dulces —dice mientras reduce la velocidad del taxi y se dirige al costado de la carretera. Detrás de un puesto amarillo con un letrero que dice ¡MERIENDAS! hay una anciana diminuta y un niño pequeño. Alejandro se baja del auto y regresa con un alfajor.

—¡Gracias! —Muerdo mi dulce favorito: dulce de

leche untado espesamente entre dos galletas de mantequilla crujientes cubiertas de azúcar en polvo. ¿Encontraré a alguien en Juliette Cove que sea tan bueno conmigo como don Alejandro? ¿Por qué tenemos que dejar a alguien para darnos cuenta de cuánto lo queremos?

El tío
Bernardo

El tío Bernardo me espera en el aeropuerto. Lo veo cuando el taxi se acerca a la vereda donde hay un enorme letrero en el edificio que dice SALIDAS INTERNACIONALES. Abre la puerta trasera y extiende los brazos hacia mí y me sujeta.

—¡Celeste! —Me abraza y me aferro a su cuello como si quisiera treparlo como un árbol y escaparme de todo.

En realidad él no es mi tío, pero lo llamo así porque es el mejor amigo de mi padre. Cuando era más joven lo llamaba "Oso" porque me recordaba a un oso con sus brazos grandes y peludos y su barba negra desaliñada. Papá y el tío Bernardo se conocen desde la facultad de Medicina y, al igual que papá, Bernardo trabaja en un hospital para pobres, pero en Santiago.

No puedo soportar decirle adiós a don Alejandro.

—Gracias, don Alejandro... por todo.

—Gracias a ti, Celeste. Recuerda, Dios está en todas partes.

Yo sigo aferrada al tío Bernardo y él camina así, cargándome a mí en un brazo y mi maleta en el otro, por las puertas del aeropuerto. Luego, mientras se agacha para ponerme en el suelo, miro por encima de su hombro al viejo taxi de don Alejandro que se aleja.

—¡Niña Celeste, has crecido un poco! —Me vuelvo hacia mi tío—. ¡Qué hermosa te ves... eres casi una señorita!

Es difícil hablar.

—Gracias, tío Bernardo.

—Esta es la primera vez que vuelas en avión, ¿cierto? —Trago saliva y digo que sí con la cabeza. Me abraza de nuevo—. Te prometo que tendrás un buen viaje. El avión es como un pelícano de acero. —Él se ríe y luego yo también me río.

—Sí, tío Bernardo —le susurro. Entonces tengo que preguntarle—: ¿Sabes algo de mis padres? ¿Has tenido noticias de ellos?

—Solo sé que ambos están a salvo.

El tío Bernardo me acompaña hasta la puerta donde abordaré el avión. Coloca un boleto en mi mano y tira suavemente del pasaporte que cuelga de mi cuello.

—Tengo que dejarte ahora. Solo dale a la señora tu boleto y cuando subas al avión, busca tu asiento, el 14A.

Asiento, parpadeando para contener las lágrimas. La voz de una mujer, tan agradable que parece irreal, anuncia que ha comenzado el embarque para el vuelo a Boston.

—Por favor, niña mía, si alguien te habla o te pregunta algo, solo di que te vas de vacaciones. No digas nada más. Hay informantes por todas partes. —El tío Bernardo me besa en las mejillas—. Que Dios te bendiga, Celeste. ¡Adiós!

El pelícano de **acero**

Miro por la ventana mientras el avión se eleva en el aire. El paisaje desde abajo pasa a toda velocidad. Los amplios valles verdes de repente se vuelven estrechos. El ala de acero desaparece cuando el avión entra en una nube. Todo es blanco. Cuando salimos, la tierra de abajo está llena de sombras. Entonces la luz del sol vuelve a bailar sobre los viñedos. Recuerdo las palabras de la abuela Frida en días más felices: "El vino es un sol amarillo servido en una copa de cristal. Un bocado de la tierra y el cielo de Chile podría deleitar al mundo entero". Y encima de todo ante mis ojos, encima de cada voz que resuena en mi cabeza, se elevan las montañas... los Andes. Suben y bajan eternamente. No puedo imaginar un lugar en la tierra donde sus picos no toquen el cielo. Sin embargo, se vuelven cada vez más pequeños a medida que el avión se eleva. Pronto no podré verlos. Este es mi último vistazo de Chile. ¡Este es mi último vistazo de Chile! Siento un dolor como un cuchillo en el corazón y, de repente, por fin, después de contener las lágrimas todo el día, lloro.

Un gemido como de algún animal escondido y triste se escapa de mi interior. Sollozo y tiemblo con la cara contra la ventana.

El joven de traje azul y corbata en el asiento a mi lado me da una palmada en el hombro. Me acerco aún más a la ventana, escondo mi rostro entre mis manos y trato de contener mi llanto. Después de un rato, siento su mano acariciando suavemente la parte superior de mi cabeza. Lo miro. Su cabello rubio rizado y sus mejillas sonrosadas lo hacen parecerse a la estatua del arcángel San Miguel de la nana Delfina. Mis sollozos lentamente se convierten en soplidos. Las lágrimas saladas se secan en mis mejillas mientras duermo por primera vez en días. Cuando me despierto, la cabina del avión está en penumbra. Miro al hombre a mi lado y veo que está escribiendo en un cuaderno. Me encanta el sonido familiar de un bolígrafo escribiendo rápido sobre una página en blanco. No reconozco ninguna de las palabras, pero creo que son en inglés. ¿Quizás este señor es escritor?

La nana Delfina siempre le pide una señal a San Miguel. Creo que ella debe haberlo enviado mágicamente para cuidarme... ¡y para recordarme de algo también! Observo al hombre de las mejillas rosadas pasar a una nueva página de su cuaderno e inclino la cabeza hacia atrás y me hago una promesa:

Yo, Celeste Marconi, prometo no olvidar nunca a

Chile. Prometo que estas montañas, tan blancas como el azúcar en polvo que todavía se me pega a los dedos del alfajor que me regaló Alejandro, nunca estarán lejanas. Prometo volver siempre a ellas en mis escritos. Escribiré los Andes con el hilo de la luna que llevaré conmigo todo el camino hasta el norte. Y la luz de luna guiará mi pluma para tejer historias.

Cierro los ojos para aferrarme al recuerdo de todo lo que dejo atrás.

Segunda parte
En el norte

Bienvenida a los Estados Unidos

Llego a la ciudad de Boston en el estado de Massachusetts al amanecer. Camino con ojos soñolientos desde la pista de aterrizaje hasta la ruidosa cinta transportadora de metal donde el equipaje del vuelo da vueltas y vueltas. Veo la diminuta maleta turquesa que acaba de salir de un rectángulo negro en la pared y la levanto de la cinta, contenta de que la abuela Frida me hubiera aconsejado empacar pocas cosas.

Pasar por la aduana es mucho más fácil de lo que temía. Una vez que llego al frente de la larga cola, un oficial de policía con un grueso bigote amarillo se inclina para mirarme y luego mi pasaporte.

—¿Estás aquí de vacaciones? —me pregunta.

—Sí —susurro. El corazón me late en la garganta.

—Disfruta de tu estadía, señorita Marconi —me dice mientras señala a la siguiente persona que se adelante.

Camino con cautela a través de dos grandes puertas que se abren e inmediatamente veo a la tía Graciela con su pelo rojo entre la multitud que espera. Da saltos de alegría, agita sus largos brazos y grita:

—¡Celeste, aquí! ¡Por aquí! —Corro a sus brazos y ella me da la bienvenida en inglés—: ¡Celeste, *welcome to the USA*!

Nos reímos y me abraza aún más fuerte. Siento un gran alivio.

—¡Estoy tan contenta de tenerte aquí conmigo, querida! ¡Hace mucho tiempo que no nos vemos! —Su voz es como la de mi madre... pero diferente al mismo tiempo.

—Abróchate el abrigo, Celeste y... ten... envuelve mi bufanda alrededor de tu cuello —me dice la tía Graciela mientras empieza a caminar hacia otro par de puertas—. ¡Vamos a salir y nunca has sentido un frío como el de enero en Nueva Inglaterra! Todavía tenemos que conducir un par de horas para llegar a Juliette Cove. —¡Y tiene razón! Tan pronto como entramos en el estacionamiento, un frío penetrante me pica en las mejillas y la nariz y me hace estornudar. Hasta me duelen los huesos y mi voz suena extraña al salir entre los dientes castañeantes:

—¡Pero qué frío, tía! ¡Hace tanto, tanto frío!

—Se siente como si estuviéramos en el Polo Norte, ¿cierto? —La tía Graciela se ríe—. Te acostumbrarás, ¡pero tengo que confesarte que todavía no soy aficionada a este frío!

Veo cómo mi aliento sale de mi cuerpo como grandes bocanadas de humo.

El gris del
norte

La carretera está vacía. En la tenue luz de la madrugada solo veo pilas de nieve sucia y el contorno oscuro de los árboles que se alinean a ambos lados de la carretera. De vez en cuando vislumbro los faros de un auto muy por detrás de nosotros o muy por delante.

—Tía Graciela, ¿por qué no hay casi nadie en la carretera? ¿Es porque es demasiado temprano?

Mi tía sonríe y dice:

—Celeste, aquí casi nunca ves a nadie. Supongo que la gente es reservada, pero te acostumbrarás a la soledad y llegará el día en que te encantará. —Observo cómo mis manos se doblan y se despliegan en mi regazo. Están rojas por el frío. La tía Graciela extiende la mano derecha y toma mis dos manos en la suya. Se ríe—. Tus manos son iguales a como las recuerdo... tan pequeñas. —Y luego dice—: ¿Recuerdas cómo en el cerro Mariposa nadie está nunca solo. Desde la mañana hasta la medianoche la gente hace ruido: hablan, discuten, se llaman entre sí, se ríen de chistes, tararean viejas canciones...

¡Y los ruidos de las cocinas! ¡Las ollas y sartenes silbaban hasta tan tarde en la noche! ¿Te acuerdas?

—Antes siempre fue así, pero ya no, tía. Ahora todo el mundo tiene miedo y hay un silencio tan inquietante. Pero, aun así, todavía podía escuchar a los vecinos susurrar si me sentaba muy quieta en la azotea y cerraba los ojos. Incluso con el toque de queda, el cerro Mariposa nunca se sintió tan congelado y vacío como aquí.

—Aquí las cosas son diferentes, mi amor. Algo que aprendí a hacer, aunque es bien difícil y me tomó mucho tiempo, es trenzar mi propia voz al silencio del día y de la noche. Los silencios cuando hay luz en el cielo y cuando hay oscuridad son distintos. Eso aprendí también, y aprendí a hablar con ambos.

Miro a mi tía. Ella ha cambiado mucho. Nunca hablaba así, en acertijos y poemas. No la entiendo, pero estoy contenta de estar aquí con ella. Me inclino y le beso la mano que todavía está agarrando las mías.

—Gracias, mi Celeste. Me alegra el corazón tenerte aquí conmigo —me dice, y conduce el resto del viaje en la carretera gris con la mano izquierda en el volante y una sonrisa que se extiende como un arcoíris sobre su pálida cara delgada.

Pienso en lo que me dijo mamá cuando era pequeña y la tía Graciela se fue de repente de Valparaíso sin despedirse. "Ella ha entregado su corazón a alguien, querida, y ahora debe seguirlo". Las palabras de mi madre me confundieron, pero se veía tan triste que no le pedí que me explicara más. En lugar de eso, bajé por las escaleras tarde esa noche y me senté debajo de la mesa donde mis padres y la abuela Frida bebían coñac a sorbos.

—Es ese famoso bailarín de tango argentino, Guillermo Varela, mamá —le explicó mi madre a la abuela Frida—. ¿Te acuerdas? Graciela y yo fuimos a verlo actuar el mes pasado. Corrió hacia nosotras justo después de que se bajó la cortina, le besó la mano a Graciela y le dijo que había estado tan distraído con su cabello rojo como una rosa durante toda la actuación, ¡que había temido tropezarse con sus propios pies! La invitó a cenar al día siguiente. Ella aceptó y ha estado saliendo con él desde entonces.

—¡Esmeralda! ¿Por qué tu hermana y tú me ocultaron esto? —La voz de la abuela Frida era atípicamente brusca.

—No me correspondía a mí contártelo, mamá.

—Perdóname hija. Solo estoy fastidiada. Dime más.

—La semana pasada Guillermo se enteró de que su compañía de baile se trasladaba a Canadá, por lo que Graciela decidió seguirlo a Montreal.

—¡Ay! ¿Pero por qué tu hermana se fue sin despedirse? —le preguntó mi abuela.

Escuché a mi padre, que no había dicho nada hasta entonces, toser para aclararse la garganta como siempre lo hace cuando está molesto.

—No lo sé, mamá, pero ella prometió llamar pronto. Creo que tenía miedo de que intentaras detenerla.

—Ay, Esmeralda. Sé que eres mi hija menor, pero muchas veces siento que Graciela es la menor, mi bebé. Ella, al igual que mi madre, tiene el amor por el romance y el espíritu viajero dentro de ella.

Ahora, cuatro años después, mientras mi tía sale de la carretera y conduce por un pequeño camino de piedra lleno de colinas y curvas cerradas, me pregunto cómo esas frases tan emocionantes —*el espíritu viajero* y *el amor por el romance*— finalmente llevaron a mi tía a vivir sola en una parte tan fría y oscura del mundo.

—¡Bienvenida a Juliette Cove! Baja la ventanilla, Celeste —insta la tía Graciela.

La miro como si estuviera loca, pero hago lo que me dice. Inmediatamente el coche se llena de viento helado.

—¡Ahora, respira profundo!

Cierro los ojos e inhalo.

—¡Ah, tía! —El olor del aire salado, casi como en casa, me entra por las fosas nasales... y algo nuevo, un olor tan fuerte y tan dulce que me hace cosquillas en la garganta.

—Lo que hueles son los pinos, Celeste.

Vuelvo los ojos hacia el cielo. Dondequiera que mire hay árboles enormes de un verde profundo cubiertos de lo que parecen abrigos de piel lanudos salpicados de copos de nieve. Saco la cabeza por la ventana sin pensar en el frío mientras salimos a un claro y veo el océano.

—Tu primera mirada del océano Atlántico, Celeste.

Conducimos por altos acantilados y pequeñas caletas con muelles donde los pescadores amarran sus barcos. Los pequeños barcos se balancean de un lado a otro en las suaves olas matutinas.

—Parece que han estado durmiendo durante años y años —le digo a mi tía, y noto que los barcos, el mar, el cielo, hasta la nieve... todo tiene un tono gris.

—Tía Graciela, nunca antes he visto este tono de gris.

—Sí, también me llamó la atención cuando llegué por primera vez. ¡En Valparaíso todo es tan azul! Pero este es el gris de Maine, Celeste mía.

—Pero todo parece tan triste, tía.

—Sí, pero te acostumbrarás y créeme, un día incluso lo echarás de menos. Es un gris lleno de misterio. Si te tomas un momento para mirarlo de cerca, verás que este gris contiene una luz. Es un color que promete la llegada del sol. Es un gris que ha formado parte de la historia de esta costa y del que se han enamorado poetas y pintores porque detrás de su tenue luz se esconde otra luz. Las luces te están esperando para que las descubras también.

Conducimos por Shore Road un poco más en silencio. Luego, en un letrero verde y cubierto de nieve con las palabras desconocidas River Road, la tía Graciela baja la velocidad y dobla en una calle de tierra llena de baches que no parece más ancha que un sendero cruzando el bosque.

Extiendo la mano por la ventana y toco ramas cubiertas de nieve. Me chupo los dedos para saborearla. De repente entramos en otro claro del bosque y la tía Graciela me dice:

—Bienvenida a casa, Celeste.

Me quedo sin aliento. La casita gris con postigos verdes está rodeada de un jardín lleno de grandes árboles.

—Son robles. Espera a ver lo hermosos que son en otoño —me dice la tía Graciela emocionada mientras estaciona el coche—. Por ahora todo está sumergido bajo la nieve, pero hay pasto verde y espeso en el que te encantará recostarte y pequeñas flores silvestres, ¡y siempre siembro un jardín con flores y verduras también! —Escucho la charla feliz de mi tía cuando salgo del coche y salto para tratar de despertar mis piernas después del largo viaje.

—¡Ten cuidado de no resbalarte en el hielo! —me dice la tía Graciela. Ella ya ha llevado mi maleta a la puerta principal—. Tendré que enseñarte a caminar en invierno. Necesitarás botas para la nieve y tal vez patines de hielo. ¿Te gustaría aprender a patinar?

Asiento, pero me distraigo con graznidos que se oyen desde el bosque.

—Tía... ¿qué...?

Mi tía me sonríe con picardía.

—¡Salgan todos! No me digan que de repente son tímidos. —Uno por uno aparece una familia de pavos salvajes.

—¡Guau! —Los cuento—: Uno, dos, tres, cuatro...

—Hay ocho en total, Celeste. Viven en el bosque. —La tía Graciela se ríe—. Pero en realidad viven en este jardín y comen la comida que a veces les dejo, especialmente en invierno. Es difícil para ellos encontrar comida en esta nieve profunda.

Los pavos son extraños y hermosos al mismo tiempo.

—Me encanta el color esmeralda de sus plumas —le digo.

—Sí. Vas a ver que te van a empezar a gustar y se convertirán en buenos amigos. Y mira hacia allá, junto a los arbustos. Esa es mi amiga tímida. Viene de vez en cuando a comer algo.

Mis ojos siguen la mirada de mi tía y se posan en una pequeña cierva color marrón. Sus ojos son como dos lunas negras.

—¡Qué bonita!

—Las criaturas como estas no viven en ciudades como Valparaíso, Celeste —susurra mi tía—, así que a lo mejor te gustará vivir aquí en el campo por un tiempo. ¡Ahora, entra y ve tu casa! —Miro una vez más a la cierva y me trago las lágrimas. No sabía que era posible sentir tanta tristeza ante algo tan hermoso.

—Sí, tía. Gracias.

Una habitación azul en el **norte**

La tía Graciela deja mi maleta en el pasillo.

—¡Lo primero es lo primero! ¡Ve a ver tu habitación! Está arriba.

Las escaleras blancas tienen forma de caracol: dan vueltas y vueltas y suben y suben. Mi habitación está tan en lo alto que parece como si fuera una casa en un árbol. Entonces me quedo sin aliento. Hay una pequeña ventana en el techo por la cual puedo ver las copas de los árboles que se inclinan sobre la casa. ¡Podré mirar las estrellas desde mi cama! Y luego noto las paredes. ¡Son azules! El tono de azul exacto de mi habitación en el cerro Mariposa. Y mi cama tiene una colcha azul con grandes almohadas azules con flores verdes y moradas bordadas encima. ¡Oh! ¡Oh!

La tía Graciela se asoma a la puerta.

—¡Oh, tía! ¡Mi habitación es tan hermosa! ¡Gracias! —exclamo.

—Me alegro tanto, querida. ¿Te gusta el tragaluz? Y pinté las paredes cuando sabía que venías. Quiero que te recuerde a tu habitación azul en el cerro Mariposa. Quiero que este lugar en Juliette Cove sea tu hogar lejos de casa. ¿De acuerdo?

Asiento y corro para abrazarla. Luego le pregunto lo que la abuela Frida no pudo explicarme...

—Tía, ¿por qué viniste a Juliette Cove?

La tía Graciela se acerca a la ventana y juega con las cortinas, deslizándolas de un lado a otro.

—Ah, un día supe que era hora de irme de Montreal. —Su voz alegre suena forzada—. Miré un mapa y vi un nombre que me recordó a la historia de Shakespeare sobre el amor que perdura más allá de la muerte... y entonces —su voz vacila— y entonces... decidí venirme aquí. ¡Fue así de fácil! —La tía Graciela se aparta de la ventana con una sonrisa demasiado amplia y brillante que no se corresponde con la sombra que veo en sus ojos. Cambia de tema bruscamente—. Voy a calentarte un poco de sopa de pollo. Por qué no desempacas y te buscaré en cuanto la sopa esté lista para comer.

—Está bien, tía. —Me vuelvo hacia mis paredes azules—. Está bien —repito, enjugándome los ojos cansados y llorosos y añado, sobre todo a mí misma—. Quizás me acueste un rato sobre mi nueva colcha azul y mire el cielo antes de desempacar...

Debo haber dormido todo el día porque cuando me despierto la habitación está en la más absoluta oscuridad.

Enciendo la lucecita junto a mi cama y veo que mi tía ha dejado un tazón de sopa, un poco de pan integral y té de manzanilla en la cómoda de madera. Todo está frío pero me lo como y me lo bebo de todos modos. Luego busco en mi maleta mi pijama de franela y tan rápido como puedo, me meto en la cama. El aire de la noche es frío. Me pregunto qué hora es y si la tía Graciela todavía está despierta. Tengo miedo de deambular por una casa que aún no conozco. Tengo miedo de caminar en la oscuridad y el frío. Me asusta darme cuenta de que es mi primera noche a medio mundo del cerro Mariposa. Me quedo mirando por el tragaluz que he rebautizado "la luz de las estrellas".

Me doy cuenta de que hoy volé... pero en un pelícano de acero. De alguna manera parece que ya fue hace mucho tiempo. Han venido a visitarme unas lluvias muy fuertes. Granizos tan grandes como piedras golpean mi ventana. *¡Pum! ¡Pum! ¡Pum!* Sobresaltada, me levanto y me dirijo a la ventana. Presiono la mano contra el cristal. Mi mano se siente como si estuviera congelada allí así que la aparto. Enseguida aparece una luz blanca en el cristal de la ventana y en medio de esa luz veo una mariposa color cobre como los cerros de Valparaíso que bate las alas. Camino de espaldas a mi cama y me siento en un silencio atónito. Ni siquiera quiero parpadear... No puedo apartar los ojos de la mariposa. Una luz que parece agua de mar llena mi habitación. De repente, siento un ala suave rozándome la frente. Es un empujón suave y ligero, pero me caigo en mi colcha y mis ojos se cierran en el momento que mi cabeza se posa en la almohada. Duermo y en mi sueño escucho una voz que es como agua y también como luz. "Esta es tu habitación azul en Juliette Cove donde todo es tan tranquilo y silencioso. El único sonido y movimiento que se nota es el temblor de tu corazón. Deja que tu corazón me hable a menudo. Siempre estoy escuchando".

El estado de Maine

A la mañana siguiente me despierto y no estoy segura de dónde estoy hasta que me asomo a la ventana helada de mi habitación. Todo está cubierto de nieve y cae aún más. El cielo parece estar lleno de plumas blancas. De repente me siento completamente sola.

Me pongo los calcetines y bajo lentamente por las escaleras de caracol justo cuando la tía Graciela entra por la puerta principal sacudiéndose la nieve del cabello y los hombros. Cuando se quita el abrigo noto lo delgada que se ha puesto. Su cintura se curva como un violín. Luego me ve al pie de las escaleras y me sonríe... y su sonrisa es como la de mi mamá.

—¡Buenos días! ¡La nieve ha venido a darte la bienvenida, Celeste!

La sigo hasta la cocina con su antiguo empapelado de flores amarillas y una mesita blanca con dos sillas. Me siento en una de ellas y veo a mi tía flotar por la cocina.

—¿Están bien las tostadas para el desayuno? —me pregunta.

—¡Por supuesto! —Sonrío porque sé muy bien que las tostadas son la única cosa que mi tía sabe preparar.

—Hoy es un día especial, así que también intentaré preparar huevos revueltos.

La tía Graciela charla emocionada acerca de los zorros rojos, los ciervos y los pavos salvajes que viven en el bosque que rodea la casa. ¡Pobre tía Graciela! Creo que debe haber pasado tanto tiempo desde que tuvo a alguien con quien hablar. Después del desayuno, me lleva a hacer un recorrido por Juliette Cove. La calle de la tía Graciela desemboca en Shore Road, que sigue la playa rocosa. El océano Atlántico es gris, el mismo color de los grandes abrigos que llevan los pocos residentes que vemos caminando por Washington Street que es adonde conduce Shore Road.

—¡Esta es nuestra calle principal! —La tía Graciela se ríe—. Es bien diferente de Valparaíso, ¿no?

Miro por la ventanilla del auto y veo una tienda, una farmacia y un restaurante italiano que se llama Sal's Pizza.

—Sirven excelentes pizzas de hamburguesa, Celeste —dice la tía Graciela.

Pasamos por los negocios rápidamente y seguimos en Washington Street durante el tiempo que me lleva repetir el alfabeto en inglés dos veces, hasta llegar a otra playa rocosa.

—Este lugar se llama Saints' Harbor, el puerto de los santos. Creo que a la nana Delfina le gustaría ese nombre, ¿no te parece?

—¡Oh! —grito—. ¡Un faro! Se parece al que veo desde la azotea de nuestra casa en el cerro Mariposa. —Qué extraño que este faro pueda verse casi exactamente como el del puerto de Valparaíso cuando están tan separados: uno tan al norte y el otro tan al sur.

La tía Graciela parece oír mis pensamientos.

—Hay faros en todo el mundo, Celeste —me dice—, y puertos donde los marineros encuentran seguridad y refugio.

Creo que sé lo que está tratando de decirme.

—Entonces... quizás, tía... quizás haya otras cosas aquí que también hay en casa, en Valparaíso. Y quizás pueda encontrar esas cosas... e intentar... ser feliz.

Los llamo
amigos

En Valparaíso, la tía Graciela tenía muchos trabajos diferentes. A veces era actriz en el teatro comunitario y a veces daba clases de español a estudiantes en la universidad. Incluso trabajó como recepcionista en la clínica de mis padres durante un tiempo. Pero aquí en Juliette Cove, se gana la vida leyendo las cartas del tarot. ¡Nunca supe que ella podía leer las cartas!

—A mi madre le escondí lo del tarot —me confiesa la tía Graciela—, porque yo estaba pasando por un período de rebeldía durante los años de mi adolescencia. Conoces al mago del Café Iris, ¿cierto? —Asiento, intrigada—. Bueno, él y yo éramos compañeros de clase en la escuela secundaria. Él me enseñó a leer las cartas solo por diversión. ¡Nunca supe cuán útil sería esa habilidad! —Los ojos de mi tía brillan con picardía—. ¡Durante buenos o malos tiempos, siempre puedo encontrar a alguien con una pregunta sobre cuándo prosperará!... ¡O...! —me guiña un ojo—, ¡sobre sus vidas amorosas!

Se me ocurre una idea increíble y la dejo escapar:

—¡Tía! ¿Puedes usar el tarot para decirme qué les está pasando a mamá y papá?

—Oh, Celeste. —Ella pone sus manos en mis hombros y me mira profundamente a los ojos—. Lo siento, pero no puedo. Algo que me enseñó el mago es que la magia existe, pero somos nosotros quienes la creamos. —Se ríe con pesar—. ¡Cómo me gustaría poder predecir el futuro!

—Entonces, ¿cómo...? Pero tus clientes... —Mi voz se pierde y me quedo confundida.

—Las cartas, al igual que las estrellas, sirven como guías para la imaginación. Es como un libro de imágenes. Solo describo lo que veo. No es difícil descifrar lo que la gente necesita oír. Cada palabra se ilumina en sus ojos cuando doy vuelta a las cartas.

Me quedo callada, insegura de cómo me siento respecto a lo que me acaba de decir. Miro alrededor de la habitación de la tía Graciela. Cada superficie plana —la cómoda, el alféizar de la ventana, la mesita de noche— está cubierta de caracolas.

—Comencé a coleccionarlas de niña en Valparaíso y nunca paré. —Ella mira hacia las tres caracolas de color rosa en el marco de la puerta mientras su cabeza se asoma por debajo de los pliegues del largo vestido violeta que lleva cuando visita a sus clientes. Me río mientras se arregla un turbante en la cabeza, también violeta—. ¿Me ayudas, querida? —Señala los rizos rojos que se han escapado del turbante. Los meto uno por uno mientras ella hace un gesto hacia su tocador—. Guardo las cartas del tarot en esa bolsita. Es bonita, ¿no? Es de seda china y el color me recuerda al cielo en el cerro Mariposa. —La tía Graciela habla a mil por hora. Debe haber tomado demasiados cafés con leche... o tal vez solo la emocione ver a sus clientes.

—Pero, ¿por qué tienes que salir para verlos? ¿No es agotador conducir tanto? —le pregunto mientras le meto el último rizo debajo del turbante. Desde que tengo memoria, he caminado o viajado en teleférico hasta donde necesito ir, con la excepción de alguna salida esporádica en el taxi de don Alejandro. Todavía no estoy acostumbrada a la idea de conducir a todas partes. Para mí, la ranchera de la tía Graciela es un cartón de leche con ruedas, congestionado y sofocante.

—Me viene bien salir, Celeste. —Ella suspira—. No tengo verdaderos amigos aquí... Bueno, tal vez el cartero, ¡él me visita todos los días menos los domingos! —Se ríe de su propia broma—. Celeste, muchas de las personas cuyas casas visito son viejas. Son viejas y viven solas. Tomamos té y hablamos, y no necesito las cartas del tarot para darme cuenta de que soy la primera persona que las ha visitado o escuchado en mucho tiempo.

—A todos les gusta contar sus historias —le digo,

recordando todo lo que escuché debajo de la mesa de la cocina en el cerro Mariposa.

—¡Sí, claro que lo sabrías, Celeste! —Su rostro se ilumina de nuevo—. Recuerdo lo curiosa que eras de niña! ¡Y probablemente sigues siéndolo! —La tía Graciela recoge la bolsita azul del tocador y se vuelve hacia mí—. Regresaré en unas horas, querida. Ojalá puedas encontrar algo en el refrigerador para el almuerzo.

La sigo hasta la puerta principal y le pongo el abrigo de invierno sobre los hombros antes de que salga sin él... lo que parece hacer demasiado en este clima frío.

—¡Buena suerte con tus clientes! —le digo.

—¡Gracias! —Abre la puerta y el viento de invierno entra—. Pero no los llamo clientes, Celeste... Los llamo amigos.

Mientras cierro la puerta detrás de ella, me pregunto si aceptará huevos como pago como lo hacen mis padres. Luego recuerdo que ahora estoy en los Estados Unidos.

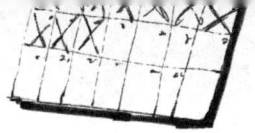

La nostalgia

Los bomberos de Juliette Cove conocen bien a la tía Graciela. La primera vez que los vi entrar corriendo a la casa, todos vestidos de rojo, me parecían bolas de fuego salvaje, y de hecho olvidé el frío que tenía. Es que estoy aprendiendo que la casa de la tía Graciela siempre huele a café recién hecho y a tostadas excepto en las mañanas desafortunadas cuando huele a *tostadas quemadas*. Mi tía se distrae fácilmente y por las mañanas tiene la costumbre de olvidarse de las cuatro rebanadas de pan integral en la tostadora mientras agrega azúcar a su café y mira los remolinos de leche, como espuma de mar, e intenta ver el futuro. A veces las tostadas se vuelven tan chamuscadas que la casa se llena de humo y el grito aterrador de la alarma de incendios empieza a sonar obligándonos a salir corriendo al aire helado de Maine, envueltas solo en nuestras batas.

Mi tía está más malhumorada de lo que la recuerdo y a menudo mira por la ventana hacia el horizonte por horas. En el silencio de las tardes aprieto la oreja contra el cristal frío de la ventana y casi oigo suspirar a los árboles mientras sus ramas se balancean.

Cuando le cuento esto a mi tía, me dice:

—Todo el invierno los árboles se mantienen firmes contra el viento y soportan el peso de la nieve.

Le contesto como creo que lo haría la abuela Frida.

—Entonces deben tener algo que enseñarnos... ¿Es por eso que te encuentro mirando por la ventana tan a menudo?

Graciela, mi tía querida, no contesta y en cambio me dice:

—Celeste, por favor, enséñame cómo poner la oreja contra la ventana para que yo también pueda oír suspirar a los árboles.

—¡Te traeré algo que te hará sentirte más feliz! —le digo y me apresuro a subir por las escaleras. Regreso con la caracola perlada que me regaló la nana Delfina—. ¡Escucha! —insto a mi tía. Ella la coloca contra su oreja.

—¡El Pacífico! —dice, quedándose sin aliento. Su rostro se ilumina y su cabeza se balancea ligeramente al ritmo que escucha en el interior de la caracola.

Se ve tan feliz que por un momento me olvido de mi propia nostalgia y le digo:

—¡Quédate con ella, tía! Has estado fuera de Valparaíso mucho más tiempo que yo. —Luego la dejo sola antes de cambiar de opinión acerca de regalarle la caracola.

A veces escucho a la tía Graciela cantar para sí misma y otras veces la escucho llorar, no encima de una olla de papas, sino en sus propias manos. Corro a su habitación.

—¿Qué te pasa, tía? ¿Puedo ayudar? —Y un día le pregunto vacilante—: ¿Extrañas a Guillermo?

Pero la tía Graciela nunca habla de ese novio a quien siguió desde Valparaíso hasta Montreal, Canadá. La abuela Frida me había advertido que mi tía no hablaría de ese tema.

—Ay, niña mía, es solo la nostalgia. —Mi tía se seca las lágrimas con un pañuelo—. Si dejo que las lágrimas fluyan, finalmente se secarán. —Beso a mi tía en la mejilla y saboreo una lágrima tan salada que es como si contuviera todo el mar.

Regreso a mi propia habitación y me siento en la cama para pensar. *Nostalgia*. Nunca me gustó el sonido de esa palabra y ahora sé lo que significa porque también la estoy sintiendo. Quiere decir que extrañas tanto a alguien que el dolor se convierte en parte de ti... es un dolor constante. Es sobrevivir otro día —despertándote, desayunando, vistiéndote, incluso dando un paseo— mientras piensas constantemente en el pasado. Extraño a mis padres, a mi abuela y a la nana Delfina que todavía estará barriendo las entradas con agua de rosas para ahuyentar a los malos espíritus de la casa. También extraño a Cristóbal Williams. ¡Espero que se las esté arreglando para mantenerse despierto y ocultar su péndulo mágico! Me pregunto si otros están preguntando por mí, como Marisol y Gloria. Y me pregunto también si han averiguado dónde está Lucila. ¿Estará escondiéndose como mis padres? ¿O estará a salvo en algún país lejano como yo?

Extraño despertarme por las mañanas y saludar a los pelícanos. ¿Han vuelto al cerro Mariposa o también están escondidos? Espero que estén bien. Me pregunto si saben que ya no estoy allí... que me he ido.

Ojalá pudiera enviar una carta o, mejor aún, recibir una. Sí, una carta de mis padres y otra con noticias de mis amigos y otra más envuelta en la lana azul de las bufandas de la abuela Frida. Ojalá alguien me pudiera contar algo... cualquier cosa de mi país. El no saber me vuelve loca. Pero la tía Graciela dice que es demasiado peligroso enviar cartas a Chile y aún más peligroso enviarlas aquí porque la policía en Chile lo lee todo. Hurgo en mi tocador. En el cajón inferior encuentro un mapa de Chile que traje conmigo desde mi casa en el cerro Mariposa. Lo clavo en la pared junto al calendario que uso para contar los días desde la última vez que vi a mis padres: sesenta y cinco.

La **escuela**
en Juliette Cove

El domingo por la noche, la tía Graciela me lleva a cenar a Sal's Pizza. Es la primera vez que me encuentro rodeada de tantos sonidos extraños desde que el avión que me trajo aquí desde Chile aterrizó en Boston. Escuchar a la gente sentada en las otras mesas en el restaurante hablar inglés sin poder entenderlo es una sensación aterradora. Es como volver a ser un bebé… no poder expresarme de una manera en que todos me entiendan. Esa sensación me hace sentir atrapada.

—¡Celeste! —La tía Graciela me sonríe entre bocados de un trozo de pizza de hamburguesa y cebolla—. Quiero hablarte de algo muy importante. Es hora de que vayas a la escuela.

¡La escuela! Ni quiero pensar en asistir a la escuela aquí. No quiero asistir a ninguna otra escuela que no sea la Juana Ross en Valparaíso… Asistir a la escuela hace que todo parezca demasiado real. Hace que estar aquí sea real… no solo una visita, no unas vacaciones como le dije al policía en el aeropuerto. Ojalá pudiera seguir fingiendo, pero la tía Graciela insiste en que vaya a la escuela e insiste en que mis padres también insistirían.

Así que a la mañana siguiente me levanto temprano en Juliette Cove y me como unos cereales fríos que me dan dolor de estómago. Camino hasta el final de River Road con el chal verde de la nana Delfina puesto encima de un abrigo de invierno anaranjado que la tía Graciela encontró en una tienda de segunda mano. Es demasiado grande para mí, pero no me importa. Con las orejas y la cara envueltas en mi larga bufanda azul, finjo que nadie puede verme. ¿Quizás el conductor del autobús seguirá de largo y no tendré que ir a la escuela? Pero pronto un autobús del color de un girasol se detiene en la esquina donde estoy. Una joven rubia me abre la puerta. Subo al autobús sin mirar a nadie. Me siento en el asiento de adelante vacío y rezo por un día feliz.

Cada vez que el autobús se detiene, los niños suben y corren hasta la parte de atrás. Tengo miedo de darme la vuelta, pero puedo escuchar muchas risas y gritos, y mucho inglés que no entiendo. Por fin llegamos y salgo corriendo del autobús y me dirijo a la escuela con la cabeza gacha antes de que nadie se dé cuenta de mi presencia.

La escuela es demasiado oscura, tan oscura como el día gris que parece ser el color de Juliette Cove y de Maine. Casas grises, paraguas grises, sonrisas grises...

Lo primero que noto es que nadie usa uniforme en esta escuela y todo el mundo mastica chicle constantemente. Tengo que recordarme: *Estoy en los Estados Unidos*. Una chica me ofrece chicle y yo también empiezo a masticar. Ella se llama Kim y, al igual que yo, es de un lugar lejano. Es de Corea y cuando habla creo que debe haberse tragado un pájaro. Me cae muy bien y aunque casi no hablamos el mismo idioma, nos hacemos amigas.

Me paso todo el día tratando de entender el inglés y mirando los labios de los estudiantes que nunca dejan de masticar chicle. Me miran, pero no me hablan. Cuando paso por el patio de la escuela al final del día, escucho a un grupo de chicas burlándose de mí. No entiendo todo lo que dicen pero siento que sus palabras me dañan...

Palabras como *hispana* con *un abrigo feo*.

Sus carcajadas desagradables me hacen picar los ojos. Respiro hondo y me digo a mí misma: *¡No llores! ¡No dejes que te vean llorar!* Paso junto a ellas fingiendo no oír. Gritan: "¿Va a llevar ese estúpido delantal con su nombre encima para siempre? ¡A lo mejor no debería pertenecer al sexto grado!".

Antes de doblar por la calle, busco a Kim, pero parece que se fue tan pronto como sonó la campana. Mis pies se sienten tan pesados. Las últimas ocho horas —el primer día de clases— estallan en mi mente. Durante la clase de Matemáticas, que pensé que podría ser más fácil porque soy buena en matemáticas y no necesito hablar inglés para resolver una ecuación, un chico ruidoso llamado Charlie seguía burlándose de mi nombre e imitando mi acento cada vez que el maestro volvía la espalda para escribir en la pizarra, y las chicas desagradables se mataban de risa detrás de sus manos con las uñas pintadas de una rosa brillante.

El maestro se llama señor Turner. La escuela es tan pequeña que él enseña todas las asignaturas del sexto grado, no como en Juana Ross donde venía un maestro diferente cada vez que sonaba la campana. Me gustaba cómo era en mi antigua escuela porque si me descubrían soñando despierta o pasando mensajes a Marisol en una clase, siempre podía empezar de nuevo en la siguiente. El señor Turner parece amable, pero habla en voz baja y parece hacer que la clase entera se sienta somnolienta o inquieta. Pero durante la mitad del día me uno a Kim para recibir lecciones especiales de inglés en la parte de atrás del aula. El profesor de inglés se llama señor Kendall. Es muy mayor y parece que no le gustan ni los niños ni la enseñanza. Es una persona muy impaciente que nunca espera a que Kim o yo repitamos las palabras hasta que las digamos bien como me enseñó la abuela Frida a hablar alemán. Nos responde bruscamente como si estuviera enojado. Nunca me había sentido estúpida antes y sigo recordándome lo que mi padre me dijo alguna vez: "Nadie puede hacerte sentir inferior sin tu consentimiento, Celeste".

Ojalá pudiera decirle esto a Kim, pero no conozco suficientes palabras en inglés para hacerlo. Ella tiembla como una hoja cada vez que el señor Kendall le hace una pregunta o la hace leer en voz alta. Al final de la clase veo manchas de tinta en las hojas de trabajo de Kim donde deben haber caído sus lágrimas.

Las telenovelas

Dado que el señor Kendall no es de mucha ayuda, aprendo a hablar inglés después de la escuela mirando la televisión. La miro mucho, aunque nunca me gustaba mirarla en Chile. Miramos lo que la tía Graciela llama "mi programa" cuando llego a casa de la escuela. Los programas de tele llenan el hueco que siempre está en mi estómago... al menos por un rato. "Es así que aprendí a hablar inglés", me dice la tía Graciela. Es adicta al programa *General Hospital*. Es un tipo de *show* con un nombre divertido en inglés: *soap opera*. Pero sé lo que es porque tenemos muchas de estas telenovelas en Chile. Escucho la forma en que las actrices estadounidenses rubias y glamorosas hablan y trato de hacer los mismos gestos que hacen ellas. Puedo imitar sus gestos muy bien, pero mi voz me suena como si saliera de la boca de otra persona.

—¡Pero tu acento está mejorando, querida! —la tía Graciela me anima todos los días.

—Aquí solo se habla inglés... se oye por todas partes, pero en Valparaíso se oían tantas palabras extranjeras y voces extranjeras. ¿Recuerdas a madame Lamoreux, que siempre nos hablaba en francés?

La tía Graciela sonríe.

—Tu madre y yo fuimos las que le pusimos el apodo de *"madame Roquefort"*, ¡como el queso!

—¡Y ahora todo el vecindario piensa que ese es su nombre verdadero! —Casi me ahogo con mis espaguetis porque de repente me estoy riendo con una risa verdadera y profunda, algo que no he hecho desde que salí de Chile—. ¿Por qué tú y mamá le dieron el apodo de un queso tan maloliente, tía?

—No fue porque olía mal. De hecho, siempre olía a perfume Chanel... Era porque pensaba que era mucho más elegante que todos los demás en el cerro Mariposa. Siempre se daba aires.

—Cuando era pequeña pensaba que se llamaba *Roquefort* porque cuando venía los martes para tomar el té con la abuela Frida, siempre traía quesos envueltos en celofán morado y atados con una cinta color rosa. El año pasado en el cumpleaños de la abuela, trajo queso austríaco, ¡y la abuela se lo comió todo en un día! —La tía Graciela vuelve a sonreír mientras continúo—: Madame Roquefort siempre le decía a la abuela Frida que yo debería aprender inglés... La señora Atkinson decía lo mismo. Ahora parece que tenían razón, pero yo quería aprender alemán.

—Me alegro de que tu abuela te haya enseñado, *fräulein*. —La tía Graciela suena raro llamándome *señorita* en alemán. ¡Su acento es terrible! Me hace sentir mejor respecto a mi acento en inglés.

"Todo el mundo siempre está aprendiendo algo nuevo", me recordaba mi padre cuando venía a ver si estaba haciendo mi tarea y me encontraba mirando las estrellas por la ventana. "Si no, ¿cuál es el motivo de vivir?".

Un cumpleaños
en invierno

¡El invierno dura demasiado en Juliette Cove! Estoy harta de meses e interminables meses de nieve cubriendo el suelo. El jardín es como una hoja de papel en blanco, pero en vez de imaginar historias para escribir encima, las únicas palabras que encuentro son los nombres de todo lo que añoro. Los copos de nieve que caen del cielo me recuerdan al cabello de la abuela Frida. ¡Cómo me encantaría peinárselo de nuevo! Mis manos, siempre frías, buscan la luz del sol tan cálida y brillante como la sonrisa de dientes separados de la nana Delfina. El frío me hace extrañar los cálidos aromas de las empanadas los domingos y el cilantro recién cosechado de la huerta.

En invierno es más triste no tener a nadie en la escuela con quien hablar. En mis manos dibujo mapa tras mapa de la tierra larga y delgada cuyo nombre me recuerda a un pájaro, y me balanceo hasta dormirme cantando, "Chile, Chile, Chile...".

Cuando me despierto el 28 de febrero hay escarcha en la ventana. Los cristales me recuerdan a las estrellas que titilan sobre el puerto de Valparaíso y a las horas que pasaba en la azotea mirando el cerro Mariposa. Me acurruco aún más en mi edredón. Hace frío y una parte de mí no quiere levantarse porque sabe qué día es. En mi casa en Chile, muchas personas se reunían alrededor de nuestra mesa para celebrar mi cumpleaños, pero hoy supongo que solo una persona llamará a nuestra puerta: el cartero, el señor Carter.

¡Qué raro celebrar mi cumpleaños en invierno! Cuando nací, era verano en el hemisferio sur. "Todas las flores florecían cuando me desperté esa mañana", siempre me decía mi mamá. El 28 de febrero era uno de los únicos días del año en que mis padres no iban a la clínica. La nana Delfina siempre se adornaba el cabello de orquídeas y copihues, la flor nacional de Chile. Son como delicadas campanillas rosadas con badajos amarillos en su interior, y parecían aretes colgando de sus orejas.

Delfina caminaba orgullosa por todo el vecindario con el enorme pastel de cumpleaños que había horneado hasta altas horas de la noche, e invitaba a todos a nuestra casa. Todos nuestros vecinos venían a tomar té y café con leche y se comían el hermoso pastel con infinitas capas de dulce de leche que se llamaba "mil hojas". Ese era el único día que mis padres me permitían tomarme una taza entera de café fuerte con tanta azúcar como quisiera. Mis amigos me traían regalos como queso fresco, chocolates, flores y huevos duros, y la abuela Frida me cantaba el

"Feliz cumpleaños" en alemán con una sonrisa tímida y juvenil en su rostro. Yo siempre estaba tan contenta ese día, o tal vez todos los días, y sin embargo, no me había dado cuenta de lo feliz que era hasta ahora. Y aquí estoy, tan lejos de casa, y ni siquiera puedo llamar a mi madre porque no sé dónde está. Pero sé que ella y mi padre están pensando en mí hoy. Estoy segura de eso.

Oigo crujir los viejos muelles de la cama de la tía Graciela cuando se mueve hacia un lado y luego otro. Ese es el sonido de la tía Graciela despertándose. ¿Recordará qué día es? Debo haberme quedado dormida porque lo siguiente que oigo es a la tía Graciela llamando a la puerta de mi habitación y luego la veo caminar hacia mí con la sonrisa de la abuela Frida y un pastelito blanco con una vela azul.

—¡Feliz cumpleaños, Celeste! ¡Pide doce deseos, uno para cada año! —Cierro los ojos durante mucho tiempo y luego apago la vela.

—Sé que pediste hermosos deseos. —La tía Graciela saca del bolsillo de su bata un tenedor y me lo da—. El desayuno en la cama, señorita. Pruébalo, es algo nuevo para ti. —Tomo un gran bocado y suspiro mientras los sabores y las texturas de la canela, las zanahorias y el queso crema bailan en mi boca—. Pastel de zanahoria —me dice—. Este pastel no tiene el aroma a vainilla celestial como los de la nana Delfina, pero sabe igual de delicioso... quizás incluso mejor, ¡aunque nunca se lo diría a Delfina!

Me encuentro en **español**

Mi inglés debe estar mejorando porque el señor Turner me pide que escriba sobre mi familia en Chile y que lea mi ensayo en voz alta. Mis compañeros ni siquiera saben dónde está mi país y dicen *"Chilly"* en vez de Chile. Tampoco conocen las capitales de los países sudamericanos. Me busco en español y siempre repito en mi mente algunas de mis palabras favoritas como *libélula, luciérnaga, lluvia, euforia...* A veces, cuando repito la palabra *euforia*, siento una gran tristeza... un sentimiento que es todo lo contrario del significado de la palabra. Pero no puedo imaginarme sentir euforia hasta que esté de regreso en Chile con mi familia y mis amigos.

    Charlie, que es un matón que parece intimidar a todo el mundo, me pregunta si mi familia vive en una choza y si tenemos refrigeradores en Chile.

—Charlie —lucho por pronunciar las palabras bien—, mi país tiene carreteras, aviones y refrigeradores, pero lo más importante es que... Chile tiene poetas y la gente llena estadios enteros para escucharlos. —De repente me siento valiente y lo miro fijo a los ojos—. Me sé muchos poemas de memoria. ¿Y tú?

Me mira sorprendido, luego se encoge de hombros y finge no haberme oído. Camino a casa con una gran sonrisa en mi rostro. Al lado de la calle noto la punta de un bulbo de narciso en ciernes. Me busco en español, pero hoy tomé una posición y me encontré en inglés.

Una **canasta**
de arándanos

Para hacer que el tiempo pase, aprendo diez palabras nuevas en inglés todos los días y las escribo en mi cuaderno. Y... de hecho, el tiempo sí pasa, y cuando cuento los días en mi calendario, veo que pronto será invierno en Valparaíso. El verano ha llegado a esta mitad del mundo y el año escolar terminó ayer. ¡Me alegro tanto! No tenía a nadie de quien despedirme aparte de Kim, quien me sorprendió dándome un abrazo rápido en la parte de atrás de nuestra aula antes de salir corriendo por la puerta.

Hoy, para celebrar el comienzo del verano, la tía Graciela me lleva a recolectar arándanos en una granja en la calle donde hay un faro en un pueblo llamado York. ¡Nunca había visto ni probado arándanos antes! Parecen zafiros... están mojados por el rocío de la mañana y brillan bajo el sol. ¡Y el sabor! ¡Mmmmm! No puedo dejar de meter puñados de las pequeñas y dulces joyas deliciosas en mi boca.

—¡Celeste, estás comiendo más arándanos de los que estás poniendo en tu canasta! ¿Cómo vas a hacer un pastel si te comes toda la fruta? —La tía Graciela se burla de mí mientras se lleva algunas bayas a la boca.

—¿De verdad quieres hacer un pastel, tía? —le pregunto anticipando otra visita del departamento de bomberos.

—No, yo no quiero hacer un pastel. ¡Quiero que tú hagas un pastel!

—¿Yo? ¡Pero la nana Delfina ni me deja acercarme a la estufa! ¡Nunca he horneado nada en mi vida!

—Hasta hoy, querida... hasta hoy. Por algo se empieza.

La miro con escepticismo. Debe estar bromeando conmigo.

—Celeste. —La voz de la tía Graciela suena muy seria de repente—. Quiero que te pongas a trabajar. He decidido darte quehaceres como los que los padres estadounidenses les dan a sus hijos. Pasas demasiado tiempo en tu habitación. Te di demasiado espacio vacío para llenarlo de pensamientos tristes. Es un mal hábito mío y no quiero enseñártelo. Trabajar con las manos te vendrá bien.

—¿Pero... y... qué...? —Estoy nerviosa y no sé lo que quiero decir.

La tía Graciela sonríe.

—¿No tenías un jardín imaginario para tus muñecas en el cerro Mariposa? —Asiento con la cabeza—. Bueno, aquí tengo un verdadero jardín que necesita atención y comidas que se necesitan cocinar.

Asiento y siento que quedo boquiabierta. Por un lado, no creo que me haga cumplir con estos quehaceres y por otro espero que sí lo haga.

Vacilo y luego le pregunto:

—¿Puedo sembrar perejil y albahaca para aprender a hacer una salsa para espaguetis como la de la nana Delfina?

—¡Por supuesto! Te llevaré a la biblioteca a buscar libros sobre jardinería y luego podrás sembrar lo que quieras... —De repente me siento tan emocionada—. Siempre que... —continúa la tía Graciela—, lo que siembres crezca en este loco clima del norte.

—¡Las plantas crecerán, tía! ¡Te lo prometo!

La tía Graciela asiente.

—Así me gusta. ¡Ahora, juguemos una carrera para ver quién puede llenar su canasta primero! ¡A alguien le toca hornear un pastel!

—¡Ay! ¡Ojalá la nana Delfina estuviera aquí para ayudarnos! —Después de una parada para visitar el faro, dos conos en el puesto de helados y tres largas horas cubierta de harina, estoy en la cocina con la tía Graciela que está mirando lo que estoy haciendo por encima de mi hombro. Hago un gesto con la mano hacia el humo que sale del horno y saco el pastel.

—¡*Tu* pastel que *tú* hiciste! —dice la tía Graciela con orgullo, apretando su nariz con los dedos.

Meto un tenedor dentro del pastel, lo saco y lo agito para enfriar el bocado de arándanos, y con cuidado le doy un mordisco. ¡El interior sigue siendo dulce y delicioso!

—Ten, tía, pruébalo. —Le paso a mi tía un tenedor con arándanos calientes—. Cortaré la corteza y la dejaré en el porche para los pavos salvajes.

La tía Graciela niega con la cabeza.

—¡Oh, no! ¡Son demasiado refinados para las sobras quemadas! Te apuesto a que le pondrán mala cara con sus picos tembleques. —Luego me toma de la mano—. Vamos, Celeste. Vamos a cenar pastel en la sala de estar esta noche, y tengo un regalo para ti... la película favorita de la abuela Frida. Fue la primera película que vio en el cine después de llegar a Valparaíso. ¡Y la encontré a la venta ni más ni menos que en la farmacia!

—¡Solo en los Estados Unidos! —imito a mi tía y ella me hace una cosquilla en las costillas. Ella dice esa frase mucho, en especial cuando estamos en los pasillos largos y anchos del supermercado tratando de elegir un cereal para el desayuno o viendo propagandas de tele de una hora de duración para sartenes con espátulas que voltean los panqueques automáticamente.

Hipnotizadas, nos acurrucamos en el sofá y miramos las tres horas de la película *Lo que el viento se llevó* mientras nuestros labios se tornan de un azul arándano. Luego me arrastro por las escaleras hasta mi habitación y espero soñar con Rhett Butler mientras me recuerdo a mí misma que, como dice la señorita Scarlett: "Mañana será otro día".

Cuando abro la puerta de entrada a la mañana siguiente, descubro que mi tía tenía toda la razón sobre los pavos y sus paladares elitistas. Un ejército de hormigas, sin embargo, no fue tan quisquilloso y está amontonado encima de la corteza. Fingiendo que puedo oír mis propias enaguas rojas haciendo frufrú, corro rápidamente a buscar la escoba, ¡y esparzo el festín en el pasto antes de que la tía Graciela lo vea!

Me imagino que soy la señorita Scarlett mirando la tierra roja de Tara. "Después de todo", les digo, arrastrando las palabras con una elegante reverencia a las hormigas que todavía están clamando unas sobre otras en una carrera para llevar a casa migajas del doble de su tamaño, "¡Mañana será otro día!".

El año del **tigre**

La tía Graciela hablaba en serio cuando dijo que me iba a dar quehaceres.

—A diferencia de tu abuela, quiero ver tierra bajo tus uñas —me dice riéndose. En el jardín siembro fucsias para llenar el jarrón de la mesa, romero para aromatizar y condimentar y tomates y menta para hacer lo que he llamado "La super ensalada de verano de Celeste". También pido prestado un libro sobre hierbas de la biblioteca y leo sobre el cultivo del perejil y de la albahaca. Pero antes de aprender a cocinar salsa, me enseño a hervir pasta. Pruebo todos los tipos diferentes: *penne, fettucine, linguine, orecchiette*... La tía Graciela me dice: "¡Celeste, un día te despertarás y encontrarás que te has convertido en un enorme fideo! ¡Come algo más que pasta!". Pero nunca me cansaré de comer pasta.

Con algo que hacer cada día, mi primer verano en Juliette Cove pasa más rápido de lo que pensé. La noche anterior al primer día de clases, la tía Graciela me lleva a comer pizza de hamburguesa y cebolla en Sal's. Cuando hago el pedido en inglés para las dos, la tía Graciela sonríe.

—Celeste, ¡mírate! ¡Has crecido tanto este verano! ¡Cuánta más confianza tienes en ti misma! ¿Qué dirían todos en el cerro Mariposa si te pudieran oír hablar en inglés? ¿Si pudieran verte en la cocina, cocinando pasta, lavando los platos y barriendo el piso todo a la vez? ¡Creo que dentro de ti hay un poco de la magia de la nana Delfina! Y aprendiste a lavar la ropa...

—Bueno... más o menos —la interrumpo y levanto las cejas, entretenida con el entusiasmo de mi tía.

—¡Claro que aprendiste a hacerlo! —insiste—. ¡Me gustan las camisas y los calcetines rosados mucho más que los blancos!

—Gracias, tía. —Sonrío. Es verdad que estoy más alta y fuerte y, hasta ahora, no me he convertido en fideo. Cavar en el jardín durante el verano me preparará para palear nieve en invierno. De repente la idea de otro invierno me hace extrañar a la abuela Frida. Cierro los ojos y la veo palear nieve afuera de su casa en Viena. Tiene más o menos mi edad, pero parece un ángel.

El primer día del séptimo grado, me sorprende descubrir que entiendo mucho de lo que dice la gente. Tengo menos miedo de hablar en inglés y menos miedo de mis compañeros de clase. Además, me cae muy bien mi nueva maestra, la señorita Rose, con su cabello rubio y rizado, su sonrisa amable y sus manos que siempre están en movimiento... y cómo su nombre me recuerda a la rosa amarilla que la nana Delfina llevaba en su cabello cuando llegó a nuestra casa por primera vez bajo un paraguas negro.

La señorita Rose a menudo viene al rincón trasero del salón de clases para ayudarnos a Kim y a mí. Ella es paciente y explica las cosas de una manera que entiendo. La señorita Rose se ve tan feliz cuando por fin empiezo a pronunciar correctamente los sonidos *th* y *w* que me empieza a gustar el inglés.

Un viernes por la tarde, la señorita Rose me llama a su escritorio y me dice que ella habla un poco de español.

—¡Un poco! —me dice, sonriendo—. Celeste, ¿qué tal si reservamos una hora todos los viernes para que tus compañeros también puedan aprender algo de español?

—Sí... ummm... ¿Gracias? —Balbuceo ansiosa. No sé qué decir. No estoy segura de querer dar una clase de español.

Pero la señorita Rose continúa emocionada.

—Ahora eres la maestra, Celeste —me dice mientras se sienta en mi asiento—. ¿Por qué no te sientas en mi escritorio para que todos puedan verte?

La miro, sorprendida y vacilante. Pero veo que algunos de mis compañeros de clase ya están levantando las manos y Charlie grita desde el fondo del aula:

—¿Cómo se dice *basketball* y *recess*?

Escribo en la pizarra "baloncesto" y "recreo".

—Celeste, cómo se dice, ¿*to have a crush on somebody*? —me pregunta con picardía Meg, la hermana gemela de Charlie. Escribo "estar embelesada". Mi cerebro da vueltas de carnero mientras trato de escribir todas las respuestas en la pizarra. Ayudo a mis compañeros a pronunciar palabras difíciles como *amarillo* y *ferrocarril* y les digo lo importantes que son los acentos. Les enseño el alfabeto en español y cómo enrollar la lengua para pronunciar la doble erre. Eso es especialmente difícil para mis compañeros y se pueden oír todo tipo de extraños gorgoteos provenientes del salón de clases número 44.

Les digo que practiquen repitiendo la palabra inglesa *kettle* y sintiendo la forma en que sus lenguas les hacen cosquillas en el paladar. Se ríen, ¡pero empieza a funcionar!

La señorita Rose también me pide que les cuente a mis compañeros sobre Chile. Les hablo de la geografía. "Chile recibió su nombre por la forma en que cantan nuestros pájaros. Los españoles los escucharon piar: 'chile, chile'. Chile tiene el océano Pacífico, la cordillera de los Andes, las praderas y un desierto llamado Atacama. Unas flores moradas y amarillas crecen allí en la arena". Me doy cuenta de lo mucho que me encanta hablar con la clase sobre mi país. De repente siento una gran sonrisa en mi cara. Y luego, sorprendentemente, ¡veo la misma sonrisa en las caras de algunos de mis compañeros de clase!

La señorita Rose siempre le dice a la clase lo maravilloso que es que Kim y yo podamos hablar en dos idiomas. Sé que está tratando de hacernos sentir mejor, pero eso me hace retorcerme y deslizarme más abajo en mi asiento porque puedo ver que las chicas populares ponen los ojos en blanco detrás de sus libros y susurran: "¡Qué mojigatas! ¡Qué bebés!". Quiero gritarles que en realidad me criaron para hablar dos idiomas a la perfección: español y alemán, ¡e incluso sé algo de hebreo y algunas palabras en mapudungún! Pero, ¿de qué serviría? Esto no es Valparaíso donde parece que todo el mundo tiene al menos un abuelo que vino como exiliado de otro lugar, donde he escuchado al mago del Café Iris leer palmas en ruso e incluso árabe. Solo pensarían que soy aún más extraña de lo que ya creen que soy, y tendrían algo más de que burlarse de mí.

Hoy la señorita Rose le pide a Kim que comparta unas palabras en coreano sobre el año nuevo porque había visto una celebración del año nuevo chino en la ciudad de Nueva York en el programa *Good Morning America*. Al principio Kim parece confundida y levanto la mano para corregir a la señorita Rose: "¡Corea *no es* China!".

Pero antes de que pueda hacerlo, Kim dice en voz baja pero llena de firmeza:

—Celebramos el año nuevo en este momento en Corea también, pero lo llamamos *Seollal*. Este año es el año del tigre... un buen año para intentar hacer algo nuevo... tal vez intentar hacer algo que nos asuste.

Miro a Kim. En este momento me recuerda a la nana Delfina. Kim nunca parece hervir de frustración como lo hago yo por dentro. Tiene la misma dignidad sencilla que mi anciana nana mapuche a quien tanto echo de menos. La señorita Rose sonríe con una sonrisa brillante y Kim le devuelve la sonrisa tímidamente e inclina la cabeza.

—Gracias a Kim y a Celeste toda la clase puede hacerse bilingüe, y eso... —dice la señorita Rose con las manos cubiertas de tiza—, es el futuro.

La casa de
Kim

Un viernes nublado de marzo cuando la nieve por fin ha comenzado a derretirse y todo está gris y fangoso, salgo temprano para la escuela para poder caminar en vez de tomar el autobús que siempre me marea. Entro al guardarropa y allí encuentro a Kim encorvada en un rincón con la cabeza apoyada en las rodillas. Está sollozando sin hacer ningún ruido.

—¿Kim? —Me acerco a ella y pongo mi mano en su cabeza. Ella mira hacia arriba y sé que no debo dejarla sola—. Kim, esta tarde iré a tu casa después de la escuela.

Kim asiente.

—Sí.

Esa es la única palabra que pronuncia en todo el día. Kim agacha la cabeza y no responde a nadie, ni siquiera a la señorita Rose que cree que mi amiga está enferma y la manda a ver a la enfermera.

Estoy distraída en mis clases. Me preocupo por Kim y de repente me doy cuenta de que ninguno de mis compañeros me ha invitado a su casa. Ninguna de las chicas me ha invitado a su fiesta de pijamas de las que siempre las escucho hablar. De vez en cuando, Charlie me da un chicle pero nunca me habla en el recreo ni me pregunta si quiero hacer algo después de la escuela. Suspiro y miro el reloj sobre la puerta del aula. ¡Las diez y media! La mañana sigue dale que dale. ¿La tristeza es tan pesada que ralentiza los relojes?

Kim se queda en la enfermería todo el día, pero cuando suena la campana que señala el fin del día escolar, salgo corriendo de la escuela y encuentro a mi amiga esperándome afuera. Me sonríe tímidamente y empieza a caminar hacia la carretera indicándome que la siga. Caminamos en silencio. Cada vez que un coche dobla rápido en una esquina saltamos en la aguanieve y esperamos a que pase. Al final de la calle veo una pequeña tienda de comestibles. En el estacionamiento casi vacío veo un taxi destartalado. Sus ventanas están sucias de polvo y mugre, pero veo una figura pequeña en el asiento trasero. Luego se abre la puerta y emerge una mujer diminuta con el pelo negro y brillante como el ónix y una sonrisa cansada pero amable. Me recuerda a la diosa de jade que lleva Kim en su collar. Es su madre.

Nos subimos al taxi que Kim toma hacia y desde la escuela cuando hace mal tiempo. Le dice unas palabras en voz baja a su madre en coreano. Su madre extiende su mano hacia la mía. Su palma es áspera pero cálida. Ella sonríe y frunce el ceño concentrada antes de hablar.

—Hola... amiga hija.

—Hola, me llamo Celeste.

—Nombre bonito. Yo... Sae Jin.

Me gusta cómo suena su nombre, como si estuviera vibrando.

—Significa "joya". —Kim me habla de nuevo por primera vez en todo el día—. Joya de todo. —Kim se esfuerza para explicarme—. De la tierra, del cielo, del sol, de los árboles, de la gente, de las estrellas en el cielo negro, de los planetas lejanos... especialmente las estrellas lejanas.

—¿El universo entero? —le pregunto.

—¡Sí! —Por fin, Kim sonríe un poco—. Sae Jin. "Joya del universo". Mi madre.

Recuerdo el apodo de Delfina para mi madre, "joya".

—Mi madre también es una joya —digo mientras extiendo la mano hacia la madre de Kim, quien la toma en su propia mano con una mirada amable pero confusa en su rostro.

Kim vuelve a hablar con su madre en coreano. Es maravilloso oír a Kim hablar de forma tan natural en su propio idioma cuando el inglés sigue siendo un gran esfuerzo para las dos.

La joya del universo, Sae Jin, lleva *jeans* que son demasiado grandes para ella y un raído suéter rosado tan harapiento en los codos que deseo que la abuela Frida le pudiera tejer otro nuevo. A sus pies hay un cubo amarillo con productos de limpieza de olor fuerte, una escobilla para el váter y guantes de goma en su interior. Me siento mareada. Quiero decirles algo a Kim y a su madre para hacerlas reír hasta que brillen como esmeraldas, pero mis entrañas están tristes y silenciosas. Observo el paisaje —árboles gruesos interrumpidos de vez en cuando por una casa, un bar o una pulpería— mientras el taxi sigue por el camino lleno de baches que parece no tener fin.

Al final doblamos en un pequeño camino de tierra que conduce a un claro en el bosque. Es un estacionamiento lleno de tráileres. Salimos del taxi y zigzagueamos a través de las filas de tráileres hasta que nos detenemos frente a uno pequeño de color marrón y la madre de Kim saca una llave de su bolso. "Bienvenida", me dice mientras abre la puerta. El tráiler es muy pequeño, pero caben dos catres y una mesita con la fotografía de un hombre de rostro serio. Kim me ve mirándola.

—Es mi padre.

—¿Vive aquí con ustedes?

—No... Antes vivía con nosotros... —Kim empieza a llorar otra vez. Su madre la abraza y me mira.

—Se fue... Corea ayer. Mi hijo... ahora... hombre de la familia —me dice Sae Jin.

Se me seca la garganta y siento que mis propios ojos comienzan a arder por las lágrimas.

—Lo siento —digo, haciendo una mueca de dolor. No les pregunto por qué se fue de la casa porque me temo que la respuesta significará que Kim se irá también.

Kim me hace señas para que me siente con ella en uno de los catres.

—Duermo aquí con mi mamá, y Tom, mi hermano que en este momento está trabajando, duerme allí. —Me siento con las piernas cruzadas en el delgado colchón, y con la espalda contra una almohada que Kim ha apoyado contra la pared. Nos quedamos en silencio. El tráiler tiene solo unas pocas ventanas pequeñas. Es oscuro y las paredes están desnudas. En Chile vi la pobreza, pero nunca sentí su dolor como ahora. ¿Quizás porque las familias pobres vivían en el mismo lugar y compartían lo poco que tenían? No puedo imaginarme sufrir de hambre, pero sé lo que es sufrir de soledad. Miro la pequeña hornilla donde la madre de Kim ha comenzado a remover algo en una olla.

—Hago cena. ¿Gusta... arroz?

Asiento con la cabeza y le digo:

—Sí, gracias —y me pregunto si Kim siempre tiene suficiente para comer.

La madre de Kim nos sirve té y tazones humeantes de arroz blanco. Las tres comemos en silencio, pero el solo hecho de estar allí me ayuda a entender más a Kim y su timidez. Una vez que hemos terminado nuestra comida y estamos bebiendo una segunda taza de té, la madre de Kim señala hacia una de las ventanas pequeñas.

—Cielo más oscuro. Tu madre... preocupa.

Pienso en mi madre escondida en algún lugar en el último extremo del mundo. *Mamá, no te preocupes*, quiero gritar a los vientos del sur.

Kim niega con la cabeza a su madre y le dice algunas palabras rápidas. Sae Jin pone su brazo alrededor de mis hombros.

—Oh, tu tía... esperando. Pero vienes de nuevo, ¿visitar a mi hija? —Le doy un beso en la mejilla.

—Sí, señora. Gracias.

El mismo taxi me lleva a casa. Observo el cielo que se oscurece y las ramas desnudas que bordean la carretera durante menos de media hora hasta que por fin llegamos. Camino hacia la puerta donde la tía Graciela me está esperando en bata. Toma mi cara entre sus manos y me besa la frente. Ella no me hace ninguna pregunta. Tal vez ve el reflejo de una madre y una hija solitarias en mis ojos y entiende.

Subo por las escaleras hasta mi dormitorio y me detengo frente al mapa de Chile antes de tumbarme en la cama. Una vez más cuento los días y anticipo mi regreso hasta que me duermo. Sueño que estoy atrapada en un tráiler en medio de una tormenta de nieve. El hielo ha congelado todas las puertas y ventanas y no se pueden abrir. "¡Voy a contar para salir de aquí!" grito, y empiezo a contar: "Uno, dos, tres, cuatro, cinco..." hasta que una voz baja me interrumpe.

—Celeste, ¿cómo puedes numerar lo desconocido?

Kim y yo hemos pasado de ser las dos chicas que se sonreían tímidamente a ser buenas amigas. La señorita Rose siempre dice: "*Kim and Celeste are like two little peas in a pod!*" y nos cuenta lo que es un *peapod*, una vaina. De repente, en mi imaginación, estoy en la cocina en el cerro Mariposa pelando arvejas con Delfina. Mágicamente, el aroma del perejil llena la parte de atrás del aula donde Kim y yo nos sentamos mientras el resto de la clase aprende algo llamado fonética que parece muy aburrido.

Es cierto que somos como pequeñas arvejas. Kim es tan pequeña como yo y, a veces, cuando nos vemos por la mañana, intercambiamos algo que llevamos puesto por el día. A ella le encanta el chal de color verde bosque que me regaló la nana Delfina, y a mí me encanta la cinta roja que siempre lleva alrededor del cuello. De la cinta cuelga una hermosa piedra de jade en forma de diosa.

Le muestro a Kim las ventajas de ser más baja que los niños más altos con sus piernas largas que siempre corren rápido y nos pillan en los partidos de béisbol. A ninguna de las dos nos gusta la clase de gimnasia y a veces nos escondemos debajo del escritorio de la señorita

Rose mientras el resto de la clase va al gimnasio. Nos sentamos espalda contra espalda para poder apoyarnos y dormir una siesta.

Otras veces tenemos ganas de divertirnos así que vamos de puntillas al vestuario vacío y nos balanceamos de un lado a otro en las puertas de los cubículos de baño. Chirrían, chirrían y chirrían... ¡sus viejas bisagras oxidadas nos van a delatar! Volamos en las puertas,

con nuestras piernas colgadas en el aire hasta que ya no podemos contener las risitas o hasta que nuestros brazos se cansan. Luego nos escondemos en la ducha hasta que la clase vuelve al vestuario del gimnasio para cambiarse de ropa. Nuestros compañeros nos echan miradas extrañas y las chicas se ríen de nosotras... en especial la chica más popular, Meg, pero no nos afecta porque ya estamos acostumbradas a ese tipo de tratamiento. "Tal vez piensen que somos demasiado estúpidas para entender lo que es el gimnasio", me susurra Kim. Así que les seguimos el juego y nos unimos a nuestros compañeros mientras caminan de regreso al aula número 44.

Le digo a Kim que no creo que la señorita Rose se dé cuenta de lo que hacemos durante la clase de gimnasia, pero Kim niega con la cabeza. "Ella lo sabe. Simplemente no dice nada". Eso me hace querer a la señorita Rose aún más.

Tanto Kim como yo estamos aprendiendo inglés mucho más rápido este año y el rostro de Kim se ilumina de felicidad cuando aprende una palabra nueva. La escucho reírse cuando lee la palabra *butterfly*, que suena divertida con su significado sorprendente y hermoso.

—¿Butter... fly...? ¿La mantequilla vuela? ¡Espera! ¡Oh! ¡Ya entiendo lo que es! ¡Es una mariposa!

—Eres como un cometa, Kim —le digo.

—Las mariposas son mis favoritas.

—Las mías también. Ese es el nombre del cerro donde vivo en Chile, el cerro Mariposa. ¿Cómo se llama el lugar donde está tu casa? —Pero Kim solo niega con la cabeza y baja los ojos a la lista de vocabulario sobre su escritorio.

Cuando la señorita Rose nos deja salir para el recreo, que siempre parece demasiado corto, nuestros dientes castañetean mientras nuestros cuatro pies en botas altas patean las hojas congeladas que cubren el patio.

—¡Siento que mis dedos se van a caer! —le digo a Kim y miro la gran nube de humo blanco que se escapa de mis labios.

—¿Crees que nuestros corazones también se pueden congelar? —Kim me pregunta con miedo en los ojos.

—¡Corramos a la cima de la colina y acostémonos debajo de ese montón de hojas y hagamos como si fuera una manta! —respondo y la tomo de la mano porque no sé qué decir respecto a nuestros corazones.

Pero Kim está sonriendo de nuevo mientras debajo de nosotras todo cruje, cruje, cruje, colina arriba. Algo que a Kim le encanta hacer es encontrar hojas que se parecen a letras. Un día, Kim crea una hermosa estampa en el pavimento hecha de tallos de hojas... con ellos, deletrea su nombre en coreano. Luego me enseña a hacer otra estampa con mi nombre.

—Esta es la palabra en coreano para cielo. Allí es

donde vive *ella* —Kim señala a la diosa en su collar—, en la puerta del cielo, mirándonos. Se llama Kuan Yin.

El idioma de Kim suena tan extraño. Le pido que me enseñe la palabra *amiga* en coreano. Kim me dice:

—Celeste, eres mi *chingu*... mi amiga. —Luego dice—: ¡*Young won hee!* —Sus ojos de pájaro brillan—. Esto significa "para siempre".

Con la mirada puesta en el **cielo**

Me despierto esta mañana de la manera en que a menudo lo hago, imaginando que el despertador de la tía Graciela es el timbre de la puerta principal y que oigo las voces de mis padres diciendo: "¿Dónde está nuestra pequeña estrella? ¿Dónde está nuestra Celeste celestial?".

Pero cada vez más me doy cuenta de que hay cosas buenas que me esperan con la llegada de la mañana. Ahora que ya casi ha llegado la primavera, a Kim y a mí nos gusta tumbarnos en el pasto solo para mirar al cielo. A veces nos acompaña Tom, el hermano mayor de Kim. El suelo todavía está frío, pero el aire que nos rodea está cálido. Observamos, en un cómodo silencio, cómo las nubes pasan y, de vez en cuando, nombramos las formas que vemos en voz alta.

—Siempre ves un ángel, Celeste —dice Kim, riéndose—. Creo que lo que ves eres tú. Mi madre dice que el cielo es mi espejo.

—Y un mensajero —añade Tom. Pienso en eso y me pregunto si la abuela Frida estará pensando en mí en este momento. Casi la veo mirando por la ventana desde su silla vieja con su tejido en el regazo esperando ver mi reflejo en el cielo.

—¡Tom! ¡Kim! Acabo de darme cuenta de que el aire no tiene fronteras. ¡Alguien en Seúl y alguien en Valparaíso está mirando el mismo cielo en este momento preciso!

—Tienes que traer tu cuaderno cuando miramos al cielo, Celeste —Kim apoya los codos en el pasto y con el mentón entre las manos me mira con sus ojos oscuros—. El cielo te habla.

—¿Te gusta apuntar cosas? ¿Tienes mala memoria? —Tom se ríe. Kim le da a su hermano un ligero puñetazo en las costillas y lo regaña en coreano—. ¡Ay! ¡Está bien!

—Algún día Celeste será una escritora famosa. No tengo ninguna duda de que mi amiga hará feliz a mucha gente con los libros que va a escribir.

—Kim, creo que eres uno de los ángeles que siempre veo en el cielo. Eres ese ángel tímido que siempre vuela con el viento.

Tom cierra los ojos y finge roncar.

—Ustedes dos son extrañas... no, graciosas. Son de diferentes países, pero están hechas de la misma arcilla.

Me estoy dando cuenta de que Tom se parece mucho a Kim. Es callado, pero le gusta reírse y bromear más. Soy yo la que habla, la "cotorra" como la señorita Rose a veces me dice con el dedo en los labios durante las pruebas de matemáticas.

El cielo al principio de abril comienza a tomar tonos de rosa y violeta. El sol se está poniendo y la tía Graciela estará en camino para recogerme. De repente no quiero dejar a mis amigos. Me doy cuenta de que no somos como los niños que crecieron aquí en Juliette Cove, que han sido amigos toda su vida y probablemente se conocerán para siempre. Kim, Tom y yo somos de lugares lejanos y soñamos con volver a nuestros países de origen algún día.

—Algún día todos iremos a Chile —les digo—. Los llevaré a ver el cabo de Hornos en el extremo sur de Sudamérica. ¡Tantos veleros viejos naufragaron allí que la gente dice que la isla entera está llena de fantasmas de marineros!

Me sonríen.

—¿Esos fantasmas son tan ruidosos como tú? —Tom se ríe y Kim le da otro puñetazo en las costillas, pero yo también me río. Se siente tan bien reír después de tanto tiempo que no quiero parar.

—Tendrás que ir a Chile para averiguarlo —le digo—, ¡pero ojo, porque somos un país de cuenta-cuentos!

Tom se ríe ligeramente para sí mismo. Extiende las manos detrás de la cabeza.

—Me encantan los colores del sol cuando se pone...

hasta que el oeste se convierte de nuevo en el este... todo el camino de regreso a Corea...

—Tom —su hermana lo interrumpe—, ¿por qué dices cosas tristes cuando todos están contentos? —Ella no se detiene para oír su respuesta, sino que se vuelve hacia mí y me dice—: Celeste preparará un té para que podamos calentarnos antes de que llegue tu tía. —Kim se quita el pasto de las piernas y con su manera de caminar que se parece más al trote de un petiso, se dirige hacia su tráiler.

Nunca antes he estado a solas con Tom. De repente, me siento un poco nerviosa. El silencio se siente diferente sin Kim aquí con nosotros. Busco algo que decir...

—¿Por qué se fueron de Corea?

—Por razones políticas. ¿Y tú? ¿Por qué saliste de Chile?

—Por razones políticas.

Nos reímos. Luego suavemente siento su mano acercarse a la mía. Mi cuerpo se estremece un poco, pero cuando su mano roza la mía, siento que conozco a Tom... y conozco todo su dolor. En la quietud del atardecer nuestros ojos se buscan y se encuentran parpadeando como dos tímidas mariposas.

Soñar en inglés

Esa noche sueño que Kim y Tom me acompañan a Chile. Volamos toda la noche encima de una manta colorida como las que tejía Delfina en los días de lluvia. Respiro el aire suave y salado. Me siento muy feliz al estar de nuevo en mi casa en el cerro Mariposa. De repente oigo que Delfina me llama.

—¡Celeste! ¡Celeste!

—¡Estoy aquí en la azotea, Delfina!... Ella es mi nana —les digo a mis amigos.

Una vez más la voz de Delfina suena como si fuera una enorme campana de plata:

—¡Me he preocupado tanto por ti! ¿Dónde has estado durante tanto tiempo? —¡La nana Delfina me está hablando en inglés! *¿Cuándo aprendió a hablar en inglés?,* me pregunto, pero luego Delfina continúa—: ¡Tu madre te está buscando! ¡Te voy a enviar una caracola plateada en la que volarás a encontrarla!

Y, de la nada, una caracola aparece a mi lado y me meto adentro de ella. La caracola se eleva hacia el cielo lleno de estrellas y vuela hacia la Cruz del Sur que parece tan pequeña en la distancia. Le pregunto a la caracola:

—¿Vamos a ver a mis padres?

—Pequeña Estrella, ¿dónde estás? —una dulce voz melódica me llama desde el sur.

—¡¿Mamá?! —Me oigo hablar en sueños y me despierto. ¡Entonces me doy cuenta que acabo de tener mi primer sueño en inglés! Le grito por el pasillo a la tía Graciela mientras mi corazón late de alegría.

Soñar con los ojos abiertos

La señorita Rose está hablando de cuando los Estados Unidos era una colonia inglesa y escribe cosas como "Samuel Adams", "Benjamin Franklin" y "*Live Free or Die*" en la pizarra. Todos a mi alrededor están escribiendo en sus cuadernos, tomando apuntes para poder memorizarlo todo antes de nuestra prueba final del año. Las vacaciones de verano comienzan en dos semanas y, de repente, todo el mundo está preocupado por las calificaciones que verán sus padres al final del semestre. Aunque la tía Graciela siempre me dice que los conocimientos no se pueden medir en números, quiero hacerlo bien y quiero mostrarle a la señorita Rose cuánto más puedo hacer este año porque ella me ha ayudado tanto con mi inglés. Pero no puedo concentrarme. Incluso el Boston Tea Party con su nombre tan interesante no logra captar mi atención.

Dejo escapar un suspiro y miro por la ventana. Kim me mira con un signo de interrogación en su rostro. Ayer me dijo: "Toda la semana has estado como en una nube... flotando".

¿Qué pasaría si le dijera: "No puedo dejar de pensar en tu hermano"? Pero prefiero guardármelo adentro como un secreto, como si incluso decir su nombre hiciera que mis sueños se desmoronaran como un castillo de arena.

No sé mucho de Tom. No habla mucho, pero sí se ríe mucho para sí mismo. Kim es mi mejor amiga en Juliette Cove, me recuerdo. Por supuesto, ella es la razón por la que visito con tanta frecuencia el tráiler donde vive. Pero cuando Tom y yo nos tumbamos juntos en el pasto y miramos al cielo, siento un cosquilleo en mi garganta.

Vuelvo a suspirar. Me pregunto si Tom habrá pensado en mí. Celeste, soñadora, qué soñadora eres.

El asiento **vacío**

Para los estudiantes del séptimo grado en la clase de la señorita Rose, la última semana de clases está llena de exámenes, pero también de emoción. Todo el mundo está impaciente por la llegada del verano, y mis compañeros de clase me hacen pensar en los granos de maíz que se convierten en palomitas en una sartén caliente y aceitosa. Los imagino así por la forma en que no pueden quedarse quietos en sus asientos y la manera en que se mueven de un lado a otro para preguntarse sobre los planes para las vacaciones de verano. Todos se están riendo con las manos sobre la boca y se pasan mensajes sobre la fiesta en la playa mañana, el último día de clases.

Charlie se inclina hacia atrás al otro lado del pasillo y tira de mi trenza para preguntarme:

—Oye, vienes con nosotros a la playa, ¿cierto?

—No lo sé todavía. —En general miraría a Kim antes de responder. Todavía no me siento como si perteneciera completamente al resto de mi clase.

—Oye —me dice, con voz más persuasiva—. Incluso

te dejaré usar mi tabla de surf y te enseñaré a surfear las olas.

Charlie y yo nos hemos hecho amigos, pero él no siempre es amable conmigo. Me pone nerviosa porque parece que hoy intenta consolarme y no quiero pensar en la razón. Le sonrío, pero mi sonrisa me parece forzada. Veo que mira hacia el asiento vacío a mi lado y luego vuelve a mirarme. Sus ojos me miran y dentro de ellos hay una pregunta que no me hace en voz alta: *¿Por qué el asiento de Kim está vacío?* Lo único que puedo hacer es negar con la cabeza y volver a mirar mis hojas de trabajo de gramática inglesa. Mis ojos arden y mi garganta se siente como si unas manos invisibles la apretaran con fuerza. Empiezo a toser. No quiero llorar. No es que me importe tanto llorar frente a Charlie o el resto de la clase... No sería la primera vez que lo hago. Es que llorar haría realidad mis miedos. Charlie se ha levantado y ha cogido un pañuelo de papel del escritorio de la señorita Rose.

—No te preocupes. Nadie se ha dado cuenta.

Mira de nuevo el asiento vacío y me dice:

—Celeste, ven con nosotros a la playa mañana. No te preocupes, todo saldrá bien.

—Gracias, Charlie —le susurro mientras se gira para mirar hacia adelante en su asiento otra vez debido a la repentina mirada de la señorita Rose en nuestra dirección.

Y ahora ya no puedo contener las lágrimas. Se caen

en mi hoja de trabajo y hacen borrosas las palabras que tanto intento aprender y hacen que la tinta corra como ríos tristes y oscuros. Durante toda la semana el asiento de Kim a mi lado ha estado vacío. El martes fui al supermercado donde trabaja Tom para preguntarle si Kim estaba enferma. Pero cuando pregunté por Tom, el gerente me dijo que el viernes pasado Tom dejó de trabajar allí.

¿Adónde se han ido mis amigos?

¿Por qué no me dijeron nada?

¿Volverán?

Siento que estoy de nuevo en Valparaíso cuando todos empezaron a desaparecer.

Los asientos en la escuela Juana Ross se vaciaron uno por uno hasta que la mitad de mi clase había desaparecido. Recuerdo cuando me di cuenta de que no regresarían. Fue el día en que me senté sola en el banco en el patio donde todos mis amigos chismeábamos y compartíamos golosinas como almendras cubiertas de azúcar. Incluso en invierno el banco se mantenía caliente por el calor de todos nuestros cuerpos apretujados. Pero ese día, el banco en que me sentaba era como un témpano. Hoy es igual a entonces. El brillo del sol de junio atraviesa las ventanas del aula, pero me encuentro hundida en un terror helado. "¡Nana Delfina, si me puedes oír, por favor ayúdame!". Aprieto las manos con fuerza y rezo: "Envíame un poco de tu magia, Delfina. Dime, ¿adónde se han ido?".

"No más lápices, no más libros"

Hoy es el último día del año escolar. Veo que el cereal que me ha servido la tía Graciela se está poniendo pastoso. Mi garganta se siente demasiado apretada para tragar.

—Tía, ¿puedes llevarme a la escuela para que pueda llegar temprano?

La tía Graciela me mira por encima de sus cartas del tarot sorprendida.

—Celeste, desde hace casi dos años nunca has parecido tener ganas de pasar más tiempo en la escuela del debido.

—Quiero despedirme de la señorita Rose —tartamudeo—, sin nadie más alrededor. Ella me ha ayudado mucho este año.

—Está bien, niña —me dice la tía Graciela, accediendo a llevarme para que pueda llegar lo suficientemente temprano para hablar con mi maestra a solas.

Cuando la tía Graciela me deja en frente de la escuela en Juliette Cove, puedo oír a una multitud de niños del sexto grado corriendo por el patio de recreo gritando:

"¡No más lápices, no más libros, no más miradas asesinas de los maestros!". El año pasado, Kim y yo escuchamos esa canción y apenas pudimos entenderla. Nos miramos confundidas y nos echamos a reír. Ahora sé lo que significan las palabras, pero todavía la canción me parece extraña... extraña y triste: una escuela sin lápices para escribir, sin libros para leer... sin Kim, mi mejor amiga.

Corro por el patio de recreo y subo las escaleras de entrada de la escuela. Los pasillos están casi vacíos porque todavía faltan diez minutos para la primera campana. Doblo por el pasillo que conduce a una puerta con un letrero que dice PROFESORADO. Siempre me he preguntado de qué hablan y qué hacen los maestros dentro de esa oficina cuando ninguno de sus alumnos está mirando. Me pregunto si son más como ellos mismos y menos como maestros. A los estudiantes no les está permitido entrar en esta oficina, pero llamo tímidamente a la puerta de todos modos.

El maestro del octavo grado, el señor Gary, abre la puerta y me mira preocupado.

—¡Hola, señorita! ¿Puedo ayudarte? —Detrás de él veo a un grupo de profesores en una mesa charlando y riéndose, tomando café y comiendo dónuts.

—Sí. ¿Puedo hablar con la señorita Rose, por favor?

El señor Gary llama por encima del hombro:

—Theresa, ¡una de tus estudiantes está aquí!

La señorita Rose llega a la puerta.

—¡Celeste! ¡Qué sorpresa! Espérame aquí. Saldré en un minuto. —Asiento con la cabeza. El señor Gary sonríe y cierra la puerta.

Pronto mi maestra emerge con una bolsa de libros y papeles al hombro y un dónut en la mano.

—Es de nuez blanca. —Ella me lo da—. Creo que necesitas comer algo dulce para levantar el ánimo.

—Gracias, señorita Rose. —He probado los dónuts antes y la verdad es que no me gustan mucho, pero le doy un mordisco y me sorprende descubrir que hay algo reconfortante en su dulzura pastosa. Mientras caminamos por el pasillo, el clic-clac de los tacones de la señorita Rose produce un eco reconfortante que de alguna manera estabiliza mi corazón y hace que sea más fácil hablar.

—Señorita Rose, ¿por qué Kim no ha estado en la escuela toda la semana?

Mi maestra deja su pesada bolsa en el piso y se vuelve para mirarme.

—Oh, Celeste. —Pone sus manos sobre mis hombros y veo que sus bondadosos ojos se esfuerzan por contener las lágrimas—. No lo sé. Llamé al número de contacto que tenemos en el archivo de Kim, y el director ha llamado a la policía y a todos los hospitales para ver si ha habido algún accidente. Entonces descubrí que su hermano tampoco ha asistido a la escuela esta semana, lo que nos hace sospechar que Kim y su familia se han mudado a otro lugar.

Mis manos empiezan a temblar.

—¡Ay, no! ¡Kim! ¿Por qué...? ¿Por qué desaparece la gente? —Mi cabeza da vueltas hasta que me siento mareada y de repente estoy de nuevo en los pasillos de la escuela Juana Ross y muchos de mis amigos están desapareciendo, y no sé si es la señorita Rose o la señorita Marta Alvarado quien me abraza fuerte. Quiero aullar y gritar, pero no me sale ningún sonido. No puedo dejar de temblar.

La señorita Rose saca unos pañuelos de papel de su bolsillo y me limpia la cara guiándome hacia el salón de clases. Escucho los ruidosos cotorreos de mis compañeros que ya están adentro. La señorita Rose se vuelve hacia mí en la puerta y habla en su voz de maestra más seria.

—Ahora, Celeste, entra con la cabeza en alto y siéntete orgullosa de quien eres hoy y siempre. Eres mi alumna y aunque no recuerdes nada de lo que te he enseñado, por favor recuerda esto: Ten fe... tanta fe que tienes fe en la fe misma... y nunca te des por vencida.

La solidaridad

—¡Celeste! ¿No vienes a la playa con nosotros? —Charlie me llama mientras corro lo más rápido posible hacia la puerta cuando suena la campana que señala el principio de las vacaciones de verano, con los vítores de los estudiantes en cada salón de clases—. ¡Si vienes, te enseñaré a hacer surf!

—En otra ocasión, Charlie. ¡Te lo prometo! —le digo por encima del hombro. Lo vislumbro por un segundo en el pasillo. Al principio su rostro se ve sombrío, pero luego sonríe y vuelve a ser Charlie el burlón otra vez—. Está bien, Macarrones, ¡pero no sabes lo que te estás perdiendo! —me grita mientras lo saludo y sigo corriendo hacia la puerta principal de la escuela.

Podría tomar un taxi hasta donde viven Kim y Tom... O tal vez debería ir a casa primero y hablar con la tía Graciela. Ella podría ayudarme a buscar a mis amigos. Decido correr a casa. La tía Graciela está sentada en los escalones de entrada leyendo un libro sobre la quiromancia.

—¡Felices vacaciones de verano! —me dice cuando me ve.

—¡Tía, necesito que me ayudes!

—Pero, ¿qué pasó, mi amor?

Respiro rápido y mi voz suena áspera cuando por fin le digo estas palabras:

—¡Kim y Tom no han asistido a la escuela en toda la semana! —La tía Graciela deja su libro y se pone de pie de un salto—. ¿Podemos ir a buscarlos? —le pregunto.

—¡Sube al coche! —me dice mi tía sin dudarlo un momento.

Mientras conducimos por el frondoso bosque, me lanza una mirada de reojo por debajo de sus gafas de sol.

—Celeste, ojalá me lo hubieras dicho antes. Siempre estoy dispuesta a ayudar... no solo a ayudarte sino a ayudar a los demás también. Recuerda que pertenezco a lo que los chilenos llamamos: *la generación de la solidaridad*.

Asiento con la cabeza.

—Papá decía eso mucho, pero no entiendo lo que significa.

Cuando la tía Graciela toma el camino lleno de hoyos que nos llevará al parque de tráileres, me explica:

—Cuando el gobierno elegido por el pueblo fue derrocado y los militares comenzaron a perseguir a todos por tener sus propias opiniones o por sus *jeans* y su cabello largo, mucha gente se asustó y, desafortunadamente, las personas que pensabas que eran tus amigos se convirtieron en enemigos y los vecinos empezaron a delatarse los unos a los otros. Pero esa es solo la mitad de la historia. Muchos chilenos empezaron a ayudarse entre sí. Escondieron a la gente en sus casas o encontraron escondites para los perseguidos fuera de la ciudad y les trajeron comida, como las personas que están ayudando a tus padres. Incluso si nuestras propias vidas están en peligro, no abandonamos a los demás. Eso es la solidaridad.

—Así seré yo, tía Graciela.

—Ya eres así, Celeste.

El parque de tráileres está tan oscuro como las nubes que se acumulan en lo alto. Ha pasado bastante tiempo desde la última vez que visité a Kim y a Tom aquí. Todo se ve diferente... tan vacío y abandonado. El pasto está seco y ya no hay bicicletas, juguetes para niños o sillas de jardín esparcidos en frente de los tráileres. De hecho, apenas quedan tráileres. *¿Dónde habrán ido?* Y de la media docena que queda, ¿dónde está toda la gente? ¿Están acurrucados dentro, esperando a que pase la tormenta? Agarro la mano de la tía Graciela y la llevo al tráiler de Kim. La puerta está abierta y se mueve de un lado a otro con un *pum, pum, pum* que siento en el estómago.

Miro a la tía Graciela y ella asiente con la cabeza.

Subimos por las escaleras oxidadas y entramos al tráiler.

—¡No hay nada aquí! —grito—. ¡Tía, algo les debe haber pasado! —Ya no están los catres en los que dormían mis amigos, la ropa que vestían, la mesa donde me servían té y arroz. Todo lo que queda es el olor a incienso y azahar.

—Parece que se fueron de prisa, Celeste. ¿Hay alguien por aquí a quien podamos preguntarle adónde fueron?

—Tía Graciela, no creo que nadie los conozca. —De repente siento que apenas puedo respirar dentro de la casa vacía de mis amigos. Corro por las escaleras y noto que ha empezado a llover. Gruesas gotas de lluvia caen en picada desde las nubes. La tía Graciela me sigue.

—Preguntémosles a los vecinos. No se pierde nada intentándolo. —Llamamos a todas las puertas. La mayoría permanecen cerradas—. Hmmm, tal vez están en el trabajo —me dice la tía Graciela en una voz ligera que usa para intentar animarme y darme esperanza.

Luego llegamos a un tráiler plateado estacionado bajo un pino alto. Se abre la puerta y nos saluda una mujer de pelo blanco con una sonrisa desdentada.

—¿Puedo ayudarlas? —Un niño se asoma detrás de su bata rosada—. Este es mi nieto, Jimmy. Es un poco tímido. Yo soy Bess.

—Hola, Jimmy. Encantada de conocerla, Bess —dice

mi tía—. Estamos buscando a nuestros amigos que viven aquí en el parque.

—Una familia coreana —añado—. Una niña de mi edad, un niño en la escuela secundaria y la madre de los dos.

—Ah, sí. Kim y Tom, ¿verdad?

Asiento con entusiasmo.

—Sí, los vi por ahí algunas veces, pero nunca conocí a su madre. Parecían muy callados y no hablaban mucho inglés. ¿No están en su tráiler?

—No, señora. Ya no. Pero gracias de todos modos —le dice la tía Graciela.

Después de darle las gracias a Bess y marcharnos, tartamudeo una protesta:

—Pero... pero... no dejaron ningún rastro... ningún rastro, tía. —De repente pienso en Cristóbal Williams. ¿Él dijo lo mismo de mí cuando visitó mi casa en el cerro Mariposa con su péndulo mágico y descubrió que ya no estaba allí?

La tía Graciela pone su brazo alrededor de mis hombros y me lleva al auto.

—Pero sí dejaron rastros, Celeste. Dejaron rastros de sí mismos en nuestros corazones.

—¿Es esto lo que significa ser un exiliado? ¿Convertirse en invisible para este mundo? ¿Hacerse solo un recuerdo?

La tía Graciela enciende el auto, suspira y conduce en dirección a nuestra casa.

—El exilio, Celeste, es un tema muy complicado. Nuestro planeta está lleno de exiliados, refugiados e inmigrantes. Todos se encuentran donde están por diferentes motivos.

—¿Y nosotras, tía Graciela? ¿Somos exiliadas?

—Celeste, somos dos mujeres de Chile... un país como un pétalo de rosa. ¿Recuerdas que el poeta Pablo Neruda dijo eso? Y a Chile, algún día, volveremos.

Conducimos en silencio. En mi mente veo el tráiler vacío. Veo los ojos oscuros de Kim y siento la cálida mano de Tom. Siento el sabor del té de Sae Jin. Espero que estén en algún lugar donde la gente sea amable con ellos, un lugar como mi casa, un lugar como el cerro Mariposa.

Los imagino caminando por el camino que conduce a mi casa. El jardín está en plena floración. La nana Delfina abre la puerta con una sonrisa. "Los estábamos esperando", les dice mientras extiende los brazos y los envuelve en un abrazo en su chal verde.

Algún lugar donde guardar **la tristeza**

Cuando llegamos a casa, corro escaleras arriba y me tumbo en la cama. Oigo a la tía Graciela que camina de un lado a otro por toda la casa tirando cosas y recogiéndolas de nuevo. Ella hace eso cuando está pensando demasiado.

Luego irrumpe en mi habitación.

—He pedido una pizza de hamburguesa y cebolla para la cena, querida —me dice—. Me siento demasiado cansada para cocinar esta noche.

—Está bien, tía.

La tía Graciela se sienta en mi cama. Noto un montón de cartas que desbordan de los bolsillos de su falda morada.

—He estado pensando más en lo que es el exilio.

Pongo el chal de la nana Delfina sobre los hombros de mi tía.

—Escucho —le digo.

—Mmm... puedo oler el perejil y el agua de rosas de la nana Delfina. —Ella ajusta los bordes del chal alrededor de su cintura delgada—. Celeste, todavía extraño la luz, los aromas, las palabras familiares, y sobre todo, a nuestra familia. Pero... —me mira con ojos como lagos iluminados por el sol—, me he acostumbrado a vivir así, cada día esperando que llegue el cartero con una carta. Con el tiempo me he adaptado a mi soledad, como los Andes que se hunden más profundamente en la tierra quieta después de que un terremoto los haya desequilibrado...

—Pero, ¿por qué...? —Respiro hondo mientras me preparo para preguntarle algo que siempre me he preguntado pero que tenía miedo de mencionar porque no quería molestar a mi tía—. ¿Por qué no regresaste a Chile cuando... quiero decir, después de...

—¿Después de que Guillermo y yo rompimos? —Mi tía termina mi pregunta.

Asiento, mordiéndome el labio. Es la primera vez que la oigo decir su nombre.

—No estoy segura. —La tía Graciela se mira las manos durante mucho tiempo—. Supongo que no me fui de aquí porque me gustó la libertad de estar en un lugar donde nadie me conocía.

—¿En cualquier lugar que no fuera Valparaíso? —la interrumpo.

Asiente.

—Creo que quería ser anónima.

—Es difícil de entender, tía —le digo—. Tal vez porque en este momento extraño tanto a mis amigos y mis vecinos en el cerro Mariposa. No puedo imaginar no querer estar rodeada de personas que me conocen y que se preocupan por mí.

—Eso es porque siempre has estado segura de quien eres, Celeste —me dice la tía Graciela—. He tardado mucho en saber quién soy. —Quiero decirle que casi todos los días me siento confundida y asustada, pero la tía Graciela continúa—: En la universidad estudié para ser abogada. Quería ayudar a los pobres, luchar por sus derechos a la alimentación, a la salud, a la educación. Tenía grandes ideas... Tu madre y yo incluso soñamos con construir un centro comunitario donde las personas pudieran acudir a chequeos médicos y asesoramiento legal. Pero cuando me gradué, descubrí que pensar en hacer algo y realmente hacerlo son dos cosas sumamente diferentes. Toda la pobreza y la injusticia en el país fueron demasiado para mí. Sabía que por mucho que trabajara, aún quedaría más que hacer. Sentí que me estaba ahogando.

—Te entiendo, tía —le digo, recordando lo abrumada que me sentí cuando fui con mis padres a las afueras de Valparaíso después de la gran tormenta.

—Así que intenté diferentes cosas: actué en un teatro comunitario, trabajé de recepcionista para tus padres, pero sobre todo... quería viajar. Quería vivir en lugares exóticos. Quería sentirme libre. Así que seguí a Guillermo en sus giras de baile por un tiempo, por todo Chile, Argentina, Brasil... Y cuando lo invitaron a unirse a un grupo de baile en Montreal, me emocionó la oportunidad de mudarme a Canadá. Pero poco después terminamos nuestra relación. —La tía Graciela se calla. Quiero decirle algo... pero no sé qué, así que solo la tomo de la mano. Ella aprieta la mía y sonríe agradecida.

—Entonces, ¿qué pasó, tía?

—Me mudé a Juliette Cove porque necesitaba un lugar... cualquier lugar... para estar sola y recuperarme de mi angustia. Como te dije antes, elegí este lugar porque el nombre me recordaba a mi obra favorita de Shakespeare, la que habla de un amor que dura para siempre. Y me recuperé... lentamente... y creo que me empezó a gustar este lugar donde puedo ser tan excéntrica como me plazca... aunque el precio de la libertad es la soledad.

—Pero, ¿no puedes ser tú misma en Valparaíso?
—Me siento mal por mi tía. Su manera de pensar no tiene sentido para mí. Ha sido difícil estar en Juliette Cove, pero he sido yo misma aquí tanto como en Valparaíso. Porque no puedo ser otra cosa... solo puedo ser yo.

—Sí, puedo... —admite—, pero es muy difícil para mí. Encuentro que soy más valiente aquí entre desconocidos. ¿No te parece extraño? Debería ser todo lo contrario. Verás, querida, siempre hay desafíos que necesitamos superar. Nunca dejamos de crecer... De hecho, he aprendido mucho observándote.

La voz de la tía Graciela se vuelve un susurro. Se ve muy cansada mientras se inclina para besarme la mejilla.

—Ahora, duerme, querida. Buenas noches.

—Buenas noches, tía. Gracias por compartir tu historia conmigo. Y no me olvidaré de enraizarme como las montañas cuando me sienta sola.

Cuando la tía Graciela sale de mi habitación, abro mi cuaderno y escribo: *Ahora sé por qué la tía Graciela colecciona caracolas... Necesita un lugar donde guardar su tristeza.*

Quizás estén sonriendo
juntos

Me despierto poco después del amanecer con mi cuaderno junto a mí. Me asomo a la ventana y veo la luna pálida creciente. Es una pequeña astilla que se desvanece, esperando a que el sol la borre por completo del cielo. Miro durante mucho tiempo la forma de media luna hasta que en ella veo la sonrisa de mi madre. ¿O es la de mi padre? Ha pasado tanto tiempo desde que no veo a ninguno de los dos... ¿Quizás estén sonriendo juntos, dondequiera que estén?

Doy la vuelta y regreso a la cama, cubriéndome con las sábanas. Pienso en mamá, papá, la abuela Frida, la nana Delfina, en Lucila y Ana, en Marisol y Cristóbal, en Kim y Tom... Pienso en las personas que amo y con las que no puedo estar, y pronto mi cabeza late y me duele el corazón.

Supongo que me quedé dormida otra vez porque me despierto cuando la tía Graciela entra y me pone la mano en la frente.

—¡Celeste, has dormido toda la mañana! ¡Es casi la

una de la tarde! ¿Estás enferma, querida? —Su mano se siente fría y reconfortante en mi frente y me recuerda a la nana Delfina cuando averiguaba si tenía fiebre...

Y luego empiezo a llorar.

—Ay, tía —sollozo—. ¡Extraño a Kim! Estoy tan preocupada por ella y, y... —mi voz tiembla—, ¡y su familia entera! —Lloro y lloro más y por fin respiro entrecortadamente y le pregunto—: Tía Graciela, ¿qué significa la palabra *amor* para ti?

Mi tía sonríe.

—¿Amor por los padres? ¿Por los hermanos y hermanas? ¿Por los amigos? ¿Por un cachorro? ¿Un libro favorito?

Sé que entiende muy bien lo que le estoy preguntando. Está intentando hacer que yo sonría y resulta que funciona porque empiezo a sentirme un poco mejor.

—¡No, tía Graciela! El tipo de amor que sientes hacia alguien como tu novio Guillermo.

Ella suspira.

—Bueno, amar a alguien tanto que decides crear una vida, un hogar y una familia juntos es algo tan bello, pero que... que tus padres podrían explicarte mucho mejor que yo. —Gira su rostro hacia la ventana por un momento—. Para Guillermo y para mí no funcionó.

Le aprieto la mano.

—Lo siento, tía... No quería...

Gira otra vez para mirarme. Sus ojos parecen tan tristes, pero su voz es ligera mientras bromea conmigo:

—Hmm, no necesito las cartas del tarot para saber que mi sobrinita ya no es tan pequeña y que quizás me esté preguntando acerca del primer amor... —Hace una pausa con teatralidad, y sus ojos que antes parecían tan tristes ahora brillan—. ¿Es acerca de Tom?

Mi corazón da un salto cuando oigo su nombre. Susurro:

—Sí.

—Oh, mi primer amor fue hace mucho tiempo, pero todavía lo veo tan claramente. Recuerdo que sentí como si mi piel respirara. Reía y cantaba todo el tiempo sin saber por qué. Cada vez que veía a Daniel Lombardi, me ponía colorada como esos tomates pequeños que veíamos en los mercados en Valparaíso, ¿te acuerdas?

Empiezo a sonreír. Las sensaciones que la tía Graciela me está describiendo se parecen mucho a las que sentí después de ese día cuando Tom y yo nos tomamos de la mano bajo el cielo.

—Pero también debes saber que el amor puede significar dejar ir a alguien. La persona que amas debe ser libre, y si regresa a ti, es un regalo del cielo. Y si no regresa, igualmente estás contenta de haber tenido la oportunidad de conocerla y amarla.

Así que eso es lo único que puedo hacer respecto a

Tom... tengo que dejarlo ir. Me temo que me estoy volviendo experta en extrañar a las personas que más amo. Pero eso no significa que duela menos... Tom... Pensaré en él cuando vea nubes en el cielo y espero que algún día lo vuelva a ver en Juliette Cove, o incluso en el cerro Mariposa.

En el **faro**

El verano se parece a un collar de perlas multicolores: blancas, negras, azules, rosadas... Diferentes luces, diferentes tonos se mezclan para formar un collar largo. Nunca sé qué día es porque la tía Graciela nunca usa un calendario. Durante las últimas semanas, lo único que he querido hacer es desayunar lo más rápido posible, correr hacia el roble en el jardín y abrir el libro que la señorita Rose me dio al final del año escolar. "Ten, Celeste", me dijo mientras me entregaba un libro grueso con un dibujo de cuatro niñas con vestidos anticuados en la tapa dura. "Este era mi libro favorito cuando tenía tu edad. Creo que será un desafío para ti, pero tu inglés ha mejorado tanto que quiero que intentes leerlo". El libro se llama *Mujercitas* por Louisa May Alcott y no puedo dejarlo. Por supuesto, me imagino a mí misma como Jo, que quiere ser escritora y siempre está diciendo cosas que la gente piensa que son extrañas y siempre está haciendo travesuras.

—¡Celeste Marconi! Creo que las raíces de este árbol te envolverán y te guardarán para ellas mismas. Lo cual supongo que piensas que está bien ahora, ¡pero vas a tener mucho, pero mucho, frío allí enterrada en la nieve en invierno! —Me río y aparto los ojos de la página.

—Hola, tía.

Mi tía extiende una mano hacia mí.

—¡Ven! ¡Ayúdame a salir y a divertirme! ¡Vayamos a la playa y hagamos un picnic!

Cierro el libro y me pongo de pie de un salto.

—¿Podemos hacer el picnic en el faro y traer limonada y *puffs* de queso?

—¡Ay, Celeste! ¿*Puffs* de queso? ¡Ni siquiera tienen gusto a queso! ¡La nana Delfina me va a retar si te mando a casa con un gusto por la comida rápida estadounidense!

El faro se encuentra en el puerto rocoso. Nos estiramos en la arena a su lado y devoramos nuestro almuerzo que incluye limonada, sándwiches de atún, *puffs* de queso y budín de chocolate. Entre los bocados de color anaranjado de *puffs* de queso, le digo a mi tía:

—Me encantan los faros; siempre están ahí dándonos luz y manteniéndonos a salvo. —Hago una pausa y luego agrego—: Y me imagino todos los puertos del mundo y sus faros iluminados dando la bienvenida y me veo navegando a tantos lugares algún día. Quiero encontrar el latido del corazón de la tierra en medio del mar.

—Ay, Celeste. Espero que estés escribiendo todos

estos pensamientos tan hermosos en tu cuaderno. ¡Quiero leerlos!

Mis mejillas se sonrojan. No le digo a mi tía que ya he comenzado a apuntar mis pensamientos.

Mientras la tía Graciela y yo caminamos por la playa el clima se vuelve neblinoso. Miro hacia atrás a nuestras huellas en la arena. A veces van en línea recta, a veces se curvan y a veces giran entre sí y forman nudos. Pero a la tía Graciela le gusta mirar la arena antes de dar el siguiente paso.

—¿Ves estas grietas y huecos? —Ella cae de rodillas y mira hacia abajo con entusiasmo—. Debe haber alguna criatura como una almeja o un cangrejo allí debajo de la arena y este hueco es su orificio de ventilación. ¿Alguna vez tu mamá te contó cómo, cuando éramos niñas, nos sentábamos junto a estos huecos por horas y horas, esperando a que apareciera una perla? ¡Manteníamos las manos muy cerca y listas, cada una de nosotras intentaba ser la primera en agarrar una! —La tía Graciela se ríe. Es un sonido contagioso. Me río también y recojo un poco de alga marina y la pongo encima de la cabeza de mi tía.

—¡Ahora puedes bailar con las sirenas, tía! —exclamo y empiezo a dar vueltas en círculos justo donde la espuma del mar se encuentra con la orilla. Cierro los ojos y giro más rápido. Entonces, oigo una voz, pero no es la de la tía Graciela, sino una voz más joven... y estadounidense.

Abro los ojos y veo a Valerie, una de las chicas de

mi clase que siempre acompaña a la hermana de Charlie, Meg. Valerie siempre me parecía un poco arribista pero no es tan aterradora como Meg.

—¡Oh, hola! —le digo y enseguida me siento avergonzada.

Pero Valerie sonríe.

—¿Tomas clases de baile?

—Umm, n... no —tartamudeo. Después de un verano sola con la tía Graciela el inglés me cae de la boca como piedras torpes.

Valerie me sonríe de nuevo y se acerca más.

—Tomo clases de ballet. Quiero bailar en *El cascanueces* en Boston algún día. Mamá solía llevarnos a mi hermana y a mí todas las Navidades antes de que se enfermara. —Su sonrisa se desvanece y no sé qué decirle.

Extiendo la mano y le toco la muñeca.

—No sabía que... um, que...

—Mi mamá tiene cáncer —Valerie completa mi frase—. No quería que todos en nuestra escuela lo supieran. Tenía miedo de que me miraran de manera diferente... —Sus ojos azules miran para abajo—. Pero tal vez... tal vez tú también sepas cómo se siente eso... Lo siento, Celeste.

—Yo también lo siento —dice otra voz que se acerca desde la niebla detrás de Valerie. Es Meg, la abeja reina de la clase con su hermano gemelo, Charlie, unos pasos atrás con una semisonrisa tímida en su rostro.

Respiro hondo y miro a la tía Graciela que me dice:

—Necesito descansar, Celeste. Me sentaré un rato en esa piedra grande. Ve con tus amigos.

Respiro hondo otra vez. Mi estómago se me revuelve. ¿Mis amigos? ¿Realmente son mis amigos? ¿O se reirán de mí? ¿Encontrarán una manera de recordarme que no soy una de ellos?

Pero, en lugar de burlarse de mí, Meg grita:

—¡Juguemos al escondite! ¡Los chicos contra las chicas! ¡Qué lástima, Charlie! Estás solo y... ¡Tú eres el designado!

Todos nos reímos mientras nos dispersamos en la niebla y nos escondemos detrás de los botes de remos y

los enormes arbustos de bayas que crecen en lo alto de las dunas. Jugamos hasta que resoplamos y nos caemos sobre la arena fría para recuperar el aliento.

—Macarrones, les he estado diciendo a estas chicas durante mucho tiempo —dice Charlie—, ¡que aunque seas un poco extraña no eres nada aburrida!

—Hmmm... gracias, Charlie —le digo sin saber si se está burlando de mí o no.

Pero luego me da una auténtica sonrisa y me tira el pelo antes de ponerse de pie de un salto y luego gritar:

—¡Atrápenme si pueden!

—¡Oh, estoy demasiado cansada para perseguirlo! —dice Valerie, bostezando.

—Él puede ser tan molesto —me dice Meg y pone los ojos en blanco.

Nos reímos, y de repente veo a la tía Graciela acercándose a nosotras.

—Chicas, ¿les gustaría venir a la casa para comer empanadas? —les pregunta con una cálida sonrisa—. Celeste las hizo ella misma. —Me sonrojo, avergonzada, y finjo estar absorta en darle la vuelta a una caracola con el dedo gordo del pie.

Valerie y Meg intercambian miradas perplejas.

—Las empanadas son como pequeños pasteles rellenos de carne, cebollas, pasas y una variedad de especias deliciosas —les digo—. Las comemos en Chile como ustedes comen sándwiches de mantequilla de maní aquí. ¡Y estoy tan cansada de comer mantequilla de maní!

Ellas se ríen y, otra vez, es una risa amistosa.

—Está bien. ¿Por qué no? —dice Meg.

Luego Valerie grita:

—¡Charlie! ¡Ven! ¡Es hora de comer! —Me mira y me dice—: Eso debería hacerlo regresar en un instante... Lo llamo "el compactador de basura".

Esa tarde observo mientras mis nuevos amigos prueban con vacilación las empanadas. Aguanto la respiración. Noto que mis empanadas están, como siempre, un poco oscuras en los bordes. Ah, ¿por qué no puedo sacar nada del horno a tiempo? Pero miro asombrada mientras ellos se comen una tras otra, chupándose los dedos y pidiendo más. La tía Graciela se asoma a la cocina con una sonrisa de Mona Lisa en el rostro, y sé por esa sonrisa que está tan contenta como yo.

Una **velada**

Esa noche encuentro a la tía Graciela acostada en la cama leyendo su gastado ejemplar de los sonetos de amor de Pablo Neruda.

—¿Tía?

—¿Hmmm? —Levanta los ojos de la página a regañadientes y apoya sus lentes de lectura color rosa sobre su cabello pelirrojo y ondulado.

—Tía, quiero que Valerie, Meg y Charlie vuelvan a la casa. Quiero prepararles una cena. ¿Me permites hacerlo?

Se ve tan contenta y su sonrisa brilla tanto que tengo que devolvérsela.

—¡Creo que es una idea genial, Celeste! ¿Qué les vas a preparar?

—Los espaguetis de verdad, tía, con pesto auténtico tal como lo hacemos en Valparaíso. ¡Les encantará! Casi nunca comen comida casera. ¿Sabías eso? Todos sus padres trabajan y casi nunca se sientan a la mesa con toda la familia. Charlie y Meg suelen comer pizza congelada mientras miran la tele.

—Bueno, entonces tu cena va a ser un verdadero placer para ellos, querida. —La tía Graciela parece haber tomado prestada algo de mi buena onda—. ¿Qué tal el viernes? Puedes recoger flores del jardín, ¡y trataré de encontrar un mantel bonito cuando esté en la ciudad para que todo sea elegante!

—Gracias, tía. —Le doy un abrazo—. ¿Y velas también?

—¡Claro que sí! No se puede tener una velada elegante sin velas.

Durante toda la semana estoy absorta en las preparaciones para la cena. Trato de recordar las recetas de la nana Delfina y busco las palabras de los ingredientes en inglés para hacer una lista de compras en mi cuaderno. Además, recorro los pasillos del supermercado con la tía Graciela y riego las hortensias azules en el jardín delantero todas las noches para que florezcan y se conviertan en un centro de mesa perfecto. Se siente bien tener ilusiones y estar tan ocupada. Trabajar con mis manos parece calmar la pregunta que siempre está presente en mi mente —*¿Dónde están mis padres?*— al menos por un rato. Busco más y más que hacer, y pienso en la abuela Frida y las bufandas que teje constantemente. No puedo aprender a tejer de la noche a la mañana, pero tal vez haya algo que sí pueda hacer. El jueves camino por la playa y encuentro que, una vez más, la nana

Viví en el cerro Mariposa

Delfina tiene razón: "La naturaleza siempre nos da las respuestas".

El viernes por la noche llega volando. La mamá de Meg y Charlie deja a todos mis invitados a la vez.

—¡Hola, todos! La cena está casi lista. —Los llevo al comedor—. Mientras esperan, abran estos paquetes. Les hice un regalo a cada uno.

Valerie gime de sorpresa.

—¡No tenías que hacer eso, Celeste! —me dice Meg—. Hoy no cumplimos años. —Pero puedo ver que ella también está emocionada.

—Ya lo sé —les explico mientras les entrego a cada uno su regalito envuelto con papel de seda y una cinta que la tía Graciela cortó de un sombrero viejo que ya no usa más—, pero de donde vengo nos gusta dar regalitos sin motivo alguno, no solo en fiestas de cumpleaños y días festivos.

—¿No ven? Siempre les dije que la Macarrones era un poco extraña, bueno... *muy* extraña, ¡pero también es absolutamente estupenda! —Charlie me sonríe mientras le doy su regalo—. Oye, esto es pesado. ¿Cómo lo levantaste, brazos de espagueti? —se burla de mí mientras desenvuelve la piedra que encontré en la orilla del mar, pero ya sé que es su forma particular de decir *gracias* y *eres mi amiga* y muchas otras cosas que tal vez algún día le enseñaré a decir. Las olas habían pulido la piedra a la perfección para darle una forma redonda y curva con lo que parece una cola al final y me recuerda a una ballena. Es de un color gris oscuro profundo, el color que siempre me hará pensar en Maine. En un lado, pinté cuidadosamente un ojo negro y marqué dónde están las aletas, y le puse una sonrisa tímida en el rostro. Y, en el otro lado, escribí la palabra *ballena*.

—¡Es una ballena! —Charlie se ríe.

—Y es un pisapapeles —le digo—, porque tus papeles siempre se caen de tu escritorio en la escuela.

Charlie me mira sin la sonrisa traviesa que siempre tiene y sus ojos oscuros se agrandan mucho.

—¡Lo ves todo, Celeste!

—Bueno, eso intento.

Para Meg y Valerie, encontré unas bonitas caracolas rosadas y las ensarté con una cinta morada para que pudieran usarlas como collares. Meg se levanta de su silla y me da un fuerte abrazo. Valerie hace lo mismo y las tres nos abrazamos.

—Celeste, lamento tanto haber sido tan desagradable cuando llegaste a Juliette Cove —murmura Meg con la cabeza gacha.

—Yo también —agrega Valerie, sus ojos azules traslucen melancolía.

—Y yo, Celeste —interviene Charlie—. Me viste, pero no te vi. Pero... —vacila, y luego dice—, ¡ahora sí te veo!

Lágrimas de felicidad y alivio llenan mis ojos. No puedo hablar. Solo los miro a todos, asiento y sonrío. Durante tanto tiempo me sentí tan sola sin Kim, e incluso cuando tenía a Kim y Tom a mi lado todavía había cierta soledad porque todos éramos extranjeros; nos había unido el sentirnos como extranjeros y extrañar los lugares de donde veníamos. Pero ahora siento que el suelo bajo mis pies está más firme que nunca desde que llegué a Juliette Cove. Mi mente vuelve al cerro Mariposa y siento a Lucila, Marisol y Cristóbal conmigo. De alguna manera, en mi nuevo hogar con mis nuevos amigos, me siento mucho más cerca de mi casa en Chile.

—¡Ya! ¡Basta con el sentimentalismo! —Charlie vuelve a ser un gruñón—. Macarrones, me muero de hambre. Comamos a tu gente... ¡No puedo creer que hayas servido espaguetis! ¡Caníbal!

Todos nos reímos.

Entonces Valerie me pregunta tímidamente:

—Siempre me he preguntado, ¿qué hay en ese cuaderno que siempre llevas contigo? Siempre estás escribiendo en él durante el recreo, en el almuerzo, ¡incluso durante la clase de gimnasia!

—¡Macarrones, léenos algo! ¡Te desafío a que lo hagas! —dice Charlie.

Hago una pausa. Los ojos de Charlie brillan y sé

que sinceramente quiere que lo haga. Así que decido que puedo ser valiente y busco mi cuaderno.

—Está bien... Por lo general escribo en español, pero a veces intento escribir en inglés porque la señorita Rose dice que es una buena práctica. Este es mi primer poema en inglés. Lo escribí hace unos días en el bosque. —Hago una pausa de nuevo, un poco insegura, pero todos están asintiendo con la cabeza, así que les digo—: Bueno, aquí va...

Respiro hondo y encuentro que las páginas tiemblan en mis manos. *No te pongas nerviosa, Celeste. Estos son tus verdaderos amigos. Tienes un don y debes compartirlo con los demás.* Desde lejos oigo la voz de mamá tranquilizándome y guiándome.

Camino descalza
Camino descalza por el bosque
para sentir el pasto, la tierra, el musgo.
Los dedos de mis pies enterrados bajo los
   helechos
buscan las raíces del bosque
y encuentran mis raíces.
Paso a paso hago un sendero.
Paso a paso me descubro a mí misma.
¿Cómo podría saber que los árboles son
   mis hermanas

cuando mis raíces comenzaron en un
   suelo lejano
hasta que me quité los zapatos que usé
   ayer
y enterré mis pies bajo el bosque,
bajo la misma tierra ansiosa
que todo el mundo llama hogar?

—¡Guau, Celeste! Es un poema excelente. ¡No puedo creer que lo hayas escrito en inglés! —exclama Meg.

—¡En serio! —dice Charlie—. Macarrones, deberías ser escritora algún día.

Siento que me sonrojo y no sé qué decir, pero pronto un fuerte olor me recuerda:

—¡A comer! —Corro a la cocina y saco la olla de pesto de la estufa justo a tiempo. El pesto del fondo de la olla está quemado—. ¡Ay, no! —gimo mientras deslizo una cuchara por encima de la salsa, digo una pequeña oración y pruebo lo que queda de mi creación. ¡Uf, qué alivio!

Apilo en cada plato una generosa ración de pasta y salsa, cruzo los dedos en mi imaginación para que a mis amigos les guste, camino al comedor y anuncio:

—¡Pesto al estilo de los Andes!

Contengo la respiración mientras Charlie hinca el diente.

—¡Qué rico! ¡Esto está increíble! ¿Realmente cocinaste

esto tú misma, Macarrones? —me pregunta con la boca llena.

—¡Está realmente delicioso! —Meg sorbe los largos fideos que se le han escapado del tenedor.

Dejo escapar un suspiro de alivio y le doy un mordisco a la comida en mi plato. Mis amigos tienen razón, ¡está riquísima!

—¿Cuál es tu ingrediente secreto? —Valerie pregunta mientras lame el pesto de sus dedos.

—En casa, la nana Delfina, que es como mi niñera y hasta era la niñera de mi madre cuando era niña, bueno, ella cocinaba para toda la familia...

—¿Como una sirvienta? —interrumpe Valerie.

—Sí... bueno... eso y mucho, mucho más —trato de explicarles—. Ella no es una sirvienta que come su cena en una pequeña habitación escondida en el fondo de la casa. Ella es un miembro más de la familia. Tiene su propia habitación al lado de la mía. Cocina nuestras comidas, pero luego se sienta a la mesa con nosotros. Nos ama y nosotros la amamos.

Pero sus caras todavía lucen perplejas. ¡Todo es *tan diferente* aquí en los Estados Unidos!

—Así que... —La voz de Meg comunica una mezcla de curiosidad y envidia—. ¿Ella se encarga de todo en la casa? ¿No tienes quehaceres? ¿Tu madre ni siquiera tiene que cocinar?

Niego con la cabeza.

—En realidad... no. Y, además, mi madre no es muy buena cocinera. Siempre quema la comida, al igual que mi tía Graciela. —Bajo la voz para que mi tía no nos escuche desde la sala donde está escribiendo cartas.

—¡No como tú, en absoluto! —Charlie me dice con un guiño. Me sonrojo, ¡y él nota mi rubor!

—No, en absoluto —tartamudeo y luego le devuelvo un guiño de complicidad. Valerie y Meg están demasiado ocupadas mirándose boquiabiertas como para darse cuenta.

—¡¿Nada de quehaceres?!

—¡Vaya, tienes tanta suerte!

—¿Quieres decir que ni siquiera tienes que hacer tu cama?

—¡Bueno, por supuesto que hago mi cama! —les digo con la boca llena de pasta. Tomo un sorbo de jugo de uva que había vertido en copas de vino para que todo luciera elegante, y trago—. Mi abuela Frida dice que una señorita hace su cama y trenza su cabello todas las mañanas.

—¿Tus amigos tienen quehaceres? —me pregunta Valerie.

Niego con la cabeza.

—En realidad, no. Bueno, Cristóbal Williams tiene que ayudar a su madre en su puesto de verduras, pero su familia era más pobre que la mayoría de las familias de mi escuela. Papá siempre me decía que éramos los afortunados en Chile, y por eso, él y mamá querían que yo pasara mi tiempo libre leyendo y estudiando, y también haciendo ejercicio al aire libre y durmiendo bien en las noches de escuela. —Luego agrego a modo de explicación—: Mis padres son médicos.

Mis amigos asienten e intercambian miradas de curiosidad.

Preguntas

Hay un largo silencio, pero siento sus preguntas en el aire como una tormenta que se acerca. Luego, de repente, me bombardean con tantas que no quiero contestar.

—Celeste —comienza Valerie, nerviosa—, no quiero ponerte triste, pero... ¿qué les pasó a tus padres?

—¿Hablas con ellos por teléfono? ¿Te visitarán? —agrega Meg.

—¿Por qué estás aquí cuando ellos están en Chile? —Charlie me mira intensamente.

Respiro hondo. ¿Hablar con mis padres? Ha pasado tanto tiempo que a veces me da miedo no recordar sus voces.

—No —digo simplemente—. Es demasiado peligroso hablar por teléfono. Las únicas personas que quedan en mi casa en el cerro Mariposa son mi abuela Frida y mi nana Delfina. —Miro hacia arriba. Seis ojos muy abiertos me miran fijamente. Y hay tres bocas abiertas y silenciosas.

—Mis... mis padres están escondidos. —Mi voz vacila.

Valerie toma mi mano.

—No llores. Todo...

—Pero, ¿por qué? —Charlie la interrumpe con tanta insistencia que casi parece enojado—. ¿De qué se esconden? ¿Hicieron algo malo? ¿Tú también te escondes? ¿Es por eso que estás aquí?

—Bueno, sí... supongo que sí. —¿Yo, escondida? Nunca lo había pensado de esa manera—. Me siento más como si estuviera... esperando.

—Pero, ¡¿dónde están escondidos tus padres, Celeste?! —me pregunta Meg con impaciencia—. ¿Por qué no están aquí contigo? —Buena pregunta. ¿Por qué no están aquí conmigo? Tampoco había pensado en eso antes. ¡¿*Por qué* no pudimos haber venido todos juntos aquí?!

Hay tanta confusión en mi mente, tanta tristeza en mi corazón, pero trato de contarles lo que sí sé.

—Mis padres tuvieron que esconderse rápidamente —les digo apretando la mano de Valerie con fuerza. Ella me devuelve el apretón—. Se fueron cuando el presidente de mi país fue asesinado y un general tomó el poder, porque ese hombre estaba haciendo desaparecer a personas como mis padres, personas que ayudan a los pobres y creen que todos debemos ser iguales, como en este país.

—¡¿*Desaparecer*?! —dicen la palabra todos a la vez.

Asiento con la cabeza. *Desaparecer*... esa palabra

espantosa. Ese signo de interrogación que se puntea con la punta de un cuchillo en mi cabeza... ese dolor constante que siento.

—Algunas personas son secuestradas y encerradas en cárceles en algún lugar. Algunas, las afortunadas, ya se escaparon y se escondieron, como mis padres, o están exiliadas en lugares lejanos como yo. Y algunas personas... han sido asesinadas.

Me miran parpadeando en absoluto silencio. ¿Cómo es posible que entiendan lo que les estoy diciendo si yo misma apenas puedo entenderlo?

Hay más silencio. Al final, Valerie intenta cambiar de tema.

—Me gusta lo que dijiste en tu poema acerca de los árboles que nos escuchan. —Su tenedor juega con las últimas hebras de pasta en su plato—. No te rías, Meg —le da a su mejor amiga una mirada rápida—, pero cuando yo era pequeña, solía hablar con los árboles.

—Pero, ¿por qué dejaste de hacerlo? —le pregunto—. ¡Sigue hablando con ellos! Lo que escribí... lo creo con todo el corazón —le digo—. Puesto que el bosque está vivo, tiene que poder escucharnos de alguna forma y conocernos... simplemente lo hace de una manera diferente que nosotros, los seres humanos.

Meg mira a Charlie de soslayo, pero Charlie evita los ojos de su hermana y mira a Valerie.

—¿Así que crees que hay otro mundo ahí afuera lleno de fantasmas y brujas y tales cosas, Celeste? —me pregunta Valerie, sus ojos azules tan grandes como el plato enfrente de ella.

—Mi nana Delfina siempre me hablaba del mundo de los espíritus. Ella dice que es algo natural y que no se debe temerlo. En su cultura, lo que nosotros llamamos brujas no dan miedo, sino que se consideran mujeres sabias, curanderas que cuidan a las personas. Me dijo que a veces los espíritus se quedan para ayudarnos a los que todavía vivimos aquí. —Le doy otro apretón a la mano de Valerie. Su mano está fría hoy a pesar de la húmeda noche de verano. Sé que está pensando en su madre—. Y nuestros seres queridos permanecen cerca de nosotros para ser nuestros ángeles de la guarda.

Valerie me sonríe, agradecida.

Meg comienza a reírse, pero casi de inmediato se detiene y se cubre la boca con la mano.

—¿Qué piensas tú, Macarrones? —me pregunta Charlie y no noto ni una gota de sarcasmo en su voz.

—Mi abuela Frida siempre me decía que lo más importante es tener fe y vivir lo que imaginamos. Y por eso sé que volveré a ver a mis padres. Me lo imagino todos los días.

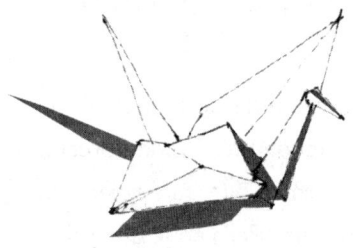

El **octavo grado**

Desde que les leí mi poema a mis amigos ahora me imagino un día viendo mi poesía en una librería de Valparaíso. La tía Graciela dice que los sueños se hacen realidad con esfuerzo, así que decido escribir todos los días durante el resto del verano. Todas las noches, camino por el bosque hasta que llego a un círculo de árboles con una piedra perfecta en el centro en la que puedo sentarme a escribir en mi cuaderno. "Aunque escribas una sola palabra, Celeste", me anima la tía Graciela, "te acercas mucho más a llenar una página". A veces solo pienso en cosas pequeñas como: *Hay algo delicioso en las noches de verano en Maine, un aire fresco y dulce como un plato de fresas.*

Cuando veo las luciérnagas con sus linternas brillantes flotando alrededor de mi cara, sé que es hora de regresar a casa. Puedo ver las luces de la casa brillar a través de los árboles. La tía Graciela las enciende para que yo pueda encontrar el camino a la casa... como un barco que encuentra el puerto gracias a un faro.

Esta noche me quedo afuera un poco más e imagino

que las flores comienzan a asomarse desde el suelo en el cerro Mariposa. Espero que no tengan miedo de florecer. Aunque el general todavía gobierna Chile, ni siquiera un dictador puede detener la primavera. Pero aquí, en la otra mitad del mundo, los días son cada vez más cortos y las noches más largas y frescas. Se acerca el otoño y mañana es el primer día de clases.

El maestro del octavo grado, el señor Gary, es un hombre alto con ojos color azul claro y cabello entrecano. Hay una foto de sus hijas en su escritorio. Parece un hombre amable. Dice que mi inglés está mucho mejor y que ya no necesito ayuda adicional.

—Aprenderás aún más rápido cuando no tengas otra opción —me dice con una sonrisa. ¡Habla mucho más rápido que la señorita Rose!

Lo miro nerviosamente.

—*Trial by fire*.

Me sonríe otra vez intentando animarme.

—¡Te daré puntos extra si averiguas lo que eso significa para el fin de la semana!

¡Dios mío! ¿Eso es crédito extra o tarea extra? ¡¿Cómo voy a estar al día en esta clase?!

Me cae muy bien el señor Gary, pero trato de visitar el salón de clases de la señorita Rose siempre que puedo. Cuando le muestro algunos de los poemas que he escrito en inglés, me abraza.

—¡Celeste, estoy tan orgullosa de ti! —Luego saca un pedazo de papel rayado de su escritorio y me lo entrega—. Encontré esto en el antiguo escritorio de Kim mientras limpiaba mi salón de clases este verano.

Hay solo una oración en el papel, escrita con la letra cuidadosa de Kim: *Celeste es mi amiga para siempre.*

Cuando leo estas palabras es como si Kim estuviera aquí a mi lado por un momento. Imagino sus manos haciendo pájaros de papel y en sus ojos veo cuánto anhela su casa... su país.

—Señorita Rose —le digo—. Le prometo que estudiaré mucho para mejorar mi inglés y hacer que este año sea el mejor de mi vida en Juliette Cove. Lo haré por Kim porque siempre se esforzó mucho y ahora no puede estar aquí... Y algún día, llegaré a ser una escritora famosa y ella leerá mis historias dondequiera que esté.

Una vida con
fragmentos

El día después de *Halloween*, la noche de brujas, no hay escuela. Me siento con la tía Graciela en la mesa de la cocina, pero no tengo mucho apetito para desayunar después de comer tantos chocolates rellenos de caramelo la noche anterior. Meg y Charlie me invitaron a ir de casa en casa pidiendo caramelos por primera vez. Al principio, traté de rechazar la invitación porque me sentía un poco triste, pero Charlie insistió. Cuando finalmente accedí, me dijo, "¡Gracias!" en español, así que me vestí como un copo de nieve, que es algo que sé muy bien que pronto caerá del cielo. Me vestí de ropa blanca y pegué bolitas de algodón sobre cada centímetro de mi disfraz. ¡Incluso llevé una gorra blanca cubierta de bolitas de algodón en la cabeza! Y la tía Graciela me roció con purpurina plateada y me dio una pequeña calabaza para que la llevara para mantener alejados a los espíritus malos.

—¿Te divertiste anoche, querida? —la tía Graciela me pregunta.

Empujo la avena tostada redonda, un cereal que

ahora me gusta, de un lado a otro en mi tazón y veo que los pequeños círculos lentamente se expanden como esponjas de mar en la leche.

—Sí. —Es cierto que me divertí mucho, pero hoy me siento cansada y deprimida. Tal vez sea porque durante toda la mañana la tía Graciela me ha estado contando noticias de Chile que ha recibido de sus amigos que viven en otros países como España, donde es más fácil recibir noticias de Sudamérica. Ella siempre saca las mismas cartas y las vuelve a leer. A veces me frustra escuchar palabras como *censura* y *hambre* y *desaparecer* una y otra vez.

Recojo un papel amarillento doblado en tres desde el fondo de la pila de cartas y escaneo algunas líneas. Leo en voz alta:

—"Mi hermano le pidió al gobierno permiso para hacer una fiesta por el séptimo cumpleaños de su hijo y se le negó la petición...".

Recuerdo cómo la abuela Frida me prohibió caminar por el parque con grandes grupos de amigos: "¡No más de tres de ustedes juntos a la vez o los oficiales del gobierno los llamarán subversivos! ¡Podrían arrestarlos!". Incluso en mis recuerdos, el miedo en la voz de la abuela Frida todavía me da escalofríos.

Subversivo... Recuerdo que Gloria también usaba esa palabra. Suena siniestro, todo tan retorcido como una serpiente. No quiero escribir esa palabra nunca. Me escucho dejar escapar un largo suspiro. Mi pecho se siente oprimido.

—Pero escucha. —La voz de la tía Graciela se anima—. ¡Puede que haya un cambio pronto! Mi amigo dice que los chilenos exiliados han estado fuera de las puertas de la embajada en España todos los días durante dos semanas. —Sigue leyendo y veo cómo la esperanza le ilumina el rostro—. Llevan carteles con la cara del general tachada con una gran X roja y otros carteles que dicen: *¿Dónde están? ¿Dónde están?*

—¡¿Dónde están?! —grito, incapaz de contener más la pregunta que llevo dentro de mí todos los días—. ¿Dónde están mamá y papá? ¿Dónde están Lucila y Ana? ¿Dónde está el director Castellanos? —Cruzo los brazos sobre el pecho y miro a la tía Graciela—. ¿Y cuántos más han desaparecido o han tenido que irse como yo? —le pregunto. De repente me escucho gritar—: ¡No quiero pensar en cárceles oscuras y la gente que amo presa en ellas! —Apenas puedo respirar y veo que mis manos han esparcido las cartas por el suelo. Mi tía se acerca a mí e intenta abrazarme, pero me aparto.

—Celeste, querida mía —me dice con dulzura—, hay muchas personas que no quieren reconocer lo que le está pasando a nuestro país porque no quieren pensar en el dolor. Tienen miedo del dolor. Pero tú no eres una de esas personas. —Sollozo y miro a mi tía con cierta incredulidad—. No, Celeste. Si nunca conociste el dolor, ¿cómo podrías reconocer la alegría?

Entonces todo lo que había guardado dentro de mí empieza a salir y se dispara:

—Quiero oír los sonidos del cerro Mariposa, las sirenas de los barcos que van y vienen del puerto, el crujir de los columpios, el piano de la señora Atkinson... —Me falta el aire. Las lágrimas corren por mis mejillas—. Pero... pero, ¡no me importaría si nunca volviera a oír ninguno de esos sonidos si solo pudiera oír las voces de mamá y papá!

—¡Ay, Celeste! —La tía Graciela me toma en sus brazos y esta vez no me aparto.

—¿Cómo obtienen comida? ¿Tienen frío por las noches?

Por alguna razón extraña, recuerdo que hace más y más calor allí, mientras que aquí hace más y más frío. Pero entonces la idea me recuerda lo lejos que estoy de mis padres... no solo en kilómetros, sino en días también... Hay tantos días entre nosotros. Tomo una decisión.

—¿Tía Graciela?

—¿Sí?

—¿Me haces el favor de descolgar el calendario de la pared en mi habitación mañana cuando esté en la escuela y tirarlo a la basura?

—¿Estás segura, Celeste?

Asiento con la cabeza. Por fin entiendo por qué a la abuela Frida no le gustan los calendarios. He estado usando el calendario en mi habitación para contar los días desde que salí de Chile: 647. Desde el décimo día la tía Graciela me ha dicho que soy terca y me aferro a la tristeza.

—Quiero medir el tiempo según las estaciones como lo hace la abuela Frida —le digo a mi tía que se seca los ojos y se ve tan aliviada—. Las estaciones son mucho más largas que los días. Sólo hay cuatro al año.

—Mamá nos enseñó a Esmeralda y a mí que cada estación es un instrumento —me dice la tía Graciela, y me hace señas para que me siente—. Ella nos decía que siempre sabía que había llegado la primavera cuando las teclas del piano sonaban como campanillas y su antiguo maestro de piano, el señor Leschetizky, tocaba *La campanella* de Liszt.

—Entonces el otoño en Juliette Cove es una viola bruñida que estalla con los sonidos de amarillo, naranja y rojo —digo. De repente, yo también me siento aliviada. Por ahora basta con imaginar. *No cuentes más, Celeste*, me digo. *Sé como las estaciones y sigue adelante.*

El cartero, el señor John
Carter

La tía Graciela se empolva la cara con el fino polvo de arroz que le dio la abuela Frida. Luego se pone lápiz labial rojo y voltea la cabeza hacia la ventana como un cisne. Hace esto todos los días alrededor del mediodía porque es cuando llega el cartero.

Al principio solo intercambiaban un saludo cortés, pero a medida que los meses se convirtieron en años, la tía Graciela y el cartero, John Carter, se hicieron amigos. Me gusta cómo el señor Carter siempre tiene una sonrisa y cómo sus carcajadas siempre suenan tan genuinas.

—Es agradable charlar con él —me dice la tía Graciela—. Antes de que vinieras, él era la única persona con quien hablaba además de mis clientes... quiero decir, mis amigos —se corrige—. ¡Y ellos solo quieren saber de sí mismos! —continúa, y me río. En ese momento oímos el familiar golpecito en la puerta.

—¡Aquí estoy con el correo, señorita Graciela! Hoy tengo cartas del extranjero y un paquete para ti.

Mi tía recibe cartas de todo el mundo, de lugares lejanos como Rusia, porque muchos de sus amigos son exiliados.

—Dime, Graciela, ¿cómo tienes el tiempo para contestar todas las cartas que recibes? —le pregunta el cartero—. Son de tantos lugares diferentes.

—Encuentro el tiempo todos los días. Es mi única forma de hablar con mis amigos. Muchos de ellos viven ahora en otros países como España, Inglaterra, Alemania, México, Rusia... Tengo una amiga en Alabama y otros amigos en California, Texas, Illinois... —La voz de la tía Graciela se apaga—. Si Celeste y yo no tuviéramos nuestras cartas, nos sentiríamos tan solas. Y, por supuesto, siempre esperamos ver tu sonrisa y escucharte decir, "¡Aquí estoy con el correo!".

Le entrego un plato de galletas con pepitas de chocolate al señor Carter.

—¡Las hice yo misma!

—¡Mira, Celeste! —susurra la tía Graciela y señala algo detrás del hombro del señor Carter.

—¡Ah! —La respiración se me atora en la garganta. Una cierva muy esbelta color marrón está en el jardín delantero. ¡Parece estar mirándonos directamente! Luego mueve la cabeza hacia arriba y hacia abajo cuatro... no, quizás cinco, veces—. ¡Es como si estuviera asintiendo con la cabeza! —susurro.

El señor Carter se quita el sombrero ante las dos y regresa a su camión de correos. La cierva corretea hacia el bosque y nos quedamos mirándola hasta que el señor Carter también se ha desvanecido en la blancura del invierno en Juliette Cove.

Todo un cielo
dentro de mí

Me despierto en medio de la noche con el olor a agua salada, cilantro y canela. *¡Qué sueño más raro!*, me digo mientras me froto los ojos. Mientras dormía, estaba a bordo de un pequeño velero de madera con velas ondulantes más blancas que la luna. Yo era la capitana del barco y seguía una bandada grande de pelícanos que volaban a baja altura sobre el agua. De repente, mi amigo, el pelícano anciano, se volvió para mirarme y comenzó a dirigirse hacia el sur, como si me llevara a casa.

¡PUM! Una ráfaga de viento golpea los postigos de un lado a otro. Una tormenta llegará pronto. Miro hacia la ventana. Las ramas de los árboles se agitan con rapidez. Es como si estuvieran tratando de llamarle la atención a alguien. En ese momento, la tía Graciela abre la puerta de mi habitación. Su rostro se sonroja como nunca antes había visto.

Escucho una rama caer al suelo mientras mi tía se sienta a mi lado y toma mi mano. Ella respira hondo. Yo hago lo mismo mientras me pregunto qué la hizo actuar de una manera tan extraña. No puede ser la tormenta...

—Recibí una llamada de un amigo en España muy tarde anoche. —Su voz tiembla de incredulidad—. El general murió. ¡Celeste, regresamos a casa!

La miro fijamente.

—¿Está muerto? ¿Nos vamos a casa? —repito.

—¡Sí, nos vamos a casa! —la tía Graciela me asegura con la voz quebrada.

Tiemblo de sorpresa, incredulidad y alegría, y apenas sé qué hacer. Bajo por las escaleras, me pongo el abrigo de invierno encima del pijama y luego me pongo las botas y salgo al jardín delantero. La noche está quieta y fría, como si la tormenta nunca hubiera sucedido. ¡Qué extraño! ¡Acabo de oír el viento clamando y la rama que se caía! Miro hacia las estrellas y veo que mi aliento se eleva como el humo para saludarlas. Brillan como pequeños faros. "La Osa Mayor", "La Osa Menor", "Orión el Cazador". Susurro esos nombres mientras encuentro las formas que me señaló la tía Graciela durante mi primera semana en Juliette Cove.

Qué raro, pienso, *darme cuenta solo ahora de cuánto amo las estrellas del hemisferio norte casi tanto como las constelaciones del sur.* Temblando del frío, me doy la vuelta para volver a la casa. De repente, desde arriba una luz brillante relumbra en mis ojos. Un orbe que nunca había visto antes, tan grande y brillante que debe ser un planeta, irradia una luz verde suave que brilla cada vez más hasta que me hace pensar en la joya verde, la esmeralda. ¡Esmeralda!

Tercera parte
Solo regresos

El **asilo** contra la opresión

La tía Graciela deja que me quede en casa y no vaya a la escuela. Nos sentamos en el sofá frente al televisor todo el día esperando cualquier noticia de lo que ha sucedido en Chile. Vemos el noticiero de la mañana, el noticiero a la hora del almuerzo y al final, justo cuando creo que ese amigo de la tía en España se ha equivocado, se menciona a nuestro país en el noticiero de la tarde.

El presentador dice que en Chile comenzará pronto la transición pacífica a la democracia. Luego en la pantalla vemos —¿puede ser?— las calles de la capital, de Santiago. Hay desfiles de niños y sus abuelos que emergen de detrás de puertas cerradas. Hay hombres arrodillados que lloran mientras que las mujeres bailan en las calles llevando banderas de los colores de Chile: el rojo, el blanco, el azul.

Es la primera vez que veo a mi país en dos años. Con la boca abierta en estado de *shock*, sigo señalando la pantalla y luego me doy la vuelta para mirar a la tía Graciela para asegurarme de que no estoy soñando.

El rostro de mi tía está empapado de lágrimas.

—¡Ay, gracias! ¡Dios es bueno!

Luego, en la pantalla aparece un reportero que está entrevistando a los ciudadanos de Santiago. Qué maravilloso escuchar de nuevo el sonido *shhhh* de sus acentos, como olas suaves rodando sobre la arena. Cada voz comunica una historia un poco diferente. Parece haber más de una versión de cómo murió el general. Mi tía frunce el ceño con gesto concentrado.

Algunas personas creen que el general murió bebiendo su propio veneno. Otras personas se centran en los chismes de que el dictador padecía de resfriados persistentes, hasta hace dos días cuando estornudó con tanta fuerza que el techo de su habitación se estrelló a su alrededor, atrapándolo acurrucado bajo unas mantas. Y otros dicen que la tierra conspiró para acabar con él y comenzó a temblar, pero solo en su propio palacio. En ninguna otra parte de Santiago se sintió el más mínimo temblor. Ni siquiera una hoja cayó de los árboles.

Demasiado pronto, el reportero de Chile se despide y el presentador pasa a otra historia.

—¡No! ¡Espere! ¡No se vaya, por favor! —Extiendo las manos hacia el televisor, deseando poder tocar los sonidos y las imágenes de mi país y sostenerlos en mis brazos.

La tía Graciela sigue llorando, pero al mismo tiempo se ríe.

—¡Somos libres, tía Graciela! ¡Todos somos libres! ¡Apenas me lo puedo creer! ¡Somos libres!

—Deberíamos cantar, Celeste. —Y ni bien ha pronunciado las palabras nos ponemos de pie juntas, ponemos nuestras manos sobre nuestros corazones y cantamos:

"*Puro Chile, es tu cielo azulado, puras brisas te cruzan también, y tu campo de flores bordado es la copia feliz de Edén... Dulce Patria recibe los votos con que Chile en tus aras juró: Que o la tumba serás de los libres o el asilo contra la opresión*".

La tía Graciela me da un gran abrazo. Me siento tan feliz, pero al mismo tiempo tengo mucho miedo. Temo ver lo que les ha pasado a mis amigos, a mi familia y a mi ciudad. ¿Quiénes estarán allí y quiénes faltarán? Tiemblo ante la idea de que todos y todo lo que conozco hayan desaparecido.

Miro a la tía Graciela que parece estar tan perdida en sus propios pensamientos como yo. Quizás... quizás... deberíamos quedarnos aquí... Finalmente me estoy acostumbrando a Juliette Cove... Me he hecho amiga de las sombras que viven en los bosques y el vasto silencio de los campos nevados... Es como si tuviera un pie en Juliette Cove y el otro en el cerro Mariposa... Pero luego me imagino el mar azul y el cielo de Valparaíso. Me veo llegando a nuestra casa en el cerro Mariposa para mi cumpleaños. La nana Delfina enciende las velas de mi pastel de mil hojas y canta en mapudungún. Mis amigos y yo corremos por los cerros y regamos todas las buganvillas de Valparaíso que se marchitaron y se negaron a florecer desde el día en que mataron al presidente Alarcón.

Viajar liviana de equipaje

A la mañana siguiente, encendemos la radio y bebemos café con leche. Después de beber su tercera taza de café, la tía Graciela se pone de pie y apaga la radio.

—Basta ya, Celeste. No podemos sentarnos aquí todo el día escuchando las noticias de Chile. ¡Tienes que prepararte para tu viaje de regreso a casa! —Mi tía trota hacia el armario abarrotado en la entrada de la casa y la sigo lentamente. No sé si la oí bien.

—¿Tía?

—¿Sí? —Tiene la cabeza dentro del armario.

—¿Por qué acabas de usar el *tú*? ¿No regresas a Chile también?

Mi tía saca la cabeza de entre los abrigos de invierno y se sienta en el suelo del pasillo. Me siento frente a ella y le agarro las manos. Están frías y su rostro, de repente, se ve pálido y apagado.

—Celeste, estuve despierta toda la noche pensando en volver a Chile. —Hace una pausa y mira nuestras manos entrelazadas por un momento.

—No me enorgullece admitirlo, pero a pesar de mi alegría... tengo tanto miedo. No sé si estoy lista para regresar. Salí de Chile para estar con Guillermo, pero como ya sabes, la relación no funcionó. Luego estaba demasiado avergonzada para volver porque todos me habían dicho que estaba loca por renunciar a todo por un hombre al que solo conocía desde hacía unos meses. Y... y... siempre esperé que él viniera a buscarme... Así que me quedé aquí un rato y luego otro rato más. Y siempre me sentía... bueno, culpable por dejar mi país por lo que a veces pienso que fue un acto egoísta, justo antes de que Chile me necesitara más. No sé si podré enfrentar la verdad cuando regrese... que algunos de mis amigos y vecinos han desaparecido, que mi propia hermana podría estar...

Retiro mis manos y retrocedo horrorizada.

—¡No! ¡No! ¡No! —grito—. ¡No te atrevas a decirlo! ¡Ni siquiera te atrevas a pensarlo!

Salgo corriendo al frío. Nunca he sentido este tipo de enojo antes. Siento que estoy enredada en los miedos de mi tía, así como en los míos, y odio esta sensación. Los miedos son como espesas telarañas y cuanto más intento escapar de ellos, más me atrapan. Corro hacia el garaje y le doy una patada a la vieja puerta de roble hasta que se rompe con un chasquido.

—¡Ayyyyy! —Caigo hacia atrás y me agarro el pie

que arde de dolor. Me balanceo de un lado a otro, frotándome el pie.

—Celeste, niña mía.

Siento a la tía Graciela detrás de mí. Ella pone una mano vacilante en mi hombro. Me aparto de ella.

—Lo siento, Celeste. Por favor, perdóname. Siempre has sido tan valiente. En realidad, tú has sido mi fuerza estos últimos dos años. No soy como mi sobrinita con un corazón tan grande y valiente como un coro de ángeles.

Me vuelvo hacia ella.

—¿Tía Graciela? —digo su nombre como una pregunta, como si la mujer parada frente a mí representara todas las preguntas que tengo y que no sé contestar.

—Celeste, mi mamá y la nana Delfina van a estar tan contentas de verte de nuevo, y sé que encontrarás a Esmeralda y a Andrés. Sé que encontrarás a tus padres.

—Yo creo lo mismo, tía. Los encontraré.

—¿Me perdonas, Celeste?

—Claro que sí. Te amo, tía.

—Te amo, Celeste. Eres la hija que nunca tuve. Ahora, entra a la casa. Hay mucho que hacer.

"Deja que tu voz se oiga"

Las primeras nevadas del año han sumergido el jardín en ondulantes sábanas blancas. Me siento en frente de la ventana en mi habitación con mi rostro pegado al cristal. Es difícil creer que esta es una de las últimas veces que contemplaré el bosque. En unos días me voy a Chile. No sé por dónde empezar. Cuando llegué aquí hace casi dos años, nunca pensé que sería tan difícil dejar mi segunda habitación azul y regresar a la primera.

Pero antes de salir para Chile, tengo que despedirme de algunas de las personas que conozco en Juliette Cove. La primera persona a quien voy a visitar es al cartero, el señor John Carter.

La chimenea de su casita roja echa humo como una locomotora. Tocamos el timbre y unos segundos después, el señor Carter aparece en una bata de franela y zapatillas. Lleva en la mano el crucigrama del diario. Por supuesto, es domingo, ¡el día libre de todos los carteros!

—¡Graciela! ¡Celeste! ¿A qué debo esta agradable

sorpresa? —Sus ojos brillan detrás de sus lentes bifocales—. No tengo cartas hoy.

—Señor Carter, vine a despedirme de usted. Pronto me voy a Chile.

El cartero se quita los lentes y se frota los ojos.

—¿En serio? ¿Tan pronto? ¡Oh, Celeste! Te voy a extrañar mucho.

Trago saliva.

—Quiero agradecerle por ser tan buen cartero y siempre ser tan cuidadoso con las cartas que significan tanto para nosotras.

El señor Carter carraspea.

—¿Me enviarás una carta desde Chile? Y claro, yo te escribiré también desde aquí. ¿Cuál es tu dirección?

—El cerro Mariposa... Espere, déjeme escribirla para usted. —El señor Carter me entrega el crucigrama y saca un lápiz del bolsillo de su bata. Debajo de las rejillas en blanco y negro que siempre me recuerdan a las vías de un tren que no llevan a ningún lugar, escribo: Cerro Mariposa, Valparaíso, Chile, 2-370835.

—¿La casa no tiene número? —me pregunta.

Niego con la cabeza y sonrío.

—En los cerros todos se conocen y saben dónde viven los demás.

El señor Carter asiente.

—¡Ahhh, es por eso que tú y tu tía son siempre tan

amables con sus vecinos aquí en Juliette Cove! Y, sin embargo, me imagino que, aunque algunas cosas en tu ciudad y tu país son simples, otras cosas son más complicadas. —Nos da una mirada comprensiva.

—Sí —le digo—. Si usted visita mi ciudad algún día, viajará en los teleféricos que lo llevarán cuesta arriba y cuesta abajo en los cerros. ¡Tienen casi cien años y la mitad del tiempo ni funcionan! Pero justo cuando todos están listos para perder la fe en ellos, de repente se pueden oír las grandes ruedas en las cimas y a los pies de los cerros comenzar a girar y tirar de los vagones hacia arriba y hacia abajo en las poleas, y luego durante todo el día se puede oír el traqueteo de los teleféricos en los cerros.

La tía Graciela levanta las manos y agrega:

—¡Y se oyen las voces de las personas abordo que están contentas de nuevo con nuestros teleféricos y juran que nunca querrán deshacerse de ellos!

El señor Carter se ríe.

—Entiendo. Es así a veces con el servicio de correo también. —Su rostro se pone serio y pone sus manos en mis hombros—. Y entiendo, Celeste, por qué es hora de que te vayas a casa. Si los teleféricos vuelven a funcionar, tienes que ser uno de los jóvenes felices abordo. ¡Deja que tu voz se oiga!

Me da un abrazo.

—Escríbeme y cuéntamelo todo.

—Adiós, señor Carter.

—Adiós, Celeste.

—Y, señorita Graciela, ¿qué vas a hacer?

—Yo me quedo aquí, señor Carter. Por favor, no te olvides de mí.

—¡Nunca! Mañana estaré en tu puerta... ojalá con una carta de Chile.

—¡Gracias, señor Carter! —mi tía y yo decimos a la vez y nos despedimos de un hombre cuya generosidad nunca olvidaremos.

La tía Graciela y yo no nos hablamos en el camino de regreso a la casa, pero cuando doblamos en River Road me doy cuenta de que mañana es lunes, un día de escuela... mi último día de escuela en Juliette Cove.

Mi estómago da un vuelco. Ojalá fuera mi habitual tristeza que se asocia con el fin del fin de semana, pero lo que siento es temor.

—Creo que despedirse es la cosa más horrible de este mundo —le digo a mi tía.

La tía Graciela suspira y asiente con la cabeza.

—Pero recuerda algo que la abuela Frida nos enseñó a todos, Celeste: en esta familia no hay despedidas, solo regresos.

—¡Tía, la vida es tan extraña e inesperada a veces! Ahora que por fin tengo amigos que voy a echar de menos... ahora que estoy acostumbrada a vivir aquí contigo, ¿por qué todo tiene que cambiar tan de repente? Sé que me voy a casa y estoy tan contenta, pero también siento que estoy dejando mi hogar, y una parte de mí está triste.

—Ay, Celeste... por eso se llama exilio. Perteneces a todas partes y a ninguna parte al mismo tiempo.

Pienso en lo que mi tía me acaba de decir. Quizás una vez que eres un exiliado, siempre eres un exiliado. Siempre estás extrañando otro lugar, siempre llevas contigo una parte de un lugar y una parte de otro lugar, y siempre tienes el corazón roto.

"Te **veré** con el corazón"

Me siento en la escuela y llevo dentro de mí un secreto. Apenas puedo soportar mirar alrededor del salón de clases. Mantengo la cabeza gacha, escribo *Adiós Juliette Cove* y dibujo a los pavos salvajes en mi cuaderno.

—¡Celeste, estás tan callada hoy! —El señor Gary está diciendo algo. Levanto la cabeza bruscamente y miro en direccion a la pizarra—. ¿Te sientes bien? —Lucho contra las lágrimas y niego con la cabeza—. ¿Quieres que llame a tu tía para que venga y te lleve a casa? —Niego de nuevo con la cabeza.

A casa... A casa es adonde voy a volar mañana por la noche. Y *casa* es también el lugar que estoy dejando atrás.

—No, señor Gary. Estaré bien. Gracias.

—Está bien. Entonces por qué no lees el próximo párrafo que empieza con "Abraham Lincoln escribió la Proclamación de Emancipación...".

Al final del día, camino por el pasillo hacia mi salón de clases favorito, el número 44. La señorita Rose está inclinada sobre su escritorio. Entrecierra los ojos a través de sus lentes de lectura moradas mientras califica trabajos escritos.

—Señorita Rose... Me regreso a Chile.

Me mira confundida.

—¡Celeste Marconi! ¡Hola! Espero haberte escuchado mal. ¿Acabas de decir que te vas?

—Sí.

—¿Cuándo?

—Mañana.

La señorita Rose se lleva las manos al corazón.

—¿Tan pronto? ¿Así de rápido? —Chasquea los dedos—. ¿A mitad del semestre? No entiendo. —Su rostro se ve afligido.

—Tampoco yo, señorita Rose.

Mi antigua maestra se pone de pie y me abraza. Me dice:

—Nunca he conocido a una chica más valiente que tú. Gracias, Celeste Marconi. Nos has enseñado mucho a todos.

Mis lágrimas mojan la parte delantera de su suéter de color rosa.

—Gracias... —sollozo—. Gracias... —intento otra vez—, por ser tan amable y paciente. Gracias por enseñarme inglés. Y gracias por darme libros para leer. Llevaré *Mujercitas* a casa conmigo y sé que lo leeré una y otra vez y pensaré en usted.

La señorita Rose se seca los ojos y me sonríe.

—Celeste, nunca te olvidaré. Llegaste aquí tan pequeña y tímida, con los ojos siempre puestos hacia abajo. Y ahora eres una flor que siempre está florecida. Voy a extrañar el oír tu hermosa risa llenar los pasillos.

La abrazo una vez más.

—Necesito irme. Les dije a Valerie, Meg y Charlie que se reunieran conmigo en el faro. Tengo que despedirme de ellos también... ¿Me hará el favor de decirles al señor Gary y el resto de mi clase que me voy? ¿Y también que les escribiré desde Valparaíso?

La señorita Rose asiente, me abraza de nuevo y luego me suelta. Doy la vuelta rápidamente y salgo corriendo del aula y sigo por el largo pasillo. Empujo las pesadas puertas dobles y salgo al aire frío del invierno.

Encuentro la gran roca negra frente al faro, pero el sol se está poniendo y la niebla fría que llega desde el Atlántico y que todo lo oscurece hace que sea difícil ver a mis amigos. Entonces, de repente, oigo a Charlie.

—¡Celeste! ¡Por aquí!

—Charlie, ¿dónde están?

—¡Aquí, tres pasos delante de tu cara! —En ese momento, una mano sale de la niebla y me agarra la muñeca.

—¡Meg! —grito, asustada. Me tira hacia ella y Meg y Valerie me envuelven en un fuerte abrazo. Charlie se para cerca con una mirada taciturna en el rostro y arrastra un pedazo de madera de deriva a través de las algas.

—¡Oh, Celeste, por favor dinos qué te pasa! —me ruega Valerie—. ¡Has estado actuando tan extraña hoy y unos compañeros de la escuela nos dijeron que te vieron llorar y que oyeron un chisme de que te vas de Juliette Cove!

Los miro y no puedo hablar, y no es necesario.

—Pero... —Meg se mueve de un pie al otro en la arena—. Pero hace tan poco tiempo que todos nos hicimos amigos. —Mira a su hermano que frunce aún más el ceño—. Charlie, ¿no tienes nada que decir? ¿Te vas a quedar allí parado como otra piedra tonta? —Se vuelve hacia mí—. Conozco a mi hermano. Intenta ser un tipo duro cuando realmente está triste.

—¡No es justo! —grita Charlie—. ¿Es eso lo que quieres oír? ¡Porque no lo es! —Se acerca a nosotras y todos nos sentamos en la arena fría y húmeda. Me mira y su voz se vuelve más suave—. No es justo.

Meg se acerca más a su hermano.

Me oigo preguntarles:

—¿Recuerdan hace un momento cuando no los veía en la niebla, pero podía oír sus voces? Bueno, yo creo que decir adiós es así... Cuando esté en Valparaíso, no podremos vernos con los ojos, pero sí podremos hablarnos con el corazón. Estaré cerca, solo que de otra manera.

Valerie asiente y se seca las lágrimas con el extremo de su bufanda amarilla peluda. Meg se muerde el labio y Charlie mira hacia el océano.

—Siempre eras tan extraña, Celeste —me dice—. Fue por eso que me burlé de ti al principio y por qué las chicas se mantuvieron alejadas de ti...

—¡Y fuimos estúpidos! —Valerie lo interrumpe—. ¡Lo sentimos tanto!

—Pero... —Charlie respira hondo y continúa—. Siempre eras tan buena siendo tú misma. Nunca cambiaste para tratar de encajar. Lo único que hiciste fue aprender inglés y yo solía pensar: *¡Guau! ¡Esa chica trabaja tanto! Es mucho más valiente que yo.*

Nos quedamos en silencio y escuchamos las olas que se acercan y se alejan a medida que el cielo se oscurece. Un suave halo de luz nos envuelve antes de que el sol se hunda del todo y se duerma en el mar.

—Debemos irnos a casa —dice Valerie mientras se levanta de la arena con sus largas piernas elegantes de bailarina—. Estamos contentos por ti, Celeste —agrega apresuradamente—. No creas que no. Es que... también estamos tristes de perderte.

—Quiero que ustedes me visiten algún día en Valparaíso —les digo—. Y mientras tanto, pueden visitarme en sus imaginaciones. Y yo los visitaré en un barco que mi abuela Frida llama Esperanza.

Se echan a reír.

—¡Oh, Macarrones! ¡Estás loca! ¡Te voy a extrañar! —Charlie me sonríe tímidamente y me da un breve abrazo.

—Celeste está diciendo la verdad —dice Meg mientras le da a su hermano un codazo en el estómago—. La abuela de Celeste siempre dice, "imaginar es creer".

Meg, Valerie y yo corremos hacia el final de la playa. Charlie nos sigue lentamente. Pero luego, de repente, empieza a correr en la otra dirección hacia el agua.

—¡Celeste Marconi, te veré con el corazón!

De vuelos y **fe**

En el viaje desde Juliette Cove hasta el aeropuerto internacional Logan en Boston, no puedo dejar de trenzar, destrenzar y volver a trenzar mi pelo. No me atrevo a pensar en mis padres, en dónde están y si volverán. También tengo miedo de pensar en mis amigos. Me obligo a pensar en las cosas que *sí* estarán: mi casa en el cerro Mariposa, la abuela Frida y la nana Delfina. No me permitiré pensar en despedirme de la tía Graciela. Es un día tan frío como aquel en el que llegué. Apoyo la cabeza contra el cristal helado de la ventana y dejo escapar un largo suspiro.

Después de un prolongado silencio tan pesado como la nieve húmeda que bloquearía la puerta de la casa en Juliette Cove, la tía Graciela para el auto a un lado de la carretera.

—Celeste, creo que es el momento para darte algo.
—¿Qué es, tía?
Mi tía saca una caracola de su bolsa.
—Esta fue la primera que encontré en Juliette Cove

cerca del faro. —Coloca la caracola de color melocotón moteado en mis manos—. Así te llevas la voz del océano de Juliette Cove a casa y tienes algo mío para conectarnos siempre sin importar a dónde vayamos. Escúchala cuando necesites ayuda, Celeste. Esta caracola te ayudará a oír la voz de tu corazón.

—¡Gracias, tía Graciela! —susurro. Me llevo la caracola a la oreja y escucho un murmullo que me tranquiliza como una canción de cuna.

La tía Graciela mira su reloj y empieza a conducir de nuevo.

—No quiero que pierdas tu vuelo. —Su voz está temblando.

Puedo ver la ciudad de Boston en el horizonte lejano con sus edificios centellantes en la luz del amanecer. Cuando llegamos al aeropuerto, la tía Graciela estaciona la ranchera y espera conmigo en la puerta de embarque. No hablamos mucho hasta que la azafata anuncia que es hora de abordar. Luego me pongo de pie de un salto y miro el suelo.

Soy incapaz de moverme más.

—¿Sabes cuánto te voy a extrañar, tía Graciela?

Los ojos de mi tía se llenan de lágrimas como si fueran lagunas de un verde profundo.

—Recuerda, no hay despedidas en nuestra familia, solo regresos —susurra mientras me besa en la mejilla.

Me uno a la fila de personas que abordan el avión rumbo a Santiago. El asiento de al lado está vacío. Ojalá estuviera la tía Graciela. Y así como así, el vuelo despega. "Adiós Juliette Cove. Gracias. Siempre serás mi amiga".

Debo quedarme profundamente dormida porque de repente me imagino que oigo un grito lejano, casi como un graznido. Me froto los ojos y me estiro. Oigo el grito de nuevo y luego varios gritos a la vez. Me recuerda algo, pero no sé exactamente qué. Debo estar soñando...

Abro más los ojos y levanto la persiana. ¡Oh! Apenas puedo respirar. Estamos cruzando por los Andes. ¡La cordillera de los Andes! ¿Estoy soñando? ¿Realmente estoy volando sobre Chile? Y... ¿qué es esto en el cielo? Me froto los ojos de nuevo. ¿Puede ser? ¡Sí! ¡Es una bandada de pelícanos! ¡Siete de ellos están volando en el cielo despejado! Los imagino gritando una vez más. ¡Están aquí para recibirme y saludarme!

El avión desciende lentamente. Oigo que las montañas susurran:

"Bienvenida de nuevo, Celeste Marconi, hija nuestra. ¡Estás en casa!".

El camino al cerro Mariposa

Estoy temblando mientras paso por la aduana.

—¿Ciudadana chilena? —me pregunta una joven mientras abre mi pasaporte y lo sella. Veo una palabra en tinta verde: *Retorno*. No puedo contener mis lágrimas.

—Sí, señorita. Soy ciudadana.

—Has estado fuera del país por mucho tiempo. —Su voz es amable y sus ojos oscuros son comprensivos—. Bienvenida a casa.

Veo a don Alejandro al instante. Se encuentra fuera de la aduana con un gran ramo de copihues rojos, nuestra flor nacional. Temblando, sollozando y riéndome todo al mismo tiempo salto a sus brazos y lo abrazo.

—¡Qué bueno verte, niña Celeste! —me dice con la sonrisa tímida que recuerdo—. Dios es bueno para mandarte a casa con nosotros sana y salva.

Estoy tan contenta de ver a don Alejandro, pero en las ensoñaciones que he tenido en los últimos dos años, todos los que amo han estado esperándome en el aeropuerto para darme la bienvenida a casa en Chile. ¿Dónde están? Alejandro me ve mirando a mi alrededor y pone su mano en mi hombro.

—Tu abuela Frida y tu nana Delfina te esperan en casa, Celeste. Están tan emocionadas.

Asiento con la cabeza.

—Ah, está bien, don Alejandro.

Pero don Alejandro parece apenado.

—Tu abuela... —carraspea mientras busca palabras—. Tu abuela... no está exactamente como la recuerdas. Dos años difíciles han debilitado su cuerpo. Pero... —me da una palmada en el hombro—, ¡su espíritu está tan fuerte como siempre! —Mi estómago se hace un nudo. Miro a don Alejandro confundida. La abuela Frida... ¿Estará enferma? ¿Estará sufriendo de nostalgia? ¿Algo terrible ha ocurrido? Ay, es demasiado en qué pensar en este momento.

—Vamos, Celeste —me dice don Alejandro y cambia de tema mientras me lleva a donde está el auto—. ¡Delfina lleva todo el día preparándote un guiso digno de una reina! —Después de un momento me dice—: Pero trajiste tan poco a casa —mientras pone mi maleta en el maletero—. Viajas con muy poco equipaje al igual que tu abuela. Tal vez ella salga más ahora que estás en casa —continúa—. ¡Siempre tiene miedo de que el viento se le lleve los audífonos! Pero la semana pasada, Delfina y yo la convencimos de que nos dejara llevarla por el cerro Mariposa para sentarse un rato al sol. Ha adelgazado tanto que ahora... no lo vas a creer... ¡cabe en una canasta de picnic!

Me quito de la mente la idea de que mi abuela ha envejecido y trato de no pensar ni en la debilidad ni en los audífonos ni en todos los demás cambios que temo enfrentar cuando llegue a casa. Así que miro por la ventana e intento enfocarme en las vistas de Santiago: los puestos de empanadas, los cantantes callejeros, los niños corriendo por las veredas, los letreros en español por todas partes. ¡Español! ¡Qué extraño hablar mi idioma con todos y no solo con la tía Graciela! Le hablo a don Alejandro y espero que no se dé cuenta de que estoy tratando de parecer despreocupada.

—¡Hábleme del cerro Mariposa, don Alejandro! ¿Qué ha pasado allí? ¿Cómo está el mago del Café Iris? ¿Y la señora Atkinson y sus tazas de té y el piano que toca en los días de lluvia?

Alejandro lanza una mirada sombría en mi dirección por el espejo retrovisor.

—Niña Celeste, aquí ha pasado tanto, ha cambiado todo tanto, se ha perdido tanto y, sin embargo, han quedado muchas de las pequeñas cosas cotidianas. Son una bendición. Durante los días más oscuros eran todo lo que teníamos. Pero lo más importante, Celeste, es que cuando te vi, me di cuenta de que los años de dolor, por suerte, están llegando a su fin. Perdóname si hoy conduzco más rápido de lo normal. Es que tu abuela Frida y Delfina han estado esperando tanto para abrazarte.

La cordillera de los Andes pasa velozmente como un borrón, pero todavía las montañas parecen que están cubiertas de crema chantillí.

—¡Me había olvidado de lo empinado y sinuoso que es el camino a nuestra casa, don Alejandro! —Me empiezan a temblar las manos mientras pasamos por espesos bosques de eucaliptos. Soñé con su intenso aroma tantas veces antes. De repente pasamos por la plaza Bismark al pie del cerro Barón. Los niños juegan a las canicas y corren por todas partes. En uno de los bancos hay una anciana con el rostro tan arrugado que parece piel de cebolla. La saludo con la mano. Doblamos en otra calle y aparece el cerro Mariposa. Incapaz de contener la emoción, bajo la ventana y me siento al borde de la puerta con mi cabello volando en la brisa para no perderme de ver una sola flor o un solo vecino, o escuchar a los teleféricos hacer sus sonidos familiares. Don Alejandro me mira en el espejo retrovisor con el ceño fruncido, preocupado.

—¡Cuidado, niña Celeste!

—Entonces, ¿puedo bajar y caminar desde aquí, don Alejandro?

Él me sonríe y su sonrisa es aún más amable que los recuerdos que guardo de su bondad.

—¡Buena idea, niña Celeste! Conduciré con tu equipaje. Sé que llevas mucho tiempo esperando para dar este paseo.

Bajo del taxi y piso mi tierra natal. Siento a la tía Graciela acompañándome mientras subo por el cerro Mariposa. Luego, al doblar una esquina familiar, por fin veo la casa azul y amarilla con la que he soñado todos los días. Las ventanas están abiertas y veo una enorme bufanda de color rosa que sale volando del balcón como una alfombra voladora. Escucho los gritos de los pelícanos.

—¡Oh, abuela!

La abuela Frida empieza a correr escaleras abajo con los brazos abiertos. Mis pies se arraigan en la tierra. Las lágrimas corren por mis mejillas mientras la miro corriendo hacia mí como una niña, con su camisón y una larga bufanda de color rosa que lleva alrededor del cuello. ¡Se ha tapado las orejas, supongo para que no se le caigan los audífonos!

Con una fuerza sorprendente, me levanta del suelo y me da un fuerte abrazo.

—Celeste, ¡qué hermosa estás! ¡Déjame tocarte el cabello, tus trenzas como las de Rapunzel! ¡Estás en casa! Y tus manos no han cambiado. —La abuela Frida pone sus manos en las mías y las aprieta con fuerza—. ¡Celeste, cuánto te he extrañado!

Nos abrazamos un largo rato. Luego, lentamente,

empezamos a subir el resto del cerro, tomadas de la mano. Me parece que su mano es más pequeña que antes. Antes era más grande y mi mano pequeña cabía dentro de la suya y podía perderse en ella. Su paso es más lento y está tan delgada. Su rostro está más pequeño, casi infantil, escondido bajo capas de polvo de arroz, pero sus ojos azules brillan como siempre. Caminamos por el sendero en silencio y veo que mi casa se hace cada vez más grande. De vez en cuando, la abuela Frida me aprieta la mano y me detiene. Me mira a los ojos y me cuenta cómo ha sido la vida en el cerro Mariposa mientras estuve en los Estados Unidos.

—Todas las noches pensaba en la fe... la misma fe que te dije que tuvieras —me dice—, y confieso que a veces me preguntaba si "fe" era solo una palabra... Delfina y yo nos sentíamos tan solas sin ti. Yo jugaba a las cartas... al solitario, sobre todo. Pero en los días de lluvia, Leslie Atkinson venía a tomar el té y jugábamos al bridge con sus cartas inglesas. Y, a veces, Delfina y yo jugábamos al póker con las viejas cartas españolas del abuelo José. ¡Apostábamos botones! —Me guiña un ojo.

La abuela Frida es ahora tan viejita que casi parece una niña. No sé si reírme o llorar. Estoy contenta, asustada y triste al mismo tiempo. Nunca imaginé que regresar a casa sería tan abrumador.

Camino por el pasto muy crecido hacia el jardín de mis muñecas. El jardín está cubierto de maleza y las flores han crecido tanto que ahora parecen árboles gigantes. Esconden casi por completo la casa. La abuela Frida lee mis pensamientos y señala los arbustos de lilas afuera de la ventana donde se mece y teje.

—De alguna manera estos arbustos me hicieron sentir segura, escondida. Han estado secos y marchitos todos estos años que estuviste fuera, pero esta mañana cuando miré por la ventana, ¡estaban en plena floración!

Cuando cruzo la puerta principal entro en un silencio especial, es un silencio de la tristeza y la espera. *Me pregunto dónde estará la nana Delfina.* La encuentro en la cocina pelando arvejas, murmurando y mirando por la ventana al cielo como si estuviera rezando o buscando a alguien en las nubes. Entonces me mira. Nos abrazamos, pero no nos decimos ni una palabra. Lo único que oigo es la música de su corazón.

Como en los **viejos** tiempos

Nana recoge mi maleta y se dirige hacia las escaleras.

—¡No! —exclamo.

Ella me mira, sorprendida. Yo también estoy desconcertada por mi reacción.

—Quiero decir... um... puedo hacerlo yo misma.

—¿Por qué me siento tan nerviosa? Debería estar contenta. ¡Por fin estoy en casa! Pero por alguna razón quiero redescubrir la casa sola. Pero, sobre todo, quiero subir a la azotea. Delfina, como siempre, me comprende incluso cuando no me comprendo a mí misma.

—Delfina te calentará el guiso en la cocina —me dice.

Subo por las escaleras que crujen aún más que antes y me paro en el umbral de mi habitación azul. Mi primera habitación azul. A veces me sentaba en mi segunda habitación azul e intentaba imaginar cómo se veían la manta de la cama o las manijas de latón del tocador. Ahora que estoy viendo estas cosas en persona otra vez, todas me parecen extrañas.

Dejo mi maleta. Parece que las cosas en mi habitación no se han tocado en mucho tiempo. Mi uniforme escolar está doblado sobre la cama. El tocador está cubierto de polvo al igual que mi reflejo en el espejo que cuelga sobre él. Miro a una chica cuyos ojos son demasiado tristes y serios para ser los de Celeste Marconi. ¡Pero de repente me doy cuenta de que ya no necesito estar de puntillas para verme!

Me siento en la cama y paso los dedos por mi uniforme. ¡Parece tan chiquito! Nana debió de plancharlo y dejarlo aquí, esperando que no pasara mucho tiempo hasta que regresara. Me llevo la tela áspera a la nariz y percibo el más mínimo aroma a agua de rosas que Delfina siempre rociaba en nuestra ropa.

Luego salto de la cama y corro por el pasillo hacia las escaleras.

—¡Delfina! ¡Abuela Frida! —las llamo como solía hacer cuando llegaba a casa de la escuela por las tardes—. ¡Ya llegué!

Las encuentro a las dos en la cocina. Estas dos mujeres diminutas llenan el lugar como un rayo de sol. La abuela Frida se sienta a la mesa y me sonríe por encima de un plato de guiso que no ha probado todavía. La nana Delfina canta una canción en mapudungún mientras me sirve guiso. Levanta la mirada cuando entro a la cocina.

—Delfina te ha servido salsa extra, que es lo que más te gusta del guiso de nana.

—¡Te acordaste después de tanto tiempo! ¡Gracias, nana!

Delfina me mira con una fingida sorpresa.

—¡Pensar, niña Celeste, que Delfina podría olvidarse de cualquier cosa relacionada a sus niñas!

—Yo también soy una de sus niñas. —La sonrisa de la abuela Frida es como la de una niñita—. Mira. —Sostiene su plato para que yo pueda verlo—. ¡Me dio papas extra!

Me siento al lado de mi abuela. Muevo mi silla para estar más cerca de ella. Es maravilloso estar en casa y, sin embargo, aún me parece un poco irreal. He soñado con un momento como este, con una comida como esta, durante tanto tiempo y ahora no sé muy bien qué hacer conmigo misma.

La abuela Frida parece leer mis pensamientos.

—¡A comer, Celeste! Cómete un bocado y luego otro y luego otro más.

—Oh, abuela Frida, te extrañé tanto.

De repente suena el timbre. ¡Casi me sobresalto... mitad de miedo, mitad de emoción! ¿Podrían ser mis padres? ¿O podría ser la policía?

Aguanto el aliento hasta que la nana Delfina regresa sonriendo.

—Ha llegado una visita especial para ti, Celeste —dice emocionada—. ¡El joven caballero favorito de Delfina con los ojos azules y un gran apetito, y al que le encanta la cocina de nana! ¿Puedes adivinar quién es?

—¡¿Cristóbal?!

Corro por el pasillo hacia la puerta principal.

—¡Celeste! —Cristóbal grita mi nombre en respuesta mientras me levanta en el aire, me da vueltas y me abraza. Luego observo que Cristóbal mete la mano dentro de su mochila y saca un ramo de flores silvestres moradas, rojas y amarillas—. Las recogí una por una en el camino hacia el cerro Mariposa hasta que... —Su voz se apaga y lo miro mientras sus mejillas cambian de color rosa a un rojo brillante. Siento que mi propia cara se sonroja también. Empuja el ramo hacia mí y dice—: ¡Aquí estamos de nuevo, Celeste, como en los viejos tiempos!

—Gracias, Cristóbal.

Le sonrío tímidamente. Cristóbal se ve diferente. Al igual que yo, ha crecido... pero hay algo más. Sus ojos ya no están nublados por los sueños. Está alerta, y su rostro se ha vuelto más afilado, más delgado. Todo en Cristóbal presta atención. ¿Qué le pasó a ese niño somnoliento que conocía antes de irme?

Lo tomo de la mano y lo llevo a la cocina.

—Ven a saludar a... Espera... ¿Cómo supiste que estaba en casa? ¿Tu péndulo?

Cristóbal se sonroja.

—Bueno, sí... en parte. Y en parte porque tu abuela me llamó por teléfono.

—Ha venido a visitarnos con bastante frecuencia para ver cómo estábamos —dice la abuela Frida cuando entramos en la cocina—. Hola, querido Cristóbal. —Ella le sonríe mientras él le besa la mejilla.

—Buenos días, señora.

—¿Está bien si damos un paseo, abuela? —le pregunto.

—Sí, querida. Ustedes dos tienen mucho que conversar para ponerse al día —dice mi abuela—. Pero quédense en el cerro Mariposa por favor.

—Cristóbal, mantenla a salvo —agrega Delfina, sonriéndole a mi amigo.

—Gracias por haber venido a visitarlas —le digo mientras cerramos la puerta detrás de nosotros.

—De nada. No fue gran cosa —me dice modestamente y respira hondo—. Es un día hermoso. Debes haber echado de menos días como estos en el cerro Mariposa mientras estuviste en los Estados Unidos. —Me lanza una mirada de soslayo.

—Sí, mucho. Y también extrañé mucho dar paseos contigo.

Caminamos en silencio el uno cerca del otro por un rato. Entonces, con vacilación, le digo:

—Háblame de nuestros amigos.

Cristóbal se mira los pies y caminamos un poco más. Luego me señala que nos sentemos en un banco y me mira a los ojos.

—Lucila y sus padres... todavía no sabemos nada de ellos. Lo siento, Celeste. Solo hemos sido Marisol y yo por mucho tiempo. Debería haberla traído conmigo, pero quería verte por mi cuenta primero... Ana se mudó a México con su familia.

Es demasiado para comprender. Me siento como una máquina cuando le pregunto:

—¿Y Gloria?

—Su padre la trasladó a una escuela privada solo unas semanas después de que te fuiste. No la he visto pero Marisol sí la vio en una tienda de ropa.

—¿Y qué pasó?

—Marisol te puede contar los detalles...

—Pasaré por su casa mañana a primera hora. Me muero por verla —lo interrumpo—. Lo siento, Cristóbal. Sigue, por favor. ¿Qué pasó después?

—No mucho... La madre de Gloria simplemente la agarró de la mano y la sacó apresuradamente de la tienda, pero Marisol dijo que logró llamarle la atención a Gloria y que parecía triste y asustada, pero luego se miró las manos y cuando levantó la mirada otra vez, sus ojos eran duros y actuó como si no conociera a Marisol.

—¡Pobre Gloria! ¡Pobre Marisol! —Y me duele pensar en Lucila. Solo tratar de pronunciar su nombre en voz alta se siente como si tuviera una mano en la garganta ahogándome.

—Celeste, ten cuidado con lo que le dices a Gloria, por favor. —Cristóbal me agarra del brazo—. Han pasado tantas cosas aquí mientras estuviste en el extranjero. El padre de Gloria trabajaba para el general en el Ministerio de Justicia y ascendió a un trabajo sumamente poderoso. Ahora todo el mundo le teme.

—Quizás Gloria también —le digo—. ¡Ella era la alumna más inteligente de toda la escuela! ¡No me digas que no sabe la diferencia entre el bien y el mal! —De repente me siento enojada, pero también muy afortunada de tener los padres que tengo—. Cristóbal, por mucho que la forma en que mis padres viven sus vidas me preocupe a veces y haga que los eche de menos constantemente ahora, no puedo imaginarme temiéndoles o sintiéndome disgustada con quienes son.

Cristóbal asiente.

—Te entiendo. Me hace feliz que mi madre sea mi madre, con su puesto de verduras... Oh, ¿te conté que ha expandido su negocio? Ahora también vende rosas. Me dijo que te trajera algunas con su amor para ti...

—¡Y apuesto a que se te olvidó hacerlo! —me río—. ¿Es *esa* la razón por la que me trajiste flores silvestres?

Cristóbal se encoge de hombros con una sonrisa tímida y bosteza.

—Quizás... Nunca lo sabrás.

Y por un momento... es como en los viejos tiempos.

Este **muro** que se derrumba

Esa noche, la nana Delfina me acuesta como si aún fuera una niña pequeña.

—Niña —me dice—, tienes que prometerle a Delfina que no irás más allá del cerro Mariposa sola.

¿Qué? ¿Después de estar lejos de Valparaíso, después de soñar con ver a mis amigos y los sitios y sonidos favoritos por tanto tiempo?

—Pero, Nana, ¡¿por qué?! —protesto—. ¡He estado tomando los teleféricos por toda la ciudad yo sola desde que tenía diez años!

La voz de Delfina es severa.

—Todavía es peligroso ahí fuera, Celeste. Hay confusión y violencia. Los soldados del dictador están enojados. Y la gente de Valparaíso está enojada también. La abuela Frida siente que no es un lugar para una niña. Tu abuela no necesita preocuparse más de lo que ya se preocupa.

—Sí, nana. —Le prometo no deambular por la ciudad, sobre todo porque estoy demasiado frustrada, confundida y cansada para discutir más con ella.

A la mañana siguiente me despierto con una canasta llena de recuerdos. La lluvia afuera suena desafinada, como una orquesta de flautas y campanas y violines cuando el director no está presente. Me siento casi como una extraña en mi propia habitación azul... incluso en esta casa. Miro por la ventana. No tengo el ánimo para gritar como solía hacerlo. En lugar de eso, susurro: "¡Buenos días, Valparaíso! ¡Buenos días, señores y señoras pelícanos!".

No hay respuesta. Sé que los pelícanos me vigilan de alguna manera, aunque aún no han regresado al cerro Mariposa.

Me envuelvo los hombros con el chal verde de la nana Delfina y bajo de puntillas por las escaleras. Nadie más está despierto a esta hora. Enciendo la radio. Una voz profunda y baja me dice que todo el país de Chile se ha convertido en un cementerio gigante. Escucho sobre tumbas y de repente siento como si los témpanos me atravesaran el corazón. Tengo miedo de mi propia historia. Me estremezco y camino a la cocina para prepararme un café con un poco de canela y leche tibia.

Después de tomármelo, le escribo un recado a la nana Delfina. *¡He salido a saludar al cerro Mariposa, nana!* Me pongo el impermeable de mi madre. Es demasiado largo para mí, pero me gusta llevarlo porque todavía huele a mamá. Mi cabeza se llena de solo tres palabras:

¿Dónde estás, mamá? Parpadeo con fuerza y salgo de la casa.

Camino por las sinuosas calles del cerro Mariposa, deteniéndome para mirar las casas antiguas, grandes y pequeñas, de color morado y amarillo. Doblo en una esquina y encuentro un muro de hormigón que solía ser como cualquier otro muro antiguo. Pero ahora está pintado con rostros indígenas, canastas llenas de pan, hasta el rostro del difunto presidente Alarcón.

Me doy cuenta de que este muro derrumbado se ha convertido en un tipo de cuaderno donde la gente puede contar sus historias. Camino un poco más y llego a una casa alta con un balcón que da al puerto. Su pintura de color naranja no es tan vibrante como lo recuerdo y está agrietada en algunas partes. Respiro hondo y toco la puerta. Después de unos segundos oigo pasos y la puerta se abre... solo un poco al principio y luego se abre completamente. Allí en frente de mí hay una chica con el pelo largo y negro. Es alta con curvas y lleva pantalones ajustados de color marrón y botas rojas. Parece ser una estudiante del liceo. Ella me mira y parece sorprendida por un momento hasta que sus ojos oscuros se hacen muy grandes cuando me reconoce.

—¡¿Celeste?! —susurra—. ¿De verdad eres tú? —Marisol me rodea con sus brazos y nos abrazamos un rato en silencio. ¡Huele al perfume de su madre, Chanel No. 5!

Me río y le digo:

—¿Sigues robándole gotitas de perfume a tu mamá?

Marisol solloza y se ríe al mismo tiempo.

—¡No me lo vas a creer, pero mamá me compró mi propio frasco para mi cumpleaños! ¡Ay, amiga! ¡¿Puedes creer que tenemos trece años?! ¡Ha pasado tanto tiempo! —Me abraza de nuevo—. ¡Celeste, te he extrañado tanto! ¡Demasiado!

De repente Marisol parece mucho mayor que sus trece años.

—Demasiado ha cambiado, Celeste... incluso tú, un poco. ¡Te ves tan seria! Supongo que yo también me veo seria.

Pongo mi brazo alrededor de sus hombros.

—¡Camina conmigo a mi casa, Mari, y almuerza conmigo!

Marisol asiente con entusiasmo.

—Déjame escribirle un recado a mamá. Ella está trabajando con las pescadoras, cortando pescado para venderlo en el mercado y ganar algo de dinero extra. ¿Te imaginas a mi mamá cubierta de tripas de pez y con mal olor? —Marisol sonríe con pesar. Intento imaginarme así a la elegante señora López y niego con la cabeza—. Papá no quería que lo hiciera, pero ella insistió... él no ha tenido un trabajo fijo desde que el general...

Ella mira hacia abajo mientras se pone el impermeable.

—¡Pero basta de eso! ¡Es lo único de lo que habla la gente! ¡Estoy harta de pensar en eso! —Me mira con los ojos llenos de lágrimas—. Celeste, no estés enojada conmigo, pero a veces envidiaba que estuvieras tan lejos de Valparaíso.

Miro hacia abajo.

—A veces te envidiaba por estar aquí —le admito.

Al salir de su casa, Marisol cierra la puerta con llave. Antes... la puerta siempre estaba abierta para que cualquiera pudiera entrar y saludar.

Encaramada
en cosas invisibles

A la mañana siguiente, me despierta una pesadilla. En el sueño corría por la playa persiguiendo a mis padres, llamándolos, pero se zambullían en el océano y desaparecían.

Me arrastro escaleras abajo a la cocina. Creo que me voy a volver loca preocupándome por mamá y papá. La luz que entra por las ventanas es tan brillante. Entrecierro los ojos dejando que se acostumbren al arcoíris de colores a mi alrededor. No me daba cuenta de cuánto más tenue y apagada era la luz en Juliette Cove.

¡Tengo que distraerme de alguna forma!

—¡Delfina, déjame ayudarte! —insisto y empiezo a enumerar todas las tareas que aprendí a hacer en Juliette Cove—. Barrer, quitar el polvo, hacer espaguetis...

—Niña Celeste, ¡eres tan independiente ahora como una buena estadounidense! —bromea y me entrega un cuchillo para picar albahaca. Sabe que cortar albahaca junto a ella es la cosa que más me gusta hacer en el mundo.

Viví en el cerro Mariposa

Aunque estoy contenta de estar con la abuela Frida y la nana Delfina, un día entero en casa parece mucho, ¡en especial cuando no puedo ir más allá del cerro Mariposa mientras están sucediendo tantas cosas en la ciudad al pie de los cerros! Pero la abuela Frida no quiere que asista a la escuela hasta que mis padres regresen. "Demasiados cambios a la vez", me explica en alemán, que ahora habla más que español. "Demasiadas preguntas de demasiadas personas". La mirada de la abuela Frida se ha vuelto como la de un pájaro ingrávido que se encarama en cosas invisibles. Sus ojos azules son tan transparentes que me recuerdan a los pájaros de papel de Kim.

Una parte de mí tiene miedo de volver a la escuela, así que no protesto demasiado. No quiero molestar o preocupar a mi abuela. Sospecho que me mantiene cerca porque todavía no puede creer que estoy realmente en casa.

Así que me siento junto a ella en su sofá favorito de terciopelo verde. La lana azul se recuesta en sus manos. Duerme mucho más de lo que teje ahora. Sus suaves ronquidos me recordarán para siempre a un abejorro. Antes del almuerzo, le leí a la abuela Frida del ejemplar de papá de las *Odas elementales*. A ella le gusta especialmente la oda a la cebolla.

—¡Se me humedecen los ojos con solo escuchar tu voz, Celeste de mi alma! ¿No puedes oler las cebollas? ¿O es solo la sopa de papas que nos está preparando Delfina?

Y ahora por las tardes le leo del grueso ejemplar de *Mujercitas* que me dio la señorita Rose. Voy traduciendo las palabras sobre la marcha. La abuela Frida sonríe mientras le leo: "La Navidad no será la Navidad sin regalos". He leído *Mujercitas* de cabo a rabo dos veces. La hermana menor, Amy, con su cabello rubio rizado me recuerda a Gloria. ¿Dónde está mi antigua amiga? ¿Todavía somos amigas?

Detrás de la puerta cerrada de la sala oigo el leve timbre de la puerta principal. Es probablemente la señora Atkinson que viene para tomar té y chismear. Vuelvo la mirada al pesado libro que tengo en el regazo y releo la parte en la que el padre de las niñas regresa de la Guerra Civil: "El señor March se volvió invisible en el abrazo de cuatro pares de brazos amorosos". *¿Y qué hay de mi papá?* me pregunto. *¿Por qué no ha regresado aquí con nosotras?* Delfina se asoma a la puerta de la sala y me hace señas para que me acerque.

—Niña Celeste, tienes una visita especial.

—Oh, Delfina. ¿Puede ser? ¿Es mi ma...

—No, querida —Delfina me interrumpe mientras la sonrisa desaparece de su rostro—. Es la señora Atkinson. Ha venido a saludarte.

Dos caminos en el mapa de mi **corazón**

Ya no puedo sentarme aquí en casa y no hacer nada. Me estoy volviendo loca sin mamá y papá. Al menos Cristóbal viene a visitarme casi todas las tardes. Hoy nos sentamos en los columpios en el jardín trasero y Cristóbal me cuenta cómo instaló una mesa junto a la de su madre en el mercado.

—Después de la escuela voy allí y uso mi péndulo, o leo las cartas del tarot y las palmas de las personas. Últimamente muchas personas están buscando la verdad, y la verdad solo está comenzando a salir en los periódicos. La gente está desesperada por encontrar respuestas a sus preguntas.

—La abuela Frida me dice que todos tienen que ir a las oficinas de la Cruz Roja o a los juzgados a preguntar por sus seres queridos y casi nadie obtiene respuestas a sus preguntas. Todos están buscando señales.

—No te imaginas la gente que me pide ayuda... señores de traje con caras severas, señoras con manguitos de piel y pulseras de rubí. Las personas que nunca antes creían en lo que llamaban la magia popular o campesina ahora vienen a mi mesa y me piden una lectura del tarot o de sus palmas. Me alegro de que me busquen y me pidan ayuda. Creo en lo que hago, y cobro un precio justo. Otras personas se están aprovechando de todo este miedo. Fingen tener respuestas que no tienen y se llevan todo el dinero de la gente. Supongo que es porque ellos mismos necesitan dinero. Cada vez es más difícil para algunas familias comer.

Cristóbal comienza a recoger puñados de arena de debajo de los columpios y observa cómo se resbala entre sus dedos.

—Les digo a las personas que me piden ayuda que solo estoy ahí para ayudarlas a entender lo que ya saben en sus corazones... que las respuestas no vienen de mí ni de nadie más, sino de ellos. La gente cede su poder tan rápidamente cuando tiene miedo, Celeste. Estar aquí durante la dictadura me enseñó eso. Creo que estos dos años horribles no hubieran sucedido si las personas hubieran tenido más fe en sí mismas desde un principio.

Miro boquiabierta a mi amigo. Ya no es un dormilón. Acaba de decirme más palabras que en los once años que fuimos amigos antes de que me tuviera que ir a Juliette Cove.

—¡Muéstrame, Cristóbal, por favor! Me he sentido tan asustada y confundida desde que regresé aquí. Creo que si tengo que mirar los asientos vacíos de mis padres en la mesa una vez más, ¡me voy a volver loca! Esta noche, quiero que te sientes en el asiento de mi padre, ¿de acuerdo?

Cristóbal sonríe con la dulzura de siempre, asiente con la cabeza y toma mi mano. Gira la palma de mi mano para mirarla y, con sus dedos, quita la arena. Un pequeño escalofrío recorre mi brazo. Intento no prestar atención a esa sensación y desvío la mirada hacia el puerto.

—Cuando la gente empezó a desaparecer, muchos de los amigos de mi madre aparecieron en nuestra casa —murmura—. Sabían que, desde que era un niño pequeño, tenía estas habilidades especiales. Luego se corrió la voz entre vecinos y compañeros de trabajo hasta que a veces había una gran multitud en la casa. Mi madre pensó que era peligroso y tenía razón. Así que le dijo a la gente que fuera a su puesto de verduras. Compraban verduras de mi mamá y si querían una consulta conmigo, compraban rosas. Fue por eso que mamá empezó a vender flores. Todo tipo de flores, pero la gente sabía que tenía que pedir rosas si quería que yo le hiciera una lectura. Pedir rosas blancas significaba que su caso era urgente —dice Cristóbal—. Mamá envolvía las flores en papeles con los colores de la bandera chilena en el exterior junto con el lema que siempre usaba el dictador: "Por Dios, por la Patria", para engañar. Me dijo que tener que envolver los hermosos dones de la tierra en esos papeles que representaban el odio y las mentiras siempre la entristecía, pero fue una buena protección para nosotros. Dentro de una de las rosas que aún no había abierto sus pétalos, mamá escondía un papelito con la fecha y la hora cuando la persona podía venir a nuestra casa a verme. De esta manera nunca tuvimos una multitud en la casa y pude ayudar a algunas personas a tomar las decisiones difíciles que estaban enfrentando. Fue tan difícil, Celeste. Imagínate tener que decidir si huir o esconderte, o seguir viviendo la vida abiertamente. Vinieron a verme padres jóvenes que se preguntaban cómo proteger a sus hijos pequeños, y padres ancianos desesperados por encontrar a sus hijos mayores. ¿Puedes adivinar qué color de rosas vendió más mamá?

—Las blancas. —Me siento como si tuviera arena en la garganta. Cristóbal empieza a mover sus dedos de nuevo, suavemente hacia arriba y hacia abajo por las líneas de mi palma. Nunca me había dado cuenta de lo variadas que son esas líneas. Algunas son apenas visibles y otras son como cañones profundos. Algunas cortan de lado a lado y otras se bifurcan en dos ríos.

—Mira, tu palma es como un mapa, Celeste. Es un mapa de tu corazón. Puedo leer el tuyo porque tu corazón está muy abierto y contiene las respuestas que buscas. Puede que no contenga todas las respuestas que deseas, pero sí contiene todas las cosas que necesitas en este momento. Y, al igual que a un latido de corazón le sigue otro, cada respuesta conduce a la siguiente pregunta y luego a otra respuesta. Es así hasta el día de nuestras muertes. Lo que leo aquí en tu palma es como un código morse de tu corazón. Creo que cualquiera puede leer ese código si aprende a hacerlo. Es solo que de alguna manera nadie tuvo que enseñarme. Supe hacerlo naturalmente.

Le sonrío. Nunca me di cuenta de lo sabio que era mi amigo.

—Cristóbal, ¿puedes leer la palma de mi mano como un mapa?

—¿Un mapa de Chile?

—Sí, un mapa de Chile.

—Bueno, ¿Chile está en tu corazón?

—Sabes que sí.

—¿Qué quieres ver, Celeste?

—¡El camino que conduce adonde están escondidos mis padres! Por favor, Cristóbal, ¿me ayudarás a encontrarlos?

Cristóbal sigue trazando sus dedos sobre mi piel. Luego ubica mi mano muy cerca de sus ojos.

—Hay dos caminos muy viajados aquí.

—¿*Dos* caminos? —Mi corazón empieza a latir más rápidamente—. ¿Qué quieres decir? —Mi voz vacila.

—Tus padres ya no se esconden juntos. Tendrás que elegir a uno de ellos para empezar.

—¡Sabes que no puedo elegir entre ellos!

Cristóbal Williams me mira con atención.

—Sí puedes. —Su voz es severa—. Siéntate en silencio y escucha a tu corazón. —Luego mi amigo empieza a dibujar un mapa de Chile en la arena. Es un mapa muy largo y estrecho, rodeado de mar y montañas, totalmente autónomo. Me siento y miro a Cristóbal por lo que parece una eternidad. Desde el fondo de mi mente me llegan pensamientos como: *antes del anochecer*, *la hora de la cena*, *Delfina*... pero los rechazo todos. Es importante que mi mente esté tranquila para poder oír mis otros pensamientos, los que contienen las respuestas que busco. ¡Oh! ¿Por qué mi mente está llena de tantas palabras?

—¡Mira! ¡Escucha! ¡Reconoce lo que está en frente de ti! —me dice Cristóbal.

Lo miro. Está trazando intensamente la punta de la Patagonia en la arena. Luego levanta la mirada y repite las mismas palabras.

—¡Reconoce lo que está en frente de ti, Celeste! ¡Puedes hacerlo!

¿De dónde vino esa voz tan severa? Es la voz de un hombre. Y luego sonríe esa sonrisa tierna... como la de...

—¡Mi padre!

Me pongo de pie de un salto y la arena se cae sobre el mapa de nuestro país.

—¡Mi padre! ¡Papá! ¿Cristóbal sabes dónde encontrarlo?

Cristóbal sonríe con su sonrisa de siempre.

—Sé por dónde empezar. Recuerda que *tú* eres la que me lo acaba de decir.

La calabaza de oro

—¿Abuela Frida?

Ella me mira con sus ojos de un azul muy claro por encima de su tazón de sopa de congrio y papas. Estoy nerviosa, mi voz suena como un pito agudo, como la de una niña pequeña. Con el rabillo del ojo veo a Delfina dejar la olla de tomates, cebollas y arroz hirviendo a fuego lento en la estufa y sentarse junto a mi abuela, cuya ceja está inclinada como un arco, esperando oír lo que tengo que decirle.

—Abuela Frida, siempre me has dicho que todo es posible si lo podemos imaginar... que el amarillo de una calabaza se puede transformar en el color amarillo del oro. Me has contado cómo llegaste aquí a Valparaíso casi sin equipaje y solo con fe... Ahora es mi turno.

La abuela Frida y Delfina guardan silencio, mirándome fijamente. Respiro hondo.

—Abuela, no sé si puedo convencerte de que me dejes hacer lo que debo hacer, pero... ¡quiero ir a buscar a papá! —Oigo a mi abuela inhalar rápidamente. Las arrugas en su cara se hacen más profundas—. Iría con Cristóbal Williams... Mañana, si me lo permites. Viajaríamos hacia el sur en autobús hasta que sea hora de bajar y buscar a papá. —Mis palabras salen como si fueran un torbellino confuso—. Cuando Cristóbal leyó las palmas de mis manos, vio que mamá y papá están escondidos en diferentes lugares. He soñado con que mamá está cerca, pero el péndulo de Cristóbal nos ha dicho dónde podemos empezar a buscar a papá. No puedo explicar cómo sabré dónde encontrarlo, pero creo que puedo hacerlo.

Delfina se aclara la garganta y mira a mi abuela. Los ojos de mi nana son como el océano en una noche sin estrellas. Estas dos mujeres que han vivido juntas casi todas sus vidas se miran durante mucho tiempo y luego asienten al mismo tiempo.

La abuela Frida habla por fin. Sus palabras son lentas y llevan un grueso acento vienés, como si las *zzzzz* que viven en su boca fueran más pesadas en este momento.

—Celezzzte de mi alma, mi corazzzón de abuela quiere tenerte a mi lado siempre, pero estaría mal impedir que te vayas. Aún eres joven, pero ya no eres del todo una niña. Si en el fondo de tu ser sientes que hazzzer este viaje es la cosa correcta, entonces debes hazzzerlo. Tengo fe en ti.

La abuela Frida pone su mano arrugada sobre mi cabeza.

—Delfina, por favor ve donde mi viejo cofre de madera y encuentra el sombrero que solía llevar cuando mis niñas eran solo bebés... el que decoraste con plumas que dijiste que me traerían sabiduría. —Delfina regresa a la cocina con un anticuado sombrero gris con un ala ancha y una cinta de raso azul marino. En la cinta se encuentran pegadas tres plumas de búho.

—Son plumas de autillo —me dice Delfina con una sonrisa—. Son lo suficientemente ruidosos como para que se oigan sus mensajes en cualquier lugar.

Delfina me pone el sombrero en la cabeza y doy vueltas para que mi nana y mi abuela puedan admirarlo.

—¡Oh, muchas gracias a las dos! ¿Qué les parece?

—Pienzzzo —dice la abuela Frida con una sonrisa— que pronto volverázzz a estar con tu padre.

La búsqueda larga y **estrecha**

Cristóbal y yo empezamos nuestra búsqueda antes del amanecer. Llevamos mochilas llenas de mantas, botellas de agua, dos bufandas azules que la abuela Frida nos dio y seis sándwiches de pan con palta que nos preparó la nana Delfina.

—Ahora bien, no comas todo esto de una vez, Cristóbal. —La nana Delfina le guiña el ojo a mi amigo mientras se despide de nosotros en la terminal de autobuses cerca del puerto—. ¡Y cuida a la niña de Delfina!

Cristóbal y yo subimos al destartalado autobús verde y nos sentamos en la parte de atrás. Estoy reorganizando las plumas arrastradas por el viento en el sombrero de la abuela Frida cuando la voz retumbante de un hombre desde unos asientos detrás de nosotros me llama la atención. Le cuenta a su compañero sobre un grupo de mujeres de un pueblo en el norte del país que han perdido a sus esposos, sus hijos y sus nietos.

—Todas las mañanas van a las dunas de arena con peines de dientes finos. Allí se arrodillan durante horas, pasando los peines por la arena en busca de fragmentos de hueso...

Empiezo a imaginar a esas mujeres con el sol en la frente. Buscan signos de vida humana, tal vez una mano o una pierna. Hace poco, no sabía nada acerca de la crueldad, pero ahora la reconocemos por todas partes. Apoyo la cabeza en el hombro de Cristóbal.

—¡Nunca podría imaginarme buscar a mi padre con un peine! —susurro. Mientras el autobús se dirige hacia el sur, cierro los ojos y comienzo a rezar mentalmente las oraciones en hebreo de la abuela Frida.

El destartalado autobús avanza hacia el sur por la estrecha carretera costera. Seguimos casi todo el día sin parar. Me duelen las piernas y el codo de Cristóbal se hunde en mis costillas. Pero mi amigo está profundamente dormido, y con su cabello oscuro desordenado que se le cae sobre los ojos, parece un niño pequeño. Así que no lo despierto y paso el tiempo contando los volcanes distantes coronados por nubes de humo. El autobús se detiene con un chirrido justo después de que llego al número diez.

—¡Gracias a Dios! ¡Despiértate! ¡Despiértate, dormilón! —Sacudo a Cristóbal. Se frota los ojos y mira hacia la parte delantera del autobús. Ya estoy a medio camino hacia la puerta.

—Descansaremos aquí en Quinchamalí por una hora, damas y caballeros —anuncia el conductor del autobús—.

Por favor, tómense este tiempo para usar los servicios y cenar. ¡Nos encontraremos aquí a las ocho en punto!

En la parada del autobús hay mujeres vestidas de blanco vendiendo caramelos. Una señora mapuche lisiada de rostro anciano se acerca a mí cojeando y me agita un caramelo en la cara. Cristóbal saca un peso del bolsillo y lo compra.

—Gracias, amigo, pero no tengo mucho apetito.

—Solo dale un mordisco y me comeré el resto. Necesito el azúcar para despertarme.

—Bajemos a la playa. —Agarro a Cristóbal. Estoy ansiosa por correr, por moverme, por ver cualquier cosa que pueda darme una pista sobre mi padre. ¿Estoy loca por intentar encontrarlo? Miro a Cristóbal—. ¿Estamos locos por venir aquí? —le pregunto. Mi amigo echa la cabeza hacia atrás y se ríe—. ¿Qué? ¿Qué? ¡Cristóbal! —Le doy un puñetazo en el brazo—. ¡Dime!

—Ay, Celeste, claro que estás loca. Yo también estoy loco. Es por eso que siempre hemos sido buenos amigos. Y es por eso que vamos a encontrar a tu padre. Estamos lo suficiente locos para escuchar el silencio, para ver donde no hay nada que ver, y lo suficiente locos, como dice tu abuela, para tener una fe inquebrantable. Ahora caminemos.

Quinchamalí es un pequeño pueblo de pescadores al borde de la costa rocosa de Chile. Nos dirigimos a un lugar en la playa cerca del agua donde podemos ver los coloridos botes meciéndose y a los pescadores reparando sus redes.

Un hombre y una mujer que reconozco del autobús están paseando por la playa cerca de nosotros. Los vemos detenerse y hablar con un grupo de pescadores. La pareja parece tener unos cincuenta años, y la mujer luce frágil con su vestido negro. Se retuerce las manos constantemente. Me acerco para escuchar lo que les está diciendo un pescador viejo.

—Muchos prisioneros fueron traídos aquí en su camino a las islas más aisladas lejos de la costa. Se dice que algunos prisioneros se escaparon a esas pequeñas islas deshabitadas más allá de las islas donde estaban presos. Yo mismo he tratado de llegar a ellas, pero las condiciones en esos mares son difíciles. —El pescador se mira las manos gruesas—. Como pueden ver, soy un anciano. Las malas condiciones me obligaron tres veces a abandonar el viaje y regresarme. —El hombre de la pareja asiente con la cabeza y comienza a alejarse, pero la mujer de negro se aferra al codo del pescador—. ¿Puede decirnos algo más, señor...?

—Oviedo. Me llamo Oviedo. Y no... Me temo que no puedo decirles nada más que lo que les digo a todos los que vienen aquí en busca de los desaparecidos. Sean como los pescadores: tengan paciencia y confíen en el mar.

El mar como el corazón de un hombre

Observo al viejo pescador volverse hacia sus redes. Cristóbal sigue caminando.

—Vamos, Celeste —dice bostezando—. Los dulces no fueron suficientes, vamos a ver si podemos encontrar café por aquí.

Le tiro de la manga.

—Espera, Cristóbal. Algo me dice que debemos hablar con este hombre. —Respiro hondo y grito—: ¡Señor! ¿Puedo preguntarle por mi padre? —El señor todavía está de espaldas. Parece que no me ha oído. Caminamos hacia la orilla—. Señor Oviedo, disculpe la interrupción, pero me preguntaba...

—¿Oíste lo que le dije a esa pareja, señorita? —responde con una voz brusca y no se vuelve hacia nosotros. Noto que sus hombros están encorvados bajo el peso de las grandes redes.

—Sí, señor, lo oí. Pero quiero hacerle una pregunta diferente. Espere, ¿tal vez podamos ayudarlo con sus redes? —Empujo a Cristóbal hacia delante.

Se acerca al bote a tropezones y dice:

Viví en el cerro Mariposa

—Señor, déjeme echarle una mano.

El pescador mira a Cristóbal con recelo, se vuelve hacia mí y luego se vuelve hacia mi amigo otra vez.

—Gracias, jovencito. Solía tener a mis hijos para ayudarme, pero... —Su voz vacila—. No tengo que decírselo... Muchos han desaparecido.

Empezamos a caminar por la playa cargando las redes pesadas. A lo lejos veo una hilera de casas de todos los colores del arcoíris levantadas sobre pilotes. El señor Oviedo se vuelve hacia mí.

—Tantos han venido aquí buscando, señorita...

—Celeste. Me llamo Celeste Marconi. Y este es mi amigo, Cristóbal Williams. Hemos venido aquí desde Valparaíso en busca de mi padre.

Nos acercamos a una casita sobre pilotes del color de las frambuesas maduras.

—Esta es mi casa —dice Oviedo con orgullo—. Desde la época de mi abuelo, los hombres han estado pescando aquí y construyendo casas en el aire para que podamos mantenernos secos durante las mareas altas y sobrevivir a las tormentas. Vivimos según las leyes del mar. El mar es una gran fuerza, como el corazón del hombre con su capacidad para hacer tanto el bien como el mal. —Sus ojos están casi hundidos en su piel arrugada, pero una luz brillante reluce en su mirada—. Celeste Marconi, las islas donde estaban los prisioneros están donde el cielo se encuentra con el mar. He intentado navegar allí y tuve que elegir tres veces o volver a casa o morir. Es imposible llegar hasta allí, y sería un milagro para cualquiera de esas almas miserables volver aquí.

Cristóbal me aparta un poco y me susurra al oído:

—¡Celeste, el autobús se irá sin nosotros!

—Creo que debemos quedarnos aquí con el señor Oviedo, Cristóbal.

—¿Es lo que sientes?

—Sí.

Como si escuchara mis pensamientos más profundos, Oviedo se da la vuelta para enfrentarnos.

—Ustedes son jóvenes y fuertes. —Lo mira a Cristóbal y luego a mí y me pregunta—: ¿Pero tienes fe en el mar? ¿Pondrías tu vida en sus manos, como algunos ponen fe en la voluntad de Dios?

—Siempre. Mi nana me enseñó eso.

—¿Y tú, joven? —Oviedo le pregunta a Cristóbal.

—Yo creo en Celeste.

—Bien. Entonces intentaré ayudarte a encontrar a tu padre —me dice.

La marea sube al ponerse el sol, y volvemos a la orilla para recoger el bote de Oviedo para que no sea arrastrado al mar. El pescador lo ata a uno de los pilotes que sostienen su casa. Luego subimos por las escaleras unos dos metros y medio para entrar a su hogar. Me maravilla el simple genio de esos cuatro delgados pilotes de madera. La casa es sencilla, no más que un dormitorio y una cocina. Pero es fresca y airada con sus alegres paredes amarillas y cortinas de azul celeste en las ventanas. Oviedo ve mi sonrisa mientras miro alrededor de la casa. Agita la mano en el aire.

—Mi esposa —dice—, Clara. Le encantaban los colores. Solía decir que lo que vemos a primera hora de la mañana y a última hora de la noche es tan importante para nuestra salud como la comida que comemos. —Él se ríe con cariño—. Algunas personas aquí la llamaban excéntrica, pero mi esposa era una mujer muy sabia.

Oviedo se aclara la garganta abruptamente y nos hace un gesto para que nos sentemos en el porche delantero. Entra en la cocina y pronto sale con lentejas y un huevo frito para cada uno, y té de menta y pequeñas manzanas rosadas de postre.

—¿A quién busca usted, don Oviedo?

Me mira con una mezcla de sorpresa y recelo.

Me pongo muy tensa y retrocedo un poco.

—Lo siento. No quise entrometerme. Es solo que nos contó cómo había intentado navegar hacia las islas donde se encuentran los prisioneros...

—No lo recuerdo. ¿Estás segura de que no estabas *fisgoneando*? —El alivio inunda mi cuerpo cuando lo veo sonreír a pesar de su acusación.

—Sí, lo siento... Es la verdad, estuve fisgoneando un poco. Es un mal hábito mío, lo sé. —Mis palabras salen a toda prisa, pero al menos le digo la verdad—: Quiero ser escritora, así que, desde muy niña, empecé a buscar historias. Solía esconderme debajo de la mesa de la cocina para escuchar lo que decían los adultos.

Oviedo echa hacia atrás la cabeza canosa y suelta una carcajada ronca.

—Bueno, ahora que conozco tu historia, Celeste, supongo que tú y tu novio tímido pueden quedarse conmigo todo el tiempo que quieran. —Oviedo mete la mano en el bolsillo del pantalón y saca un cigarrillo mojado. Lo sostiene al viento durante un buen rato para que se seque—. Paciencia —dice, y me guiña un ojo. Luego enciende el cigarrillo y sopla anillos al aire. El humo nos envuelve en un círculo, acercándonos de alguna manera, haciéndome sentir segura.

Está anocheciendo y la niebla está cercando el puerto. Incluso las estrellas han decidido acostarse. Los tres nos sentamos en el porche en silencio durante mucho tiempo. Bostezo y apoyo la cabeza contra el hombro de Cristóbal.

—Vengan —dice Oviedo con un gemido mientras se levanta de su mecedora. Entramos en la casita y el pescador nos señala el piso cerca de la pequeña estufa de leña—. Estas mantas los abrigarán.

Cristóbal y yo dormimos espalda contra espalda en el suelo, y desde donde estoy, puedo ver las estrellas a través de la ventana abierta. Una brisa cálida agita las cortinas de arpillera.

—¡Mira! ¡La Cruz del Sur! —Pero Cristóbal se durmió mucho antes de que yo comenzara a nombrar las estrellas.

Digo una oración: "Mamá, dondequiera que estés, ayúdame a encontrar a papá. Ayúdame a confiar en mí misma como tú me enseñaste. Solo necesito abrir mis manos y dejar que el miedo se vaya, y luego todo tipo de cosas buenas empezarán a suceder".

La paciencia

Me despierto al amanecer cuando Oviedo cierra la puerta de su casa. Miro hacia Cristóbal que todavía está roncando con la boca abierta más ancha que una lubina enganchada. Me pongo de pie y salgo de puntillas por la puerta principal al porche. Es la marea alta y el mar nos rodea.

—Buena suerte hoy, don Oviedo —le grito al viejo pescador que está desatando su barco—. ¡Espero que pesque mucho y que venda aún más!

Oviedo hace una sombra con la mano para mirarme.

—Eres madrugadora, señorita Celeste. Serías una buena pescadora. Cuando baje la marea, quiero que tú y tu amigo caminen por la playa para recoger mejillones y algas para mí. Esta noche les prepararé un guiso del que nunca se olvidarán.

—Gracias, señor Oviedo... —titubeo, luego tengo que preguntarle—, pero... ¿cuándo vamos a buscar a mi pa...?

Oviedo se lleva el dedo a los labios.

—Paciencia. Todo a su debido tiempo, joven. Ten paciencia y obtendrás lo que viniste a buscar.

Sus palabras me dejan un poco desconcertada y frustrada. ¡Debería estar peinando la playa en busca de señales, no de algas! He estado tan ocupada pidiendo fe que olvidé pedir paciencia. Eso es algo de lo que siempre he necesitado más. Quizás pueda pedir prestada la paciencia de Cristóbal.

Vuelvo de puntillas a la casa y veo dormir a mi amigo. ¿Quién hubiera pensado que terminaríamos aquí juntos? Mi amigo más antiguo... Cristóbal nunca tenía prisa y, sin embargo, siempre se presentaba en el momento adecuado.

Cuando Oviedo regresa a última hora de la tarde, dejamos nuestras canastas de algas y nos apresuramos a ayudarlo con sus redes.

—¡Siéntense, jóvenes amigos! —Oviedo sonríe con una sonrisa casi sin dientes y se sienta en la arena con un suspiro de cansancio. Nos sentamos a su lado y escuchamos mientras empieza a hablar—. He intentado tres veces llegar a las islas más alejadas, pero siempre encuentro una fuerte corriente repentina que me lleva al único lugar que quiero evitar, y me veo obligado a regresar.

—¿A qué lugar lo lleva, señor? ¿Es muy peligroso? —Cristóbal pregunta y comienza a trazar patrones en la arena.

—Es una isla rocosa cortada en secciones por cañones estrechos con agua que corre tan fuertemente que podría hacer pedazos un bote de madera como el mío. Siempre está envuelta en una niebla que te asfixiaría. La última vez que intenté llegar a las islas más alejadas fue hace tres meses y las aguas estaban más violentas que nunca.

Cristóbal y yo nos miramos. Me tiembla todo el cuerpo, pero me atrevo a preguntar:

—Don Oviedo, ¿podría decirnos por qué sigue intentando llegar a las islas más alejadas?

Oviedo agarra un pedazo de madera de deriva y lo usa para atizar la arena.

—Como tú, estoy buscando a alguien... mi nuera, Javiera. Mis hijos, Tomás y Moisés, fueron asesinados cuando viajaban tierra adentro para vender pescado en los primeros días del golpe militar. Sus muertes fueron sin sentido. Simplemente estaban en el lugar equivocado en el momento equivocado.

—Lo sentimos mucho, don Oviedo —dice Cristóbal mientras yo tiemblo aún más. Me siento sobre las manos, esperando que el pescador no se dé cuenta de que estoy temblando de miedo.

—Poco después, se llevaron de aquí, de Quinchamalí, a mi hijo mayor, Ramón. Era pescador como todos los demás hombres de nuestra familia. Nació con esta vida... pero también era pintor. Lamento no haber alentado su talento, porque sabía que él lo tenía, pero no quería perder a mi hijo. Le recordaba constantemente sus responsabilidades para con la familia.

El viejo pescador se tapa los ojos con las manos gruesas y rubicundas.

—Ahora me doy cuenta de lo tonto que fui. Mi propio padre temía perderme demasiado joven en el mar, pero yo temía perder a Ramón por una forma de vida que no entendía. Durante la presidencia de Alarcón, Ramón comenzó a pintar murales en Quinchamalí: imágenes de niños, de familias comiendo en comedores comunitarios, de personas leyendo libros, de palabras en colores del arcoíris que decían cosas como: *Igualdad para todos significa libertad para Chile.*

Se presiona las palmas contra la frente antes de continuar.

—No sé leer, pero cuando los soldados vinieron por Ramón, me dijeron lo que había escrito. Dijeron que su arte estaba envenenando las mentes de los aldeanos. Dijeron que sus palabras eran peligrosas y subversivas. Los aldeanos me dijeron que Ramón no se resistió. Se limitó a mirar desafiante a los soldados mientras se lo llevaban. Así era mi hijo. Su fe en sí mismo siempre fue más fuerte que su miedo.

—¿Ha oído algo sobre Ramón? —pregunta Cristóbal—. ¿Ha visto alguna señal?

Oviedo mira al cielo. Las nubes se oscurecen a un profundo tono violeta y las gaviotas dan vueltas en círculos en el cielo buscando su cena.

—Gracias a Dios que su querida madre no estaba viva para tener que soportar lo que le pasó a nuestro hijo mayor... Sentí en mi corazón poco después de que los soldados vinieron por él que Ramón estaba muerto. Las olas en la orilla no sonaban a nada en mis oídos. Pero cuando los soldados se llevaron unos meses después a la joven esposa de Ramón, fue diferente. Javiera estaba embarazada de mi nieto, y empecé a oír dos latidos en las olas. Aún los escucho. Escuchen.

Cristóbal cierra los ojos para oír mejor, y yo también. Dejo que mi cuerpo se abra al rugir de las mareas. El ritmo se duplica, como el que se oye cuando dos personas bailan cueca.

—¡Es cierto! —exclamo, agarrando el brazo de mi amigo con entusiasmo.

Cristóbal se seca los ojos.

—Tiene razón, don Oviedo —dice—. Primero escuché el choque de las olas en las rocas más grandes y luego una especie de eco en las piedras.

Oviedo se levanta de la arena y recoge las algas que Cristóbal y yo habíamos recogido.

—Ese eco es mi nieto. —Su voz es silenciada por el viento salado.

Fergus Bacon

Cristóbal y yo seguimos a Oviedo hasta su casa. Mientras caminamos, nos dice:

—Hoy me encontré con una de las figuras más nuevas y extrañas de Queltrahu. Solo aparece en el pueblo aproximadamente una vez al mes. Tiene un nombre extranjero que suena raro, Fergus. Es un marinero y no habla nada de español, salvo unas pocas palabras que utiliza para el trueque y el comercio. Pero conoce las ensenadas y las caletas como ningún otro.

—¿Crees que este marinero podría ayudarnos a localizar al padre de Celeste? —le pregunta Cristóbal.

—Sí —Oviedo asiente—. De hecho, me tomé la libertad de hablarle de tu situación, señorita Celeste.

—¡Gracias, don Oviedo! —Mi corazón comienza a latir con una extraña mezcla de esperanza y miedo.

—De nada, niña. Esas islas son como cárceles impenetrables, enjauladas por la niebla y los mares furiosos. ¡Ni siquiera necesitan barrotes! Pero Fergus es un viejo marinero extraño. Solo llega a la orilla cuando la niebla está muy espesa. Dice que un tío suyo ciego le enseñó las costumbres del mar, y así aprendió a navegar con los ojos cerrados, confiando en sus otros sentidos. En realidad, no sé si tiene un gran instinto o un toque de locura. Le tendría un poco de miedo si no hubiera vivido tantos años y visto lo que he visto.

Oviedo empieza a hervir huevos en la estufa.

—Para alimentar al marinero —nos explica—, lo invité a cenar para que pudieras conocerlo, Celeste. Me dijo que hirviera todos los huevos que pudiera para que él pudiera llevárselos.

—¡Déjeme ayudarlo, don Oviedo! —Miro los frascos de algas secas, sal marina y orégano en el estante sobre la estufa—. ¿Tendrá perejil? Eso es lo que mi nana Delfina espolvorea encima de todo para que quede delicioso... salvo el café con leche... ¡pero hasta les pone perejil a los huevos! —Me río.

Me mira con los ojos entrecerrados y me doy cuenta de que no ve muy bien.

—Mi padre es médico —le digo—. Examinará sus ojos cuando lo encontremos, don Oviedo, y le enviaremos lentes desde Valparaíso.

—Oigo mucho orgullo en tu voz, joven Celeste. —Oviedo asiente con aprobación—. Respeto por tus mayores. Eso es bueno... eso es muy bueno.

En ese momento, una voz retumbante se eleva hacia nosotros desde las arenas de abajo.

—*Oviedo! Oviedo! I've arrived as promised! Come down and greet Sir Fergus Bacon!*

—¡Está hablando inglés! —exclamo.

—¿Hablas inglés, Celeste? —Oviedo me mira con incredulidad.

—Sí. Es que... estaba exiliada en el norte.

—Bueno, ¿quién lo hubiera creído, señorita? No eres una chica joven típica, ¿verdad?

—No, señor —sonrío—. Supongo que no.

La voz retumba de nuevo. Casi ahoga el rugido de las olas.

—*Come greet Sir Fergus! And bring the little miss down with you! I'm curious to meet her.*

—Quiere que bajemos... Quiere conocerme —miro vacilante a Oviedo y a Cristóbal.

—Vamos, Celeste. —Cristóbal toma mi mano—. Ve a hablar con él. ¡Esta puede ser tu oportunidad para encontrar a tu padre!

Mientras bajamos las escaleras, mi garganta se seca y mi lengua se retuerce en un nudo, como cada vez que hablo inglés con un desconocido.

El hombre de la voz retumbante me recuerda a las fotos de guerreros vikingos que nos mostró la señorita Alvarado en la clase de Historia. Tiene el pelo largo y colorín y una barba el color del fuego tan espesa y descuidada como el bosque otoñal de Juliette Cove. Lleva botas altas negras y su camisa amarillenta está rasgada en varias partes, revelando un cabello aún más grueso y la piel con ampollas por tanto tiempo en el sol. Alrededor de su cintura lleva un cinturón del que cuelgan un cuchillo y un rollo de soga.

Me trago el miedo cuando el hombre se acerca a mí. Parece un gigante, como dos Cristóbales apilados uno encima del otro.

—*Come closer, missy* —con su extraño acento me ordena acercarme a él. Doy un paso adelante.

—*Hello, sir* —lo saludo, balbuceo.

—*Ah, so you do speak a bit of English, do ya?* —me pregunta, notando que sí puedo hablar inglés.

—*Yes, sir. Nice to meet you* —sigo balbuceando sin aliento.

—*Sir Fergus* —se presenta con una sonrisa. Sus dientes parecen tan grandes como rocas—. *Fergus Bacon, descendent of the pirate Sir Hamish Bacon, and of the noble MacGregor clan of the Scottish Highlands, a castaway from the strange and fearsome land of my birth, Australia.*

—Oh. —Eso es todo lo que puedo decir, estupefacta. Cristóbal me da un codazo y le explico brevemente lo que Fergus acaba de decirme de su ascendencia: que uno de sus antepasados era el pirata, Sir Hamish Bacon de un clan escocés y que Fergus nació en Australia.

Luego, Fergus se arrodilla en la arena para mirarme a los ojos.

—*Your color is different, but you have the look of him, missy! It's that melancholy brow. Unmistakable.*
—Fergus acaba de decirme que me parezco a alguien, pero no me dice a quién.

—*Who? Who do I look like, Sir Fergus? Are you talking about my father? Have you seen him?* —Le pregunto a quién me parezco y si está hablando de mi padre.

Pero el viejo marinero solo se lleva los gruesos dedos rojos a su espesa barba roja y me dice enigmáticamente:

—*You can't be a sailor if you don't have patience.*

Les digo a Cristóbal y Oviedo que Fergus me acaba de decir que no se puede ser marinero si no se es paciente.

Fergus se vuelve hacia Oviedo.

—*Well now, do you have my eggs? I regret to say I shan't be stayin' for supper. The fog is thick, but there is an east wind that threatens to blow it away. Missy and I need to be off now. I need the fog to sense where I'm goin'.*

—¿Qué dijo, Celeste? —Cristóbal suena tenso.

—Acaba de pedirle los huevos a Oviedo y... y dice que no se queda para cenar con nosotros porque él y yo necesitamos emprender nuestro viaje en barco de inmediato porque necesita navegar en la niebla para saber adónde va. —Mis piernas comienzan a temblar.

Oviedo entra corriendo a la casa y sale con una bolsa de arpillera llena de huevos.

—Que Dios te bendiga, Celeste —me dice mientras me pone la bolsa en los brazos.

Fergus comienza a caminar hacia la orilla. Un barquito de madera se balancea en el agua, la parte superior de su esbelto mástil no se puede ver porque la niebla la esconde.

—*Here we are! Just wade over and hop in, missy! There's no time to waste!* —se ríe, indicando que suba al pequeño bote destartalado y que no hay ni un momento que perder—. *Hope you weren't expecting to stay dry!* —me explica que estoy a punto de mojarme bastante.

Mi voz tiembla, pero le digo a Fergus que estoy lista. Tomo la mano de Cristóbal, pero Fergus niega con la cabeza y le dice a mi amigo que se quede en la playa con Oviedo. Le dice que volveremos pronto. Se vuelve y avanza a los tumbos hacia la costa. Rápidamente llega al bote y comienza a tirarlo desde la playa al agua.

Me quedo congelada en la arena, sacudiendo la cabeza. ¿Qué acaba de decir este loco? ¡¿Voy a ir sola con él?! No puedo irme, no puedo hacer esto sin Cristóbal.

—*Sir Fergus* —protesto, explicándole que es muy importante que Cristóbal y yo estemos juntos y le suplico que deje que mi amigo nos acompañe.

Como respuesta, Fergus se sube a la frágil embarcación y levanta del fondo un gran saco de arpillera lleno de papas. Me dice que es imposible que Cristóbal nos acompañe porque el barco está lleno de provisiones y apenas hay espacio para nosotros dos. No quiere ningún peso extra a bordo. ¡Luego me explica que el mar se torna muy tormentoso y lo bueno es que no peso más que un saco de papas! Fergus Bacon se ríe de sí mismo y comienza a desplegar la vela. Sigo sin poder moverme.

—¿Qué dijo, Celeste? —Cristóbal me pregunta. Le explico todo lo que Fergus acaba de decir.

Luego Fergus continúa, adoptando el tono de un caballero galante y explicándome que solo me está ayudando porque mi caso es urgente, ¡y que prefiere tener solo una vida joven en su conciencia en vez de dos! Luego se ríe a carcajadas y me pregunta si tengo miedo.

No sé si este loco está bromeando o hablando en serio. Finalmente Cristóbal grita en inglés.

—*No! No! Stop!* —y termina su protesta en español—: ¡Señor, por favor, Celeste y yo no podemos separarnos! —Pero tan pronto como él dice esas palabras, se vuelve hacia mí y me dice—: Celeste, esta puede ser tu oportunidad... tu única oportunidad. ¡Puedes hacer esto, Celeste! —La voz de Cristóbal es urgente. Pone sus manos sobre mis hombros con fuerza y apoya su frente contra la mía. Es lo más cercano que he estado con él. Me mira profundamente a los ojos—. Eres la persona más valiente que conozco. Prometo quedarme aquí en la playa con mi péndulo, trazando tu mapa en la arena. Estaré aquí esperándote.

—Cristóbal, yo... yo...

—*Sorry, laddie! My answer is still no* —exclama Fergus, repitiéndole a Cristóbal que no puede acompañarnos.

La voz retumbante de Fergus hace que mis piernas se afirmen y por fin puedo levantar los pies de la arena. Pero no antes de besar a Cristóbal en la mejilla.

—Volverás pronto —me dice. Su labio inferior está temblando.

Una **fe** inquebrantable

Sin vacilar ni un momento, me meto en el agua hasta las rodillas y subo al bote. Los vientos comienzan a soplar con fuerza y la embarcación de madera cobra vida y salta desde la orilla. Miro con esperanza a Fergus mientras tira de las líneas y ajusta la vela.

    Me mira y me explica que si quiero encontrar lo que estoy buscando, tengo que trabajar para ello... que tengo que ser la que nos muestre la ruta a nuestro destino. Le

pregunto cómo puedo hacer eso y que pensé que era él quien sabía a dónde íbamos. Luego le pregunto, algo presa del pánico:

—Sabe adónde vamos, ¿verdad?

Me dice que sí, "*Of course I do!*". Luego echa la cabeza hacia atrás y se ríe y me pregunta de qué nos servirá que él sepa hacia dónde vamos cuando fui yo quien le dijo a Oviedo que podía sentir que mi padre estaba cerca.

Asiento y miro a Fergus con incredulidad. Está completamente loco. Miro hacia atrás desesperadamente a Cristóbal en la orilla. Ay, ¿en qué me he metido?

—*Then show me, missy! I need some proof... These are dangerous times...* —Fergus me pide que le muestre a dónde ir, me dice que necesita alguna prueba... que estos son tiempos peligrosos.

—Pero... Pero... —tartamudeo a modo de protesta y luego le pregunto si no me había dicho que me parezco mucho a "él"... que eso debería de ser suficiente prueba.

—*Har!* —Niega con la cabeza—. *No, that's not enough for old Fergus! Show me... or I'll feed ya to me pet shark!* —Me dice que no es suficiente, que tengo que darle más evidencia, ¡y que si no lo hago me va a dar de comer a su tiburón mascota!

Mi primer instinto es tirarme por la borda y nadar hasta la orilla, pero cuando me pongo de pie, una ola mece el bote y caigo de espaldas con fuerza. Quiero llorar, pero en vez de hacer eso, empiezo a reírme histéricamente. Me río y me río hasta que tengo hipo. Fergus me guiña un ojo.

—*Now that's more like it! Light and easy now, missy. Light and easy. You just tell me a direction to take when you feel it.* —Creo que acaba de decirme que se alegra de oírme reír y que ahora que estoy más relajada podré mostrarle mejor el camino.

Respiro hondo y tomo una decisión. No queda nada por hacer más que confiar en Fergus. Pido una señal como me lo enseñó la nana Delfina.

La niebla es tan espesa que casi no puedo ver mis propias manos, y mucho menos al gigante de barba roja sentado a mi lado. Pero escucho a Fergus alto y claro cuando comienza a cantar: "*In South Australia I was born! Heave away! Haul away! South Australia 'round Cape Horn! Bound for South Australia!"*. Me explica que es una canción marinera.

La voz retumbante de Fergus parece resonar en el agua. ¿O son esos otros sonidos que oigo? ¿Son graznidos?

Cierro los ojos y me esfuerzo por escuchar. ¡Otro graznido! Suena... como... ¡los pelícanos! "¡Celeste, Celeste!". Pero, ¿cómo es posible que yo entienda —entienda *de verdad*, no como cuando era pequeña— lo que están diciendo? ¡Otro graznido! Sus gritos son cada vez más fuertes e impacientes. "¡Por aquí, Celeste!", me llaman.

Le indico a Fergus la dirección en que necesitamos dirigirnos en el punto más oscuro del horizonte. El marinero loco dirige el barco a favor del viento. Con un movimiento rápido, Fergus empuja el timón y tira la vela. "*¡Jibe ho!*", grita cuando el viento golpea violentamente el otro lado de la vela.

—*Watch your head, missy!* —Me dice que me agache justo a tiempo mientras el botalón vuela encima de mi cabeza. El barco se tambalea hacia la izquierda y me estabilizo, ¡más agradecida que nunca de haber aprendido inglés! Entonces Fergus se sienta a mi lado y asiente con aprobación.

Me cuenta que más allá de la isla de Chiloé hay una serie de pequeñas islas prisioneras. Me dice que soy yo la que nos ha dirigido en esa dirección donde también hay una nave antigua. Dice que una vez fue una nave ballenera y que él le puso el nombre de la Pirate Queen, la reina pirata. Explica que es donde él vive. Está amarrada en la caleta de una isla tan pequeña que no tiene nombre y no aparece en ningún mapa. Me dice que la mayoría de la gente piensa que la isla es un mito y que muy pocos hombres se atreven a navegar allí porque tienen miedo a los fantasmas.

—*Do you believe in ghosts, missy?* —me pregunta si creo en los fantasmas.

Le explico que sí creo en ellos, pero que no les tengo miedo. Le digo que los llamo espíritus en vez de fantasmas. Pienso en la nana Delfina que quema canela y habla con los espíritus de sus antepasados antes de acostarse.

—*Well, I'll be!* —Fergus se rasca la cabeza con incredulidad—. *You're an odd one! Just like him. Not afraid of ghosts? Hmmmph! Well, me neither, missy. But you won't catch me talking to one neither!* —Fergus me dice que soy extraña como *él*, pero no me explica quién es "él". Luego me dice que él, Fergus, tampoco les tiene miedo a los fantasmas, pero que nadie lo pillará hablando con uno de ellos. Mientras Fergus habla, una repentina ráfaga de viento disuelve una pequeña área de niebla, dejando un hueco por donde podemos mirar.

Fergus me dice que preste atención y me pregunta lo que veo a la distancia.

¿Luces? Apenas puedo distinguirlas, son tan tenues y la niebla está entrando de nuevo, nublando mi vista, tan rápido como se levantó.

Me dice que lo que podemos ver son las islas prisioneras y que no todos los presos han sido liberados. Los presos temen que el gobierno de Chile se haya olvidado de ellos.

Me estremezco. *¿Papá podría ser prisionero allí?* Me envuelvo más en el chal de la nana Delfina y le pido a Fergus que me cuente más.

Me dice que no le gusta hablar de tales cosas con alguien tan joven como yo, pero que son tiempos extraños. Dice que en este momento lo que está bien está mal y lo que está mal está bien en Chile... que todo está al revés en mi país, como un barco volcado.

Le aseguro a Fergus que está bien, que soy más fuerte de lo que parezco. Me mira con lo que parece un toque de admiración en sus ojos.

Luego Fergus me dice en inglés: —No sé cuánto tiempo estuviste en el norte, o lo que has oído desde que regresaste, pero muchos prisioneros fueron arrojados desde los aviones al mar. —El viento se levanta con un aullido. Es un sonido parecido al dolor... un sonido que debería salir volando de mí cuando abro la boca con terror, pero no me sale ningún sonido. Agarro el borde del bote. Me temo que vaya a vomitar.

Pero Fergus continúa. Me aferro con todas las fuerzas, clavando mis uñas en la madera, tratando de aferrarme a algo, cualquier cosa, que no desaparezca. *¿Es ahí donde se fueron todos? ¿Al fondo del mar?*

Miro hacia abajo al océano y me mareo. ¿Quizás la Celeste real pueda esconderse de todo esto? Pero luego escucho a Fergus decirme que a veces las autoridades arrojaban a los prisioneros cuando ya estaban muertos, pero que otras veces... La voz de Fergus se vuelve ronca.

Dejo de agarrarme del barco y termino su frase por él:

—Y otras veces, todavía estaban vivos. —Mi voz suena como si viniera de otra persona. Tan tranquila. Tal vez todo esto sea una larga pesadilla sobre una niña que busca a su padre en un océano que se ha convertido en un cementerio para prisioneros. Y muy pronto me despertaré en mi casa en el cerro Mariposa y papá estará abajo en la cocina con mamá tomando café con leche antes de salir para la clínica. Porque no puede, simplemente no puede ser el papá de Celeste Marconi ahí afuera, un prisionero... un cuerpo... vivo... o tal vez... muerto. ¡No, esta no puede ser la vida real de Celeste Marconi porque este país no puede ser su amado Chile!

Fergus no ha dejado de dar explicaciones. Me dice que de vez en cuando encontraba a alguien en el mar que todavía estaba vivo. Lo llevaba a su nave, le daba de comer, lo dejaba descansar unos días antes de seguir su camino. Me explica que no todos los prisioneros fueron arrojados desde aviones, que algunas de esas almas tontas se habían escapado de las islas prisioneras y habían nadado durante horas. Cuando los encontraba habían estado flotando en el mar tanto tiempo que tenían la piel casi pelada hasta los huesos.

Me esfuerzo para preguntarle a Fergus si él había encontrado en el mar al hombre al que me está llevando en este momento. Me dice que sí... que lo había encontrado medio vivo, boca abajo en una mata de algas.

—¡Oh! ¡Pobre papá! —sollozo, sin querer imaginarlo—. Pero entonces, señor Fergus, eso significa... ¡que está vivo! Es decir, si este hombre al que salvó es mi padre... Pero tiene que serlo. Solo tengo que mantener una fe inquebrantable, como dice mi abuela —le digo en inglés.

Fergus se lleva un dedo a los labios y luego mira hacia la niebla. Siento que estamos rodeados de gruesas cortinas grises. Pero miro con asombro mientras lentamente, instintivamente, Fergus tira del timón y dirige al bote hacia un oleaje explicándome que tenemos que navegar alrededor de las islas prisioneras... Lo suficientemente lejos como para no ser vistos, pero lo suficientemente cerca como para no desviarnos del curso.

Navegamos en silencio durante un rato. Luego, todavía susurrando, le digo en inglés:

—Señor Fergus, por favor, cuénteme más sobre el hombre que encontró.

—Se había escapado de la prisión hacía algún tiempo. Le pedí que se quedara conmigo más tiempo porque podía ayudarme con los otros desgraciados que salvé del mar.

Aspiro un poco de aire salado, emocionada.

—¿Por qué? ¡¿Por qué podía ayudarlo?!

—Oh, es médico. Al menos eso es lo que me dijo. Y por lo que he visto, parece que no estaba mintiendo.

Aplaudo y me hubiera puesto de pie para bailar de alegría si el agua no estuviera tan agitada.

—¡Señor Fergus, estoy segura de que ese hombre es mi padre!

La voz de Fergus es brusca.

—Eso espero, señorita, por el bien de ambos.

El bote sube y baja por las altas y espumosas olas. Sostengo mi estómago y mantengo mis ojos en el cielo. La cortina de niebla está más espesa que nunca, pero Fergus no necesita ver muy lejos. Levanta la mano y la mueve de un lado a otro.

—Estoy buscando el viento correcto, señorita —me explica en inglés. Debe haberlo encontrado, porque de repente Fergus tira de las líneas y la vela encuentra el viento y oigo un fuerte zumbido.

Navegamos por el agua y yo me aferro a la embarcación.

—*There! There she is!* —Fergus señala la niebla en la distancia—. *Wait for her, missy. She'll reveal herself* —Fergus me dice que espere, que pronto *ella* se revelará.

Y, así como así, como me prometió, una cortina de nubes se aparta y un sol tenue me llena los ojos. A medida que se adaptan a la luz, se enfocan en una enorme nave negra.

—*There she is, the Pirate Queen!* —y luego me explica que ninguna mujer jamás trató mejor al viejo Fergus. El marinero me ayuda a ponerme de pie. Mis ojos están fijos en la Pirate Queen, pero luego miro a mi alrededor para contemplar la pequeña isla donde está anclada.

—*Welcome to my home, the ship the ghosts have lent me.* —Fergus me da la bienvenida a su casa, la nave que los fantasmas le han prestado.

Fergus tira nuestro pequeño bote hacia el costado de la vieja nave ballenera, justo al lado de una larga escalera de cuerda. Me dice que suba a bordo mientras él amarra el bote a la nave, que me seguirá en unos minutos. Trago saliva y miro la larga subida y los mares turbulentos abajo. Empiezo a escalar, usando mis brazos para subir. La escalera se balancea en el viento y algunos de los peldaños se están soltando. Cierro los ojos y subo con todas mis fuerzas.

Caigo exhausta sobre la cubierta. Al principio

no puedo ver nada. La niebla ha vuelto a descender y envuelve la nave por completo. Camino a ciegas, un pie delante del otro. El olor mohoso a ron y madera podrida me llena las fosas nasales. Estoy temblando de miedo, pero obligo a mis labios a formar una palabra, cualquier palabra, la única palabra...

—¡Papá! ¡Papá! ¡Soy Celeste! ¡Papá!

Sigo gritando hasta que lágrimas calientes ruedan por mis mejillas.

—¡Papá! ¿Dónde estás? ¡Papá!

Una figura pequeña y encorvada emerge de las sombras. Lentamente, casi con tristeza, extiende los brazos. ¿Es realmente él? ¿Podría ser él? ¿Después de todo este tiempo?

—¿Papá? —Mi voz se quiebra cuando llamo a la figura oscura que se encuentra a unos pocos metros en frente de mí. La niebla le nubla el rostro.

—Celeste, hija mía. —Cuando me responde, su voz también se quiebra, ¡pero es su voz! ¡La reconocería en cualquier lugar! ¡Es él!

—¡Papá! —grito. Sin vacilar, corro apresuradamente a su abrazo. Nos quedamos abrazados hasta que el último rastro de niebla se disipa.

Nuestro país es
azul

Fergus nos lleva de regreso a Quinchamalí en las primeras horas de la mañana.

Apenas puedo creer que estoy sentada al lado de mi padre. Sigo presionando sus delgados brazos para ver si es real.

—¡Estás tan delgado! —le digo. Mi padre asiente con lágrimas en los ojos. Me envuelve en sus brazos y su cabeza con su cabello largo y enredado y su barba oscura y rizada descansa pesadamente sobre mi hombro.

Gran parte de su cabello es gris ahora. Me entristece... pero... también estoy enojada. ¡Aquí está! ¡Vivo! Ha estado viviendo, al parecer, durante un tiempo con Fergus en la Pirate Queen. ¿No sabía que el general estaba muerto? ¿Por qué no se fue a casa al cerro Mariposa? ¿Por qué no buscó a mamá? ¿Se preguntó en absoluto por nosotras?

Me siento tan frustrada y confundida. Mi cabeza da vueltas y mi corazón pasa de oscuro a claro y de nuevo a oscuro, como el cielo de la madrugada con su niebla y nubes barridas por el viento.

Viví en el cerro Mariposa

* * *

Cristóbal nos espera en la orilla donde agita una linterna de un lado a otro. Oviedo también está ahí, gritando a todo pulmón. Fergus me levanta del bote y me sostiene a su altura por un momento. Me dice:

—*Pleased to make your acquaintance, missy. Don't think I'll ever forget you* —haciéndome saber que está encantado de conocerme y que nunca me olvidará.

Le digo a Fergus que yo tampoco me olvidaré de él y le agradezco por haber salvado a mi padre.

Luego Fergus da la vuelta y abraza a mi padre. No se dicen nada, pero se abrazan con fuerza durante mucho tiempo. Entonces mi padre se baja del bote. Fergus se levanta la gorra a modo de saludo y comienza a remar de regreso a casa, hacia su nave fantasma, la Pirate Queen. Miramos hasta que la negrura entre el mar y el cielo oscuro traga al marinero.

A pesar de lo cansado y agotado que está, papá examina cuidadosamente los ojos del señor Oviedo y le promete que todo lo que necesita son las gotas de hierbas para los ojos de la nana Delfina para limpiar la arena y la sal.

—Se las enviaremos a primera hora, y cualquier otra cosa que pueda necesitar —le dice mi padre mientras le da la mano—. Siempre estaré en deuda con usted.

Le doy un fuerte abrazo a Oviedo.

—No sé cómo agradecerle, don Oviedo. ¡Pero le prometo que le escribiré desde Valparaíso!

—Ay, Celeste Marconi. Estoy tan contento que tu historia tenga un final feliz. Lo que puedes hacer por mí es vivir una vida larga y feliz. Y si rezas, por favor reza por mi nuera, Javiera... y por una abundancia de peces para todos los pescadores de esta región.

Un poco más tarde cuando estamos en el autobús regresando a Valparaíso, le digo a mi padre:
—Papá, nuestro país es azul. —Me apoyo en él mientras miramos por la ventana los tramos color zafiro del mar, de la montaña y del cielo. A medida que el sol se eleva en el cielo, se me derrite la impaciencia que siento hacia mi padre... al menos por el momento.

Papá me besa la frente. Es como si estuviera demasiado cansado para hablar. A veces parece distante y perdido. A la luz del amanecer, miro a los ojos de mi padre. Una vez oscuros y brillantes como el cielo nocturno lleno de estrellas, los ojos de papá ahora son de un ámbar apagado, casi amarillos, como un sol cansado que se apaga para que pueda descansar. Mi madre siempre bromeaba diciendo que se enamoró de papá cuando vio el mapa de las estrellas en sus ojos. Pero puedo ver que la tristeza puede alterar incluso los colores con los que nacemos. ¿Quizás lloró tanto que todo el marrón se le desvaneció de los ojos, como un poema escrito con tinta que corre sobre el papel bajo la lluvia? ¿Quizás las luces centelleantes de sus ojos se hundieron en algún lugar en el interior de mi padre, en un lugar muy adentro donde esconde su dolor, aún más allá de su corazón?

Papá apenas habla durante el viaje de catorce horas. Simplemente mira por la ventana y pone la mano en mi trenza desordenada. *¡Ay, papá! Algo tan horrible debe haberte sucedido,* le digo en mi imaginación. *Pero sé que una vez que llegues al cerro Mariposa, volverás a la vida.*

Tengo mucho que preguntarle, mucho que contarle, pero invoco mi nueva habilidad: la paciencia. Pero en un momento no puedo evitar reírme y preguntarle a mi padre:

—Papá, ¿una de las ratas a bordo de la Pirate Queen te comió la lengua?

Mi padre mira atentamente las concurridas calles de Valparaíso pasar, casi como si estuviera buscando a alguien. ¿Estará buscando a mi madre? Pero entonces me mira y me dice:

—Celeste, heroína valiente e hija mía, pronto te contaré todo lo que quieras saber. Pero ahora deja que tu padre descanse y se acostumbre a que solo tiene que extender la mano para tocarte.

De **secretos** y barcos

—¡Celeste! ¡Celeste! —Me doy vuelta sobre mi estómago y me obligo a entreabrir un ojo. Veo la sonrisa de la nana Delfina.

—¿Papá? ¿Está aquí? ¿O fue todo un sueño?

—No, niña valiente de la nana Delfina, no fue un sueño. ¡Llevas casi dos días dormida! Tu padre dijo que te dejara recuperar las fuerzas. Está abajo comiendo sopaipillas con la abuela Frida.

—¡*No fue un sueño*! ¡Mi padre está en casa! —La felicidad corre por mis venas.

—El señor Andrés ya les ha contado a Delfina y a la abuela Frida todo sobre la Pirate Queen. Estamos muy orgullosas de nuestra niña Celeste.

Mi padre se pasa todo el día sentado en su estudio escuchando los sonidos de la gente en la calle. Me sonríe con un cierto pesar.

—No estoy acostumbrado a tanto ruido. —Por la noche le preparo una taza de té de menta y me siento a su lado. Quiero saber cómo logró sobrevivir.

—Celeste, durante esas semanas, meses, tal vez años, perdí la noción del tiempo. Estaba en una celda tan pequeña que ni siquiera cabría allí dentro el jardín de tus muñecas. —Luego carraspea y dice—: Todo es tan inexplicable... Tanta crueldad y tanta bondad. A veces los guardias nos golpeaban y luego una hora después nos daban cigarrillos... Era difícil recordar la vida que teníamos, Celeste... Si hubiera pensado en ti, habría llorado tanto que las lágrimas habrían creado un diluvio. Y, sin embargo, si no hubiera pensado en ti, mi corazón se habría convertido en un desierto. No había otra opción que recordarte a ti y a Esmeralda, a tu abuela Frida, a la nana Delfina...

Da un sorbo al té, que ya está casi frío.

—Celeste, a veces la memoria es peligrosa, pero en la mayoría de los casos puede ser una salvación. Algunas veces recordar significa volver a vivir un momento en el pasado y así sobrevivir al presente. Trataré de compartir mi historia contigo poco a poco, como pueda. Es bueno expresar los sentimientos tristes. Algo que aprendí, Celeste, es que las palabras pueden salvarnos.

Me retuerzo las manos con impaciencia.

—Papá, ¿puedes decirme una cosa más por ahora?

Mi padre me sonríe con una mirada solemne que reconozco y que significa: *Paciencia, Celeste.*

—Eso depende de lo que quieres saber, hija.

Miro su rostro cansado y no me atrevo a preguntar por mamá... todavía no.

—Quiero saber cómo escapaste y cómo conociste a Fergus.

Mi padre suspira hondo y extiende su brazo hacia mí. Me siento cerca de él y comienza a recordar sus últimos días en las islas prisioneras.

—Hace unos seis meses, aunque no estoy del todo seguro porque no había otra manera de contar los días aparte de mirar el sol, comenzaron a llegar rumores a la prisión de que el dictador estaba perdiendo el poder... que había disidencia entre sus generales. La idea de perder el poder hizo que el dictador se volviera más cruel que nunca y ordenó que se cortaran las raciones de los presos a la mitad. Solo me daban un pedazo de pan y un huevo cada dos días. Y me dieron muy poca agua. Podía sentir que mi cuerpo se estaba debilitando y que mis órganos empezaban a fallar. Fue entonces que decidí que la forma en que estaba viviendo era peor que la muerte. Sentí que si me quedaba allí, seguramente no sobreviviría. Entonces, decidí tomar un gran riesgo e intenté escapar.

Me estremezco, afligida al pensar en mi padre tan enfermo y maltratado, solo, sin nadie que lo ayudara.

—¿Cómo escapaste, papá?

—La verdad es que no tuve que hacer mucho. —Se

ríe con cierta amargura—. Solo tuve que fingir que estaba muerto cuando el guardia pasó por mi celda una mañana cuando hacía la ronda. Me arrojaron a un bote pequeño lleno de cuerpos. El olor era horrible... Mantuve los ojos cerrados, pero pude oír un motor en marcha y sentir la brisa que soplaba. Supongo que cuando decidieron que estábamos lo suficientemente lejos como para que cualquiera que estuviera fingiendo estar muerto seguramente se ahogara, los cuerpos fueron arrojados al mar. Contuve la respiración y dejé que mi cuerpo se hundiera. Y luego, cuando sentí que me había hundido lo suficiente, nadé y nadé hasta que finalmente tuve que salir a tomar aire. Cuando llegué a la superficie, tuve mucha suerte porque pude ver una pequeña isla en la distancia. No sé cómo lo hice, pero logré nadar hasta la orilla. Debo haberme desmayado, porque cuando volví a abrir los ojos, Fergus estaba inclinado sobre mí, tratando de hacerme beber agua. Me encontró medio muerto y cubierto de ampollas por estar tumbado bajo el sol durante Dios sabe cuánto tiempo.

Se pasa la mano por la cara, ahora bien afeitada, como si buscara esas ampollas de las que me está hablando.

—No podíamos hablar mucho entre nosotros, pero no había mucho que pudiera decirle a ningún hombre en ese momento, incluso si hablaba español. Fergus se quedó a mi lado durante una semana y me dio de comer: papas, huevos y pescado. Hizo una hoguera en la noche para que no tuviera frío y me cubrió con su abrigo. Al final reuní suficientes fuerzas para caminar y Fergus me llevó al otro lado de la isla donde estaba la inmensa nave.

—Así que, ¿te escondiste allí a bordo con él, papá?

—Sí, me quedé bajo cubierta la mayor parte del tiempo.

—Pero... Pero... ¿Por qué no trataste de volver a Valparaíso?

—Todavía era demasiado peligroso, querida. Recuerda, el general tenía aliados, y además tenía todo el ejército detrás de él. Solo puedo imaginar lo enojados que se pusieron algunos cuando él murió y perdieron su poder. Por doloroso que fuera, decidí esperar mi momento para regresar.

—Fergus me dijo que curaste a otros prisioneros que él encontró en el agua.

Papá asiente.

—Es verdad. De vez en cuando Fergus encontraba a alguien y me pedía que lo cuidara. Así que me consolé haciéndome útil, al menos había personas que necesitaban mi ayuda.

La respuesta de papá me frustra. ¿Y yo? ¿Y mamá? ¿No lo necesitábamos también? Pero no sé cómo decírselo. Se ve tan frágil. Tengo miedo de herir sus sentimientos. Decido no decirle nada por el momento y me miro las manos.

Después de un incómodo silencio, papá carraspea y continúa:

—Fergus me hizo una hamaca con una red de pesca y yo pasaba las horas del día descansando o pelando papas en la cocina. A veces, cuando llegaban las nieblas más espesas, Fergus se iba por unos días. Siempre volvía con pescado y huevos, y una vez regresó con ropa limpia para mí. Fergus y yo hablábamos poco, pero a veces jugábamos a las cartas. Al póker, sobre todo. No fue necesario hablar el idioma del otro para eso. Apostamos caracolas. —Mi padre se ríe—. ¡Vaya, Fergus tenía mal genio! ¡No le gustaba perder jugando a las cartas!

—¡Gracias a Dios que solo jugaban por las caracolas que encontraban! —exclamo, y me acerco para abrazarlo, mi frustración a raya por el momento. Una vez más, estoy tan contenta de tenerlo en casa.

—¡Y gracias a Dios que aprendiste a hablar inglés tan bien en Juliette Cove, mi hija tan inteligente!

¿Por qué no me habla de los prisioneros a los que ayudó? Probablemente no quiere asustarme. ¿Como si pudieras protegerme ahora?

Mi padre se pone serio una vez más.

—Celeste, nunca te olvides de esto: pude sobrevivir teniendo fe en ese marinero. Creo que fue su locura lo que me hizo creer en él. Eso y el hecho de que no entendíamos las palabras del otro. Todos los demás me habían contado demasiadas mentiras. —Se calla, pero tengo que preguntarle una cosa más.

—Y, papá... ¿Qué hay de mamá? ¿Podemos ir a buscarla? Estoy segura que la encontraremos si le pedimos a Cristóbal que la busque con su péndu...

—Shhh. Paciencia, Celeste Marconi. —Papá me besa en la frente—. Creo que tu madre está viva pero también creo que para mantenerla viva tenemos que esperar nuestro momento para buscarla. Como ya te conté, todavía es muy peligroso allí afuera, Celeste. Hay soldados enojados porque el gobierno del general se ha derrumbado, y ellos tienen nuestras fotos... están a la espera, listos para descargar su enojo y su vergüenza contra quien sea antes de que la paz se restablezca por completo. Quiero que sepas que deseo más que nada estar al lado de tu madre en este momento... haber estado con ella a través de todo lo que pasó, pero decidimos que era mejor no permanecer juntos... porque si algo le pasara a uno de nosotros... —Su voz se apaga y aparta la mirada.

—Ya lo sé, papá —le digo suavemente—. Si uno de ustedes no lograba sobrevivir, esperaban que el otro lo hiciera, por mi bien.

Papá me mira de nuevo. Está llorando ahora.

—Mi hija valiente —susurra con la voz ronca.

—¡Ya no soy una bebé, papá, y nadie me persigue *a mí*! ¿Por qué no puedo ir a buscar a mamá y traerla a casa como lo hice contigo?

Mi padre niega con la cabeza. Esta vez su voz es firme.

—¡No! —Se seca los ojos con las manos que parecen nada más que huesos envueltos en papel encerado gastado—. No, Celeste. Y eso es definitivo. Esmeralda y yo no nos perdonaríamos que... —Su voz se apaga de nuevo y se aclara la garganta, cambiando de tema.

—Escribí una carta anoche y Delfina me hizo el favor de enviarla esta mañana. Sé que esa carta le llegará a tu madre de alguna manera.

—Papá, ¿sabes dónde está? ¿Por qué no podemos...? —grito, pero papá me aprieta la mano.

—No lo sé exactamente. Esta carta pasará de un amigo a otro. Alguien lo sabrá. Y sé que tu madre estará en casa pronto. Créeme, hija mía.

—Sí, papá. Te creo.

—¡Ahora me toca a mí hacerte una pregunta! Quiero saber cómo encontraste suficiente valor para buscarme.

—No lo sé, papá. ¡Tuve que hacer algo! Esperé dos años para encontrarte. No pude simplemente no hacer nada estando tan cerca una vez más.

¿Pero papá no siente lo mismo acerca de mamá...?

¿Y si no es tan peligroso como se lo imagina? Como si escuchara mis pensamientos, mi padre suspira.

—Celeste, no hay nada que quiera más en este mundo que tener a tu madre en casa, y no hay nada que no hubiera hecho por ella, ni por ti. Entonces, por favor confía en mí. Confía y ayúdame a tener fe.

El alfabeto en mis **manos**

El domingo por la noche, después de una semana de estar sentado en su estudio, mi padre sube a la azotea donde estoy sentada con el gran libro de los mapas de las estrellas de mi madre. "Delta Crucis. Gamma Crucis". Estoy nombrando las estrellas en la Cruz del Sur, la constelación favorita de mi madre, diciéndolas en voz alta con la esperanza de que ella también esté mirando las estrellas, y que esté cómoda, que tenga suficiente para comer y que tenga una almohada suave para la cabeza porque siempre duerme tan ligeramente. Recuerdo cómo mamá hacía que mi padre durmiera con una pinza en la nariz para que no roncara y la despertara. El chiste de la familia es que mi padre ha estado haciendo esto desde su luna de miel y que, aunque nació con una nariz pequeña que se elevaba un poco hacia el cielo como la mía, después de noche tras noche la pinza hizo que su nariz se alargara y se estrechara, y quedó con un chichón debajo del entrecejo, como el pico de un cóndor.

Mi padre se sienta a mi lado y mira al cielo.

—Estoy seguro de que ella también está sentada bajo la Cruz del Sur, Celeste, y que está pensando en ti.

Me apoyo en el brazo de mi padre.

—Gracias, papá. ¿Te sientes mal esta noche? No comiste mucho en la cena.

—Estoy bien, hija. No te preocupes por mí. Yo estoy preocupado por ti. Creo que es demasiado triste para ti estar atrapada en la casa aquí con nosotros, los viejos sombríos. ¿Tal vez sea el momento de que vuelvas a la escuela?

Niego con la cabeza obstinadamente.

—Papá, no voy a regresar a la escuela hasta que vuelva mamá. Sé que enviaste una carta, ¡pero tenemos que hacer más! ¿Por qué no podemos ir a buscarla?

—Todavía es peligroso salir a la calle, Celeste. Buscarla, preguntar por ella, la pondría en mayor peligro. Permitiría que otros, aquellos que pretenden hacer daño, sepan que ella está ahí fuera. Y la venganza... bueno, es una cosa fea. Créeme, hay algunas cosas que todavía eres demasiado joven para entender.

Cruzo los brazos y le doy una mirada fulminante. Mi padre rara vez dice cosas como "eres demasiado joven para entender", pero cuando sí me las dice, odio oírlas. Pero luego inhalo rápidamente. Mis brazos caen a mis costados mientras asimilo el significado completo de sus palabras. ¿Había yo puesto en peligro la vida de papá al buscarlo? Siento que la ira se desvanece de mi rostro, lo rodeo con mis brazos y lo abrazo con fuerza. ¡Qué suerte tuve! ¡Qué suerte tuvimos los dos!

—Ella está en camino, Celeste. Puedo sentirlo. ¿Tú también puedes sentirlo dentro de ti?

—Sí, papá...

—Sé que esperar es casi insoportable... pero creo que te será un poco más fácil si haces algo productivo. Quiero que hagas algo que te haga feliz. Te permitiré aguardar hasta que tu madre regrese para asistir de nuevo a la escuela, pero eso no significa que tu talento se vaya a desperdiciar. Hice que Delfina fuera al mercado hoy. —Mi padre pone su mano debajo de mi mentón y me mira a los ojos—. Celeste, es hora de que vuelvas a escribir.

Papá saca un pequeño cuaderno azul de su bolsillo, lo coloca a mi lado y luego entra de nuevo a nuestra casa.

He tenido demasiado miedo desde que regresé de Juliette Cove para escribir. La idea de libros quemados, de humo que se eleva desde las colinas, de los restos de ceniza de tinta y papel y sueños y pensamientos y vidas de duro trabajo esparciéndose por los vientos es demasiado espantosa. Sé que el dictador está muerto, pero todavía tengo mucho miedo. ¿Cómo no iba a ser así, cuando hasta papá siente temor...? ¿Teme aun buscar a mamá? ¿Tiene miedo de contarme todo lo que le ha pasado? ¿Y si lo que escribo mete en problemas a mi familia? Eso es lo que les pasó a las familias de tantos escritores, como la familia de Lucila. Lo más probable es que la columna de opinión semanal de su padre fuera lo que los metió en problemas. El señor López siempre elogiaba las políticas del presidente Alarcón. Me estremezco cuando pienso que escribir, simplemente poner una idea en palabras en un papel, hizo que se llevaran al señor López y su familia en medio de la noche...

Lentamente, de mala gana, abro el cuaderno y miro la primera página en blanco. "¿Sobre qué me atrevo a escribir?", le pregunto al cuadernito. El grito lejano de una gaviota es la única respuesta que recibo. ¡Ojalá volvieran mis pelícanos!

Dejo el cuaderno y miro hacia el puerto. Las velas de diferentes colores de los barcos flotan aquí y allá en el viento. Me encantan en especial las pequeñas velas blancas de los botes de los pescadores que navegan hacia el océano todos los días. Quizás lo mejor que pueda hacer —por Ana en México, por la tía Graciela en Maine, por Lucila en algún lugar de este vasto mundo, por Gloria, ahora una desconocida para mí en Valparaíso, por Cristóbal que ya no duerme, por la abuela Frida mirando por la ventana esperando a su hija— es escribir lo que todos conocemos y amamos... escribir lo que veo volver a la vida ante mis ojos.

Empiezo:

Viví en el cerro Mariposa

La noche desciende sobre el puerto. A lo lejos veo cómo se iluminan los primeros barcos como si fueran ángeles dormidos. Todos los días los pescadores de Valparaíso arriesgan sus vidas saliendo al mar, y todas las noches sus mujeres los esperan. Muchos de los barcos llevan los nombres de sus esposas, sus madres, sus hijas... Marisol, Azucena, Eugenia. Esta noche los barcos duermen el uno al lado del otro a lo largo de los muelles del puerto de Valparaíso.

Sus pies descalzos no hacen **ruido**

Escribir debe de ser algo mágico porque invoca a los espíritus. Esa noche sueño con mamá. Creo que es un sueño, pero parece tan real que casi siento sus brazos rodeándome mientras nos acurrucamos para dormir juntas en mi cama. Mamá me canta una canción de cuna sobre navegar hacia las estrellas en las alas de una luciérnaga.

¡Me despierto contenta y con más apetito del que recuerdo haber tenido en años! El café que se prepara en la cocina huele tan rico y bajo por las escaleras corriendo para prepararme una taza.

—¡Hola! —les sonrío a la abuela Frida y a mi padre, que están desayunando ya.

—¡Delfina, preparaste huevos revueltos! —aplaudo con entusiasmo—, ¡y ni siquiera es el fin de semana o una ocasión especial! Es como si supieras lo hambrienta que estaba... —Sigo divagando, distraída por mi estómago que gruñe, sin darme cuenta de que la atención de mi familia se ha apartado de mí. Todas sus miradas se dirigen hacia el pasillo.

Debió haber entrado sin llamar a la puerta, sus pies descalzos no hicieron ningún ruido. No sé cuánto tiempo estuvo parada en la entrada de la cocina, escuchándome charlar, sus grandes ojos verdes llenándose de lágrimas de alegría.

Entonces, de repente, la abuela Frida se pone de pie tan rápidamente que su silla se cae al suelo. Deja escapar un grito.

—¡Esmeralda! ¡Hija mía!

Mamá. ¡Mamá! ¿Puede ser? Todos estallamos en llantos prácticamente trepando unos sobre otros para alcanzarla... mi mamá que se ve tan delicada, con su largo cabello teñido de negro y sus grandes ojos tristes.

Papá, temblando, riendo y llorando a la vez, la levanta en brazos y la lleva a la silla vacía, la silla de mamá, junto a la de la abuela Frida. Corro para abrazarla. No puedo decir ni una palabra, pero mamá me sostiene en su regazo y esconde su rostro en mi cabello. Todos se reúnen a nuestro alrededor, llenos de alegría, mudos, incrédulos y agradecidos. Después de un largo silencio, el silencio más hermoso que jamás he escuchado, ella dice:

—Celeste, ¿aún puedes esconderte debajo de las mesas?

—¡Sí, puedo! —y le muestro que todavía quepo.

Arriba, escucho a todos estallar en carcajadas. Entonces Delfina me ayuda a ponerme de pie, se seca la cara y la mía con su delantal y comienza a preparar huevos duros y tostadas para mi madre delgadita y cansada.

¡Estoy con toda mi familia sentada alrededor de la mesa!

¡Estoy con mi madre!

Me siento más feliz que nunca.

Pero también siento cuánto ha sufrido mi madre. Sus dedos se entrelazan con los de mi padre como si hiciera un nudo para que no se la lleve el viento.

Todo lo que quería era **hablar** con ella

Mamá me acuesta esa noche. Durante tanto tiempo todo lo que quería era hablar con ella, tomarle la mano, y ahora que puedo hacerlo, me siento tan extraña, casi tímida. ¿Cómo es posible comunicarle a alguien cada pensamiento, sentimiento y experiencia de dos largos años? ¿Dos años que fueron tan oscuros y, sin embargo, a veces tan claros? ¿Cómo le puedo decir a mi madre todas estas cosas? Me doy cuenta de que lo único que puedo hacer es empezar y contárselo todo de una vez.

—Te extrañé tanto, mamá, y a veces estaba contenta. Sé que tú y papá me mandaron lejos para protegerme para que no tuviera que sufrir o esconderme como ustedes. ¡Pero fue muy difícil para mí también!

Estoy asombrada por las palabras que salen de mi boca. Mamá se mete debajo de las mantas y me rodea con sus brazos. Nos acostamos mejilla contra mejilla y las lágrimas inundan nuestros rostros. Y todo —dos años de soledad y miedo, y dos años de felicidad también— sale de mi boca en un revoltijo: la escuela en Juliette Cove, que los estudiantes se rieron de mí, que me sentía tan diferente de los demás, que no entendía nada, el silencio de la casa de la tía Graciela, la señorita Rose que me enseñó inglés, Sal's Pizza, ver telenovelas con mi tía, jugar en la niebla en la playa, el faro, el parque de tráileres, Kim y sus pájaros de papel, las caracolas de la tía Graciela, el señor Carter y sus cartas, la oscuridad solitaria de las noches de invierno, los ciervos que bailaban sobre el pasto, lo mucho que me reí la primera vez que vi a los pavos salvajes volar hacia los árboles para dormir y, a pesar de mi constante preocupación por la gente y los lugares tan lejanos, la paz que encontré el día en que me tumbé en el pasto fresco de la primavera para mirar las nubes con un muchacho llamado Tom...

—Y un día, mamá, me tomó de la mano. Allí mismo, en el pasto. Todo mi cuerpo temblaba de la cabeza a los pies. Me sentía tan nerviosa y tímida, pero no quería que soltara mi mano. Y luego... un día... de la nada... Tom y Kim se fueron. Así como así. Se fueron sin decir una palabra. —Empiezo a sollozar.

—¡Shhh, shhh, hija mía! Está bien. Todo estará bien. —Mamá me acerca a su pecho, meciéndome suavemente de un lado a otro.

A veces pasan cosas **extrañas** aquí

Querida tía Graciela:
Sé que mamá te ha escrito, pero yo también quería decírtelo. Todavía existe el temor de que tengan los teléfonos intervenidos, pero papá promete que pronto podremos llamarte y escuchar tu voz. ¡Sí, estamos todos juntos de nuevo! ¡Encontré a papá! ¡Y mamá regresó poco después! Ahora la única persona a quien todavía espero eres tú, tía. Pero sé que tienes que tomarte tu tiempo, y gracias a Dios por haber hecho el mundo tan lleno de tiempo.

A veces las cosas son tan extrañas aquí, tía. Mis padres apenas hablan de lo sucedido. A menudo se toman de la mano, como si tuvieran miedo de separarse. Su clínica fue saqueada y destrozada, pero no han dicho ni una palabra sobre arreglarla... Todavía no han vuelto a trabajar.

También tengo que hablarte del tío Bernardo. ¿Recuerdas cómo solía hacer disfraces para el teatro comunitario en el que actuabas cuando tú, él y papá estaban juntos en la universidad? ¡Bueno, mamá y papá me dijeron que el tío Bernardo huyó por las montañas vestido de monja! Creen que está en Argentina y esperan poder ponerse en contacto con él pronto para ayudarlo a volver a casa.

¿Cómo está el señor Carter? En tu última carta dijiste que vino inesperadamente un domingo a tu casa —aunque no hay correo los domingos— y te convenció de salir con él a ver una película. Cuando le conté eso a mamá, sus ojos se iluminaron y por un momento pareció como antes, no tan ansiosa e inquieta. Ella tenía una sonrisa traviesa en el rostro y me dijo que te pregunte si él te ha visitado de nuevo, y que te recuerde siempre arreglarte el cabello y maquillarte... por si acaso. Promete volver a escribirte pronto y explica que su silencio se debe solo a que en estos días le duele demasiado la cabeza para concentrarse en las cartas.

En cuanto a mí, me alegro de que hayas encontrado a un amigo tan bueno como el señor Carter, tía.

La nana Delfina te envía su cariño y yo también.

*Tu sobrina,
Celeste Marconi*

Siempre habrá alguien que **recuerde** un poema

Le hago a mi madre las preguntas que he guardado dentro de mí durante tanto tiempo.

—¿Mamá, me contarás lo que te pasó mientras estuvimos separadas?

Estamos en la azotea, sentadas juntas. Mi madre me rodea con su esbelto brazo y me acerca a ella.

—Celeste, tantas veces me sentía más como un barquito que una persona. Mi corazón latía tan rápido como el ritmo de las olas. Experimenté altibajos mientras las olas me llevaban de una orilla a otra, de una caleta a otra. Me mudé de un lugar a otro y viví de la bondad de amigos y desconocidos. Pero quiero contarte sobre el último lugar donde me quedé, los meses que estuve en Isla Negra, donde vivió Pablo Neruda.

Me sonríe, pero luego se frota las sienes y entrecierra los ojos por la luz del sol. Parece tener un dolor de cabeza constante y las ojeras parecen moretones.

—Como tantas cosas en Chile, no todo es lo que parece. Isla Negra no es una isla sino una península. ¡Y no es negra! Es una caleta de pescadores. Tu abuela Frida y tu abuelo José solían llevarnos a Graciela y a mí allí de vacaciones. ¡En uno de esos viajes vi al señor Neruda! Caminaba lentamente desde el bosque hacia el océano, como un pez en tierra.

"En mi primera noche en Isla Negra dormí en uno de esos árboles afables de mi niñez. Tenía tanta hambre y tanto frío. Pero quería sobrevivir para decirte que cada árbol de este universo es como un brazo que acaricia amoroso. Me quedé escondida en el bosque todo el día siguiente, y luego la noche siguiente comencé a buscar la casa del poeta.

"Cuando finalmente llegué allí, me vieron unos pescadores. Les dije que iba a buscar refugio en la casa del señor Neruda. Dijeron que esa casa había estado abandonada por casi un año, y todos me ofrecieron sus casas. Les di las gracias por su generosa invitación, pero la rechacé diciéndoles que si los necesitaba, llamaría a sus puertas.

"De camino hacia allí, solo podía pensar en ti. Había oído que la casa del señor Neruda era una casa mágica como para niños, llena de campanas y canarios volando libres, telescopios y caleidoscopios, vasos de vino de colores, enormes botellas de vidrio azul y hasta una locomotora violeta que serpenteaba por toda la casa, ¡y de la que salía humo de verdad! Cuando llegué, sentí que se me partía el corazón al ver las botellas rotas, los canarios muertos en el fondo de sus jaulas, los vasos de cristal hechos añicos y el tren roto en mil pedazos...

—¿Qué le pasó a la casa?

—Lo mismo que sucedió en todas partes de nuestro país: los soldados destruyeron la casa porque el señor Neruda apoyaba al presidente Alarcón. ¡Pero Celeste, Celeste! Hubo una cosa que los soldados no pudieron destruir: ¡la poesía del señor Neruda! Todos los días venían jóvenes a tallar sus poemas en las vigas de madera de la casa. A veces uno de ellos recitaba un poema en voz alta. Debes saber, Celeste, que se puede destrozar muebles y quemar libros, pero siempre habrá alguien que recuerde un poema y lo comparta con otros.

"No recuerdo cuánto tiempo me quedé allí, pero todavía estaba cuando llegó la primavera y había pequeñas flores amarillas por todas partes. A veces tuve que hablar conmigo misma o cantar en voz alta solo para escuchar una voz. Pero en otras ocasiones descubrí la enorme generosidad de la gente de Isla Negra.

"Los pescadores me traían leña y sus esposas venían cuando podían para traerme pan, miel y una taza de té caliente. Me decían que no me preocupara, que las cosas saldrían bien. Y cuando estaba sentada junto al fuego, podía ver tu rostro, o el de tu padre, aparecer en las llamas.

"Un día, una pescadora anciana me dejó saber que

era seguro volver a casa. La vi acercarse a la casa con un sobre sucio en la mano, y supe de inmediato que era de tu padre. El rostro de la señora que en general era muy arrugado, se volvió tan terso como un durazno silvestre cuando sonrió y me entregó el sobre. Lloré y lloré cuando vi la letra de tu padre y más aún cuando vi que su letra se había vuelto un poco temblorosa... como la mía probablemente. Bueno, no es solo mi letra lo que tiembla ahora, querida hija mía, sino todo mi ser.

Aunque mamá recuerda muy bien estos detalles, se olvida de las cosas cotidianas, y ella siempre parece andar asustada. Pero por ahora una sonrisa está apareciendo en su rostro.

Miro hacia arriba. Su sonrisa es tan parecida a la de la tía Graciela, a la de la abuela Frida, y, me doy cuenta, a la mía.

—Basta de mi historia. Ahora... —su voz se ilumina—, ¡quiero saber más sobre tu tiempo en Juliette Cove! ¡Has crecido tanto, mi hija hermosa!

Apoyo mi cabeza en el hombro de mi mamá mientras le hablo de la clase de la señorita Rose, del señor Carter, el cartero, y de mi segunda habitación azul en la casa de la tía Graciela. Hablamos hasta pasada la medianoche.

Y cuando por fin mamá me acuesta como lo hacía cuando era una niña, le susurro:

—Mamá, quiero contarte más sobre Tom, el hermano de Kim, pero realmente no sé qué decir...
—Te gustó mucho, ¿no, querida?
—Sí —asiento con la cabeza y me siento tan aliviada al ver la comprensión en los ojos verdes de mi madre.
—Tendremos que tomarnos un café con leche, pasteles con crema chantillí y tener una larga charla en el Café Iris este domingo. Solo nosotras dos. ¿Qué te parece?
—Me parece genial, mamá.

Sabía que habría **cambios**

Pasa otra semana y empiezo a realmente creer que estoy en casa con mis padres otra vez. Todavía están más callados que antes, pero otras cosas son como siempre: tomar café con leche por las mañanas, leer libros por la tarde y, por la noche, lo que más echaba de menos cuando estábamos separados, mamá viene a la azotea para ayudarme a nombrar las estrellas.

—Ahí, mamá. —Mi dedo delinea dos hilos relucientes en el cielo—. Ahí está la Cruz del Sur.

Mamá se inclina hacia mí y dice:

—Así es. Cuánto amo esa cruz de luz. —Espera un momento y luego pone sus labios en mi cabello y murmura—: No veo una estrella fugaz esta noche, querida, pero voy a pedir un deseo. Es un deseo para ti, querida. —Miro su rostro serio y de repente temo lo que está a punto de decir.

—Celeste, mañana es lunes. Es una nueva semana... un nuevo comienzo. Es hora de que regreses a la escuela.

Niego con la cabeza y miro hacia abajo. Un nudo frío

de miedo tira cada vez con más fuerza del suave hueco bajo mi corazón.

—Celeste, siempre has amado tu escuela. ¿Tienes miedo, hija mía?

—Sí, mamá... —digo, aguantando el llanto—. Tengo mucho miedo pero no sé por qué. ¡Mi estómago siente julepe cada vez que pienso en ello!

Mamá me toma de la mano.

—Te entiendo. Lo creas o no, por mucho que quería verlos a todos, me asusté cuando por fin fue seguro para mí regresar a casa en el cerro Mariposa porque sabía que habría cambios... que la vida nunca sería exactamente igual que antes.

Asiento con la cabeza. Eso es exactamente lo que siento respecto a la escuela.

—Nunca te mentiré, Celeste. Cuando regreses a la escuela, verás que muchas cosas han cambiado. Habrá asientos vacíos y miradas distantes. Pero al mismo tiempo, también puedo prometerte que encontrarás que muchas personas que amas sobrevivieron a la dictadura y seguirán allí, tratando de hacer de la escuela Juana Ross el lugar maravilloso que alguna vez fue. ¿No crees que deberías estar allí para ayudarlos? Me has hablado mucho del faro en Juliette Cove. Bueno, en la escuela serás como un faro para todos los que te han extrañado tanto.

Pienso en las palabras de mi madre un rato. Poco a

poco siento que una nueva energía reemplaza el miedo. El julepe se encoge y se esconde en un rinconcito de mi corazón.

—Mamá, si vuelvo a la escuela, ¿tú y papá reabrirán la clínica?

—¡Mi hija inteligente! —Mamá sonríe con su sonrisa de luciérnaga—. Esa es una oferta que no puedo rechazar. Sí, abriremos de nuevo la clínica. Te lo prometo.

Julepe en Juana Ross

Hoy es el primer día que regreso a la escuela. La nana Delfina trabajó hasta altas horas de la noche para agrandar mi uniforme escolar para que me quedara bien. Recuerdo que ese mismo uniforme solía tragarme entera como una bolsa de papel marrón. Ahora tengo que tirar de la falda para que se ajuste a mis caderas y para que el dobladillo no suba por encima de mis rodillas. Me miro en el espejo y luego aparto la mirada enseguida. Entonces, y con un poco de timidez, me enfrento a mí misma otra vez.

Mamá dice que todavía soy demasiado joven para usar lápiz labial en la escuela aunque veo a algunas chicas de mi edad que lo usan en la calle. "Te ves más bonita con tu rostro fresco como una margarita", me promete. Pero cuando me miro de nuevo en el espejo, me tapo la boca con la mano y empiezo a reírme, en parte de felicidad, en parte de sorpresa y un poco de miedo. Mis piernas son más fuertes que antes y mi cintura es como la de mamá. Mi cara es un poco seria, pero cuando sonrío, me gusta lo que veo. ¡Parece que lo que todo el mundo me ha estado diciendo es la verdad! Ya no soy una niña tan pequeña. Decido no trenzar mi pelo sino dejarlo suelto para que fluya por mi espalda como una cascada.

—¡Niña Celeste, ven a desayunar! ¡Date prisa o vas a llegar tarde a la escuela! —¡La voz madrugadora de Delfina, la que usa en los días de escuela, es tan fuerte como siempre!

—¡Ya voy, nana Delfina! —Estoy bajando por las escaleras cuando recuerdo la caracola de la tía Graciela. Rápidamente la agarro de la mesita de noche, la envuelvo en una de las bufandas azules de la abuela Frida para protegerla y la guardo en mi mochila para que me traiga suerte.

El sonido *zuzu, zuzu* del teleférico me da escalofríos. Ese sonido me habla con su voz divertida, como el acento de abejorro de la abuela Frida. ¡Zzzz, zzzz, zzzz! ¡De vuelta a la *ezzzz*cuela!

Lo primero que veo cuando me acerco al patio de la escuela Juana Ross son los colores brillantes de la bandera chilena. Recuerdo haber aprendido una canción que nos enseñó el significado de los colores nacionales en mi primer día como estudiante aquí. Tenía cinco años y, al igual que hoy, sentía un julepe en el estómago. Tarareo para mí misma en voz baja: "Blanca nieve de los Andes, sangre roja de nuestros héroes, cielos azules con una sola estrella valiente".

A medida que me acerco a la alta cerca de metal que separa el patio de la calle, veo a muchos niños pequeños corriendo por todas partes a los que no reconozco en absoluto. Hace poco, nosotros —Cristóbal, Ana, Gloria, Marisol, Lucila y yo— éramos como ellos. Ahora somos los "niños mayores" en el octavo grado de la escuela secundaria. El julepe se agita como una tormenta dentro de mí: ya no está Ana, ya no está Lucila. Al pasar por las puertas de la entrada, noto que hay pequeños agujeros y grietas irregulares en algunas de las ventanas. *¿Terremotos o disparos?* Me estremezco.

Los pasillos tienen el mismo olor a humedad que antes. La pintura en las paredes, tan blanca como un día de invierno en Juliette Cove, ha comenzado a agrietarse. Debajo de la capa de blanco veo los colores de los murales que pintamos hace años para celebrar la elección del presidente Alarcón. Esos recuerdos me guían hacia Marta Alvarado.

Ella está allí, sentada en su escritorio, con su largo abrigo rojo. Su mirada está enfocada en una pila de mapas.

—¿Señorita? —Mi voz apenas me sale en un susurro.

—Celeste, ¿eres tú? ¡Celeste Marconi! —La señorita Alvarado se levanta de su asiento y casi lo tira al suelo mientras corre para atraparme en un fuerte abrazo—. ¡Oh, benditos los ojos que te ven! ¡Qué hermosa! ¡Qué milagro que hayas vuelto!

Marta Alvarado me da el tradicional saludo chileno que tanto extrañé: un beso en cada mejilla y un abrazo. Su cabello oscuro es más escaso y, como el de papá, está salpicado de mechones grises.

—¡Celeste, bienvenida de nuevo!

—Gracias, señorita Alvarado. ¡Estoy tan contenta de verla!

—Celeste, te ves preciosa y... un poco más alta, ¡aunque no mucho más! —La señorita Alvarado se pone de puntillas y nos reímos y volvemos a abrazarnos.

—Ven, te llevaré a tu salón de clases. —Ella me lleva por el codo—. ¿Sabías que el director Castellanos ha regresado del exilio en España?

—¡No, no lo sabía! —Mi corazón salta de felicidad.

—Sí, pero en lugar de ser director, ahora va a enseñar Literatura Española en el instituto. Me dijo que leer los clásicos le dio esperanza durante los años de preocupación y miedo por todos sus amigos aquí, y por eso quiere enseñarles todo eso a ustedes, los jóvenes.

—¡Qué bien! —exclamo—. ¿Así que él será mi maestro de Literatura?

—¡Sí! ¡Y conociéndote a ti, estoy segura de que serás su alumna favorita!

De repente, muchas cosas en mi mundo parecen mejorarse.

—Aquí estamos, Celeste, el aula 14. —La señorita

Alvarado se asoma a la puerta—. Veo a alguien que estará muy contenta de verte. Adelante, Celeste, pero no te olvides de visitarme al final del día para contarme cómo te fue tu primer día de clases.

Paso por la puerta. Siento julepe, pero entonces veo a una chica en el fondo del salón. Tiene la cabeza gacha y está escribiendo furiosamente en un cuaderno, pero yo reconocería ese pelo negro brillante en cualquier parte.

—¡Hola, amiga linda!

Marisol cierra su cuaderno de golpe y mira hacia arriba con un sobresalto.

—¡Celeste! ¡Casi me muero del susto! —Se levanta para besarme en las mejillas—. ¡Estoy haciendo la tarea de anoche, y pensé que eras el maestro! ¡Oh! ¡Estoy tan contenta de que hayas vuelto a la escuela!

—Estoy tan contenta de que *tú* estés aquí. —Le confío a mi amiga—: Me siento muy nerviosa, Mari.

Ella asiente con comprensión.

—Mucho ha cambiado, amiga...

Me duele el corazón. Le he hecho recordar a Lucila. Pero sé lo que podría alegrarnos a las dos.

—Mari, antes de que suene la campana, ¡vayamos a jugar a la rayuela con las niñas más pequeñas y recordar los viejos tiempos!

Marisol sonríe. ¡Cuánto eché de menos esa sonrisa cuando yo estaba en Juliette Cove!

—Bueno, estaba tratando de terminar mi tarea de Álgebra, pero...

—Pero para eso es la hora del almuerzo, ¿verdad? —me burlo de ella—. ¿No es eso lo que siempre me decías?

—¡Está bien, está bien! Para ti, cualquier cosa: la rayuela, el *kickball*, saltar con el cordel, ¡lo que sea! —Marisol se rinde—. ¡Solo espero que los chicos mayores no nos vean! —Se alisa algunos mechones de cabello sueltos en sus hebillas rojas.

—¡Vamos, te ves hermosa! —La animo a que salga por la puerta del aula. Nos tomamos del brazo y caminamos por el pasillo.

Marisol comienza a saltar, luego echa la cabeza hacia atrás y grita:

—¡¿Adivinen qué?! ¡Celeste Marconi ha vuelto! —El eco de nuestras risas y pasos llena el pasillo largo y vacío.

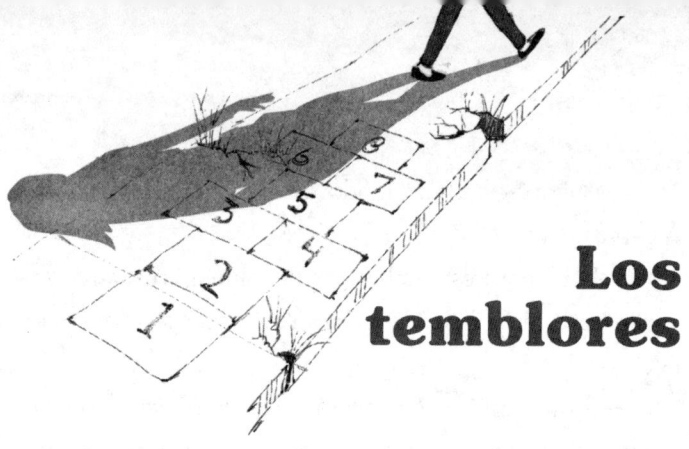

Los temblores

Cuando salimos al patio, de repente ya no quiero jugar a la rayuela. Mi estado de ánimo cambia casi instantáneamente de feliz a sombrío. ¿Por qué fingir que las cosas han vuelto a la normalidad? Mis ojos se desvían hacia el jardín de la escuela. No conozco a la mitad de los niños aquí, y muchos de los que espero ver han desaparecido. Marisol lee mis pensamientos.

—Entiendo, amiga —me dice apretando mi mano—. No puedo prometerte que alguna vez te acostumbrarás, Celeste, pero estar de nuevo aquí en la escuela empezará a sentirse más... normal. No es que sea algo bueno... —Su voz se apaga.

—¡Mira! ¡Ahí está Cristóbal haciéndonos señas! —Marisol parece estar aliviada. Yo también. Cristóbal está sentado en el mismo banco donde solía reunirse mi grupo de amigos. Estoy tan contenta de verlo, especialmente con su péndulo, que hace poco era demasiado peligroso para llevarlo a la escuela, balanceándose desde su mano izquierda. Ninguno de nosotros dice mucho.

Quizás, como yo, echan de menos a Lucila... y a Gloria también. Nos sentamos así, muy juntos, pero en nuestros propios mundos, hasta que suena la primera campana.

El resto del día pasa como si fuera una nebulosa. En la escuela secundaria nuestras clases, como me recuerda Marisol, "son más sofisticadas ahora, ¡como nosotras!". Es cierto, y esa es la mejor parte de volver a la escuela. Hay tantas cosas nuevas que explorar: la filosofía, la psicología, la fisiología y, lo mejor de todo, los idiomas extranjeros. Me siento muy aliviada de tener a Marisol o a Cristóbal en todas mis clases menos la de inglés. Marisol decidió que sería más romántico aprender italiano y Cristóbal está tomando la clase de inglés para principiantes. Cuando entro al salón de clases de inglés avanzado, descubro que solo hay cinco estudiantes más. Todos son alumnos del último año del liceo, excepto un chico del penúltimo año que habla inglés con su padre canadiense en casa. Hace dos años y pico yo habría tenido tanto miedo de estar en una nueva clase con niños mayores, todos ellos desconocidos. Habría hecho de esta situación una montaña de un grano de arena. ¡Cuánto me han cambiado los dos últimos años!

La última clase del día es la de Literatura Española. Corro por el pasillo para asegurarme de llegar temprano. Por primera vez desde que vi a Marisol esta mañana, me siento realmente feliz. ¡El antiguo director de nuestra escuela ha vuelto!

Corro por la puerta y ahí está escribiendo *metáfora* en la pizarra.

—¡Señor Castellanos!

Se da la vuelta y sonríe.

—¡Reconocería esos ojos en cualquier lugar! ¿Celeste Marconi?

—Sí, señor. ¡Bienvenido a casa!

Él asiente con la cabeza sombríamente.

—Gracias. Bienvenida a ti, Celeste. Oí que tú también te fuiste. Recuérdame, ¿dónde estuviste en el exilio?

—En los Estados Unidos. ¿Y usted, señor?

—En el lugar donde nací, Celeste: Granada, en España. Mis padres me trajeron a Chile cuando era bebé. Para mí, Valparaíso siempre ha sido mi hogar. Pero me alegro de haber tenido una segunda patria a la que huir cuando la nuestra se alteró tanto.

Miro al señor Castellanos. Tengo tantos pensamientos en mi cabeza, tantas preguntas que hacerle, ¡pero no puedo pronunciar ni una palabra! Sonríe con comprensión.

—¿Por qué no tomas asiento, Celeste? Tenemos todo el año escolar por delante para hablar de muchas cosas.

—De acuerdo, señor. —Me doy la vuelta y veo a

Marisol saludándome con entusiasmo desde la segunda fila. Ella está sentada en un escritorio y ha puesto todos sus libros en el que está al lado.

—¡Te guardé un asiento! —sonríe y, de repente, por un momento, las cosas se sienten como en los viejos tiempos, justo cuando pensaba que nunca volverían a ser iguales.

Pero luego, tan rápido como me había sentido mejor, empiezo a sentirme mal... muy mal. Demasiados temblores. Demasiada conmoción dentro de mí. ¡Esos temblores se acomodan solo para ser sacudidos de nuevo! Me aferro a los bordes de mi escritorio. ¿Alguna vez las cosas estarán quietas?

¿Qué me está pasando?

Me miro los nudillos blancos. No me había dado cuenta de lo fuerte que me estaba aferrando al escritorio.

—¡Amiga! ¡Amiga! —Marisol me susurra preocupada—. ¡No hay un terremoto! ¡Celeste, suelta el escritorio!

Respiro hondo y descanso la cabeza sobre el escritorio.

—Celeste, ¿te pasa algo? —La voz del señor Castellanos flota hacia mí desde el frente de la clase. Levanto la cabeza, confundida.

—Me siento mareada. ¿Puedo ir al baño?

—¿Por qué no vas a la enfermería? —dice el señor Castellanos—. Marisol te acompañará.

La enfermera no es la misma enfermera de antes, pero es amable. Marisol me da un apretón en el brazo.

—Pasaré por ti más tarde —me dice. Asiento con la cabeza. Todo lo que quiero hacer es cerrar los ojos y olvidar.

¡Qué extraño que hace poco estaba en Juliette Cove cerrando los ojos para recordar!

El amor entre los espacios vacíos

Cuando suena la última campana al final del día estoy cansada, pero me siento mejor. Marisol me espera en la puerta de la enfermería.

—Vamos, amiga, te acompañaré a casa. —Entrelaza su brazo con el mío.

—Le prometí a la señorita Alvarado que pasaría por su oficina —le digo—. Y creo que... quiero estar sola.

Marisol se ve un poco herida a pesar de que está sonriendo.

—Está bien, Celeste. Espero que te sientas mejor pronto.

—Gracias, Mari. —La abrazo con fuerza y ella me abraza aún más fuerte. En ese abrazo sé que ella me entiende.

Llamo a la puerta del despacho de la señorita Alvarado.

—¡Pasa, Celeste!

Abro la puerta y la veo sentada junto al señor Castellanos.

—¡Hola, Celeste! —me dicen al mismo tiempo y luego sonríen al mismo tiempo también.

—Hola, señorita Alvarado. Hola, señor Castellanos.

—¿Te sientes mejor, Celeste? —me pregunta el señor Castellanos—. Sé que el primer día de regreso a la escuela puede estar lleno de tantas emociones...

De repente, la pregunta que tengo que hacerles no puede esperar y hago algo que nunca he hecho en mi vida... interrumpo a mi maestro:

—¡Por favor, díganme! ¿Dónde están todos mis antiguos compañeros? ¡Parece que la mitad de ellos no están aquí!

El señor Castellanos, con una cara bien seria, mira a la señorita Alvarado y luego a mí.

—La verdad es que... no lo sabemos, Celeste.

—Es cierto que las cosas han mejorado mucho —agrega la señorita Alvarado—, pero todavía tenemos miedo de preguntar por el destino de tus compañeros. Ojalá, día a día, vuelvan a nuestra escuela rostros familiares, como hoy... ¡que ha sido un día tan feliz para nosotros, Celeste!

El señor Castellanos vuelve a mirar a Marta Alvarado. Se encoge de hombros y extiende las manos como si estuviera pidiendo ayuda o como si llevara un gran peso y no supiera cómo dejarlo.

La señorita Alvarado se acerca más a él y dice:

—Es una bendición para Marisol López en especial tenerte de regreso, Celeste. Siempre trata de poner buena cara, pero la desaparición de su prima ha sido muy difícil para ella. Esas muchachas son como hermanas.

Marta Alvarado mira hacia abajo y miro con incredulidad cómo el señor Castellanos la rodea con el brazo. Él carraspea y agrega con brusquedad:

—¿Has oído, Celeste, que Gloria fue enviada a una escuela privada?

—Sí, señor Castellanos. Cristóbal Williams me lo dijo.

Tengo miedo de hacerles otra pregunta horrible a la que no pueden responder, pero se me quema la garganta y siento que me ahogaré si no la hago en voz alta.

—Celeste, ¿qué pasa? —El rostro del señor Castellanos está preocupado.

Luego vuelve a mirar a Marta Alvarado. Los siento arrojando signos de interrogación sobre mi cabeza. Están buscando alguna respuesta de mí. La voz suave de la señorita Alvarado lleva a mis oídos su propio dolor.

—Celeste, extrañamos... a todos... tanto... —La señorita Alvarado me habla como si yo tuviera once años—. Solo tenemos que ser pacientes...

—¡Pero eso es lo que hice durante dos años en Juliette Cove! —Me sorprende el enojo en mi voz. ¿Por qué es tan difícil para los adultos decir la verdad?

Agito mis manos con frustración. Pienso en mamá. Ella me dijo lo mismo. *Es tan parecida a ti, Esmeralda...* Recuerdo las palabras de papá de hace tanto tiempo. De repente necesito tanto a mi madre.

Mamá... ¡por favor, mantente a salvo en casa! ¡Por favor, no te vayas nunca más!

—¡Fui y encontré a mi padre! ¡¿Por qué no podemos ir a buscar a Lucila?! ¿Por qué nos quedamos aquí esperando?

El señor Castellanos me sujeta firmemente por los hombros.

—Celeste, trata de entender. En este momento nadie puede, o quiere, decir adónde fueron. Fue lo mismo cuando tú te fuiste... nadie pudo o quiso decir adónde te habías ido.

Miro hacia abajo, sintiendo el familiar peso de tener que aceptar el *no* saber. Creo que el no saber es peor que una pérdida. La pérdida es una piedra pesada que se hunde hasta el fondo de nuestro corazón, pero luego las arenas del tiempo entierran el dolor para que lo sintamos menos. No saber es una piedra más pequeña, pero es más afilada... se mueve constantemente de un lado a otro dentro de nosotros.

Hay un largo silencio... el tipo de silencio que yo siempre solía intentar romper, pero ahora estoy demasiado cansada, demasiado frustrada.

—Vamos a tomar un café en el Café Iris —me dice la señorita Alvarado—. ¿Nos acompañas, Celeste? —dicen lo último al mismo tiempo. Ahora me doy cuenta de lo familiarizados que parecen el uno con el otro.

—Gracias por invitarme, pero la abuela Frida me está esperando. No quiero que se preocupe por mí.

Cierro la puerta de la oficina detrás de mí y parpadeo. Mis ojos deben estar muy abiertos y llenos de asombro. ¡La señorita Alvarado y el señor Castellanos! ¿Puede ser? ¿Quién lo hubiera dicho?

Las
elecciones

Estimada señorita Rose:
Chile lleva toda la semana celebrando nuestras primeras elecciones presidenciales tras la derrota del general. El puerto se ha llenado de veleros con banderas chilenas y las señoras venden ramitos de claveles y perejil como lo hacen para el Año Nuevo. Los coloridos autobuses llegan a Valparaíso desde los pueblos más pequeños que rodean la ciudad. Papá me dice que la gente camina kilómetros a pie desde el campo solo para votar. Los políticos suben y bajan por los cerros pidiendo votos y repartiendo caramelos.

Cuando le pregunté a mi madre cómo decidió por quién votar, me dijo, "Es bueno escuchar lo que dicen los políticos, Celeste, pero es mejor observar sus acciones". La candidata que eligió mamá es Mónica Espinoza. Fue encarcelada por el general y sufrió mucho durante años. Habla mucho de ayudar a Chile a sanar sus heridas, y se preocupa especialmente por los pobres y los enfermos de mi país... es probablemente por eso que a mamá le gusta tanto. Si la señora Espinoza gana, será la primera mujer presidente de Chile.

La votación tuvo lugar el domingo. Los hombres y las mujeres votan por separado en Chile, y todos se visten de gala como si fuera una ocasión elegante. Incluso mi abuela Frida, que últimamente está muy delicada y no sale mucho de la casa, se empolvó la cara y bajó por los cerros sostenida por mi mamá de un lado y por la nana Delfina del otro. Ella insistió en caminar todo el camino. "¡Quiero ser parte de la acción!", me dijo.

Y algo más: ¿recuerda que le hablé de los pelícanos que pasaban por mi ventana todas las mañanas? ¿Y cómo dejaron de venir con regularidad cuando llegaron los problemas a mi país? Bueno, ¡han vuelto! ¡Los ocho han vuelto! Incluso mi favorito que es más viejo y lento que nunca. Creo que han vuelto porque saben que se ha restablecido la democracia. Pensará que estoy loca, pero estos pelícanos me han demostrado lo inteligentes que son más de una vez. Hasta diría que son más sabios que los búhos.

Señorita Rose, esta noche toda mi familia está esperando que se anuncien los resultados de las

elecciones en la radio de Santiago. Papá camina
de un lado a otro y la nana Delfina no puede dejar
de pelar papas; dice que le calma los nervios.
¡Todo Valparaíso está aguantando la respiración!
Le escribiré para contarle cómo resulta todo.

Su estudiante,
Celeste Marconi

P.D. He estado tratando de mantenerme
al día con mi inglés. ¡Espero haber escrito
lo suficientemente bien como para que
usted pueda entender esta carta!

Cierro el sobre justo cuando mi padre me llama.
—¡Celeste! ¡Ven! ¡En la radio acaban de anunciarlo! ¡Mónica Espinoza ha ganado! —Corro al balcón donde se ha reunido toda mi familia. Saludamos a nuestros vecinos mientras la gente sale a las calles.
—¡Vengan! —Papá nos toma de la mano a mamá y a mí. Carraspea y puedo ver que se le han llenado los ojos de lágrimas de felicidad—. ¡Bajemos al puerto!

Las calles se mueven lentamente mientras un mar de gente baja por los cerros para celebrar. Cristóbal me espera al pie del cerro Mariposa. ¡Está sonriendo... está despierto... y está muy emocionado! Doy saltos de ale-

gría, y Cristóbal me agarra por la cintura y bailamos hasta marearnos. La alegría llena mi cuerpo y me sacude toda la pesadumbre de los tiempos difíciles y la deja al lado de la calle con los claveles marchitados, los envoltorios de caramelos y carteles que dicen: *¡VOTEN!* Sé que las próximas lluvias se llevarán a esa antigua pesadumbre a las alcantarillas junto con todo el polvo de la ciudad.

"Yo podría seguir **existiendo**"

Esta semana, mamá y papá abrieron su clínica de nuevo después de tanto tiempo y tanto dolor... las reparaciones se completaron, tal como mamá me había prometido. Mucha gente de todo Valparaíso viene a verlos. Mis padres no solo escuchan los latidos de sus corazones, sino también sus historias. Se sientan y dejan que sus pacientes les hablen porque, según papá, el hablar cura el dolor. Cuando los pacientes se van, les dan a mis padres huevos frescos, pan o dulces, como siempre lo han hecho, porque no tienen dinero con que pagar.

Esta noche mis padres regresan a casa antes de la cena, y papá le entrega una bolsa de arpillera a Delfina. Ella mira a mi padre con el ceño fruncido porque le preocupa que "la Esmeralda de Delfina trabaja muchas horas por monedas, ¡y con su salud tan delicada!".

Pero papá le dice:

—¡Delfina, reina de la cocina! ¡Tenemos huevos deliciosos para el desayuno! ¡Sonríe!

Como si le estuviera recordando quién realmente

dirige nuestra casa, Delfina prepara huevos revueltos *para la cena*.

—¡Los comeremos ahora, ya que son tan frescos! —Coloca un plato lleno de lo que parecen ser nubes amarillas y esponjosas frente a mi padre y, con los ojos llenos de picardía, le entrega un tenedor.

Mamá le hace un guiño a Delfina y luego vuelve su atención hacia mí.

—¿Cómo fue tu día en la escuela, Celeste?

La escuela nunca deja de ser extraña... viendo cada día los escritorios vacíos. Apenas se menciona lo que sucedió durante la dictadura. Pero en cambio, digo:

—¡Estamos leyendo *Cumbres borrascosas* en mi clase de inglés avanzado!

—¡Oh! —exclama la abuela Frida mientras camina lentamente hacia la mesa del comedor—. Emily Brontë. ¡Cómo conoce el amor! —Nos habla en alemán. Su voz es tan animada como la de una niña—. ¡El capítulo nueve me puso la piel de gallina! Lo leía una y otra vez cuando tenía tu edad, Celeste. —La abuela Frida cierra los ojos. Luego, como si estuviera leyendo una página en su mente, comienza:

—*Si todo pereciera y él se salvara, yo podría seguir existiendo; y si todo lo demás permaneciera y él fuera aniquilado, el universo entero se convertiría en un desconocido totalmente extraño para mí.*

Qué parecida a mi abuela soy, pienso, mientras empiezo a traducir las palabras del alemán al español para la nana Delfina. ¡Mi propia copia del libro se abre en ese mismo pasaje cada vez que lo dejo sobre su lomo porque lo he leído tantas veces!

Todos disfrutamos de los rayos de la sonrisa de la abuela Frida. Pero entonces la luz de sus ojos comienza a apagarse de nuevo. Ella se queda callada. ¿Extraña a mi abuelo José? Pienso en Lucila. Sé que el pasaje habla del amor entre Catherine y Heathcliff, pero de alguna manera siempre me recuerda a Lucila. ¡Debe estar viva en alguna parte! Así que todos —yo, Cristóbal, Marisol... especialmente Marisol— debemos "seguir existiendo".

Después de la cena, me siento en el columpio violeta debajo del árbol de eucalipto. Me siento impaciente... pero, ¿por qué? Porque quiero que mi amiga vuelva, eso sí, pero también por otra razón. Quiero que suceda algo... ¿pero qué?

Veo a la nana Delfina caminando por el jardín hacia mí. Empieza a hablar con el tono severo que significa *escúchala a Delfina,* que conozco desde pequeña.

—Niña Celeste, tu nana Delfina te conoce muy bien. Estás llena de preocupaciones. Delfina entiende. Pero Delfina piensa que lo que la niña Celeste necesita hacer es encontrar un propósito. Con demasiada frecuencia mi

Celeste quiere estar sola. Delfina se ha dado cuenta de esto... Delfina tiene un proyecto para su niña.

Delfina hace una pausa y mira hacia el suelo.

—Si lo aceptas... —Su voz suena nerviosa. ¡La nana Delfina nunca ha tenido vergüenza de pedirme a mí, o a cualquier otro miembro de la familia, que hagamos algo! De hecho, ¡es *ella* la que *nos* dice qué hacer!

—Sigue, Delfina —la animo, acariciando el columpio color rosado a mi lado. La nana Delfina mira de un lado a otro para asegurarse de que los vecinos no estén mirando, y luego se echa el delantal por encima del hombro y se sube al columpio.

Con el rostro tan serio como siempre, incluso con las piernas colgando en el aire, Delfina continúa:

—Niña Celeste, aunque nuestra familia nunca habla de esto, probablemente para no avergonzar a Delfina, sabes que a Delfina le cuesta leer y escribir...

Miro mis propios pies colgando ociosamente encima del pasto. De repente me siento avergonzada por todo lo que tengo cuando mi nana tiene tan poco y pide menos.

—Sí, nana Delfina, lo sé.

—Delfina solo asistió a la escuela unos dos años. Delfina tuvo que caminar casi una hora para llegar. Ya sabes que Delfina no consiguió su primer par de zapatos hasta que llegó a Valparaíso. Por eso, cuando era niña, los días en que el suelo se congelaba, mis hermanos y yo nos quedábamos en casa... Y poco a poco parecía más importante quedarse en casa y ayudar a los padres de Delfina con el trabajo allí. Delfina empezó a tejer chales con su mamá para venderlos en los mercados, cocinar y cuidar a su hermanita.

Pateo mis piernas hacia adelante y salto desde el columpio para aterrizar justo al lado de Delfina. Me asombra descubrir que ahora soy más alta que ella y ni siquiera me había dado cuenta.

—¡Entonces te voy a enseñar a leer! ¡Espera aquí mismo! —Corro hacia la casa y subo por las escaleras a mi habitación. Saco todas las cajas de mi armario y busco en ellas. Pronto hay pinturas de dedos, álbumes de fotos y muñecas esparcidos por el piso a mi alrededor. ¡Tiene que estar aquí en alguna parte! Por fin, en el fondo de una caja de vestidos viejos, ¡encuentro mi viejo libro de fonética del segundo grado!

Salgo corriendo a los columpios.

—¡Empecemos ahora mismo, nana Delfina! —le digo mientras abro el libro a la página uno y le indico que se siente en el suelo a mi lado. Nos sentamos allí bajo el eucalipto y hablamos de los sonidos que hace cada letra del alfabeto. Luego combinamos letras para formar palabras simples. Comenzamos con tres, luego cuatro y cinco letras.

Recuerdo que así aprendí a leer, sentada en el regazo

de papá. Hacíamos oraciones que rimaban para que yo pudiera aprender letras y combinaciones y los sonidos que hacen:

—Este era un gato que tenía los pies de trapo y la cabecita al revés.

Delfina sonríe con picardía.

—¿Qué tal, "Celeste es pequeña, pero su cerebro la hace risueña"?

Me río hasta que me duele el costado.

—¡Nana! ¡Eres poeta!

¿Dónde están?

El domingo amanece nublado. Me siento a la mesa de la cocina donde sigo leyendo *Cumbres borrascosas*. Delfina se sienta a mi lado. Está practicando escribir y copiar una página de mi antiguo "cuaderno de palabras". De vez en cuando me tira de la manga para que la ayude a sonar una palabra. "Ser... en... dip... ia".

—¡Oh, como la magia de Delfina! —exclama, y sus ojos se iluminan.

—Algo así —le digo mientras pienso que enseñar algo que sabes es tan difícil como aprender algo nuevo—. Es un tipo de magia que la gente llama "buena sincronización".

Nana vuelve la mirada a la página y escribe la palabra. Veo su temblorosa *S* subir y bajar en la página.

—Qué misterioso es aprender a leer, Celeste —me dice Delfina mientras forma lentamente la *r*—. Todas estas palabras hablan con Delfina, pero lo hacen en silencio.

El teléfono nos interrumpe. Delfina se levanta y corre hacia el pasillo. Unos minutos después regresa.

—Es tu amiga, Marisol —me dice, con el lápiz ya en el papel.

—¡Hola amiga! ¡Me alegra que hayas llamado! ¿Adivina qué? Le estoy enseñando a la nana Delfina a...

Marisol me interrumpe a toda prisa.

—¡Cristóbal acaba de llamarme! ¡Vamos a la plaza Aníbal Pinto!

—¿Por qué van allí? —le pregunto, un poco molesta porque Cristóbal llamó a Mari primero, ¡y luego me siento molesta conmigo misma por estar molesta por eso! *¿Qué me importa? No es que me guste Cristó...*

—Para participar en la manifestación.

—¿Qué manifestación?

Marisol baja la voz.

—Mis padres no quieren que vaya. Las personas que quieren saber qué les pasó a los familiares y amigos desaparecidos durante la dictadura se están reuniendo frente a los edificios del gobierno. Están exigiendo información... Quieren saber si los desaparecidos siguen vivos o... si no... lo que el gobierno ha hecho con sus cuerpos... —Hace una pausa. Mi corazón late rápido—. Oí a un hombre hablando en el teleférico. Dijo que muchas personas que perdieron a sus seres queridos durante la dictadura se reúnen en una de las principales plazas de Valparaíso todos los domingos.

—Voy con ustedes, Mari —le digo decididamente.

—¡Encontrémonos frente al Café Iris en una hora —me dice— ¡y trae paraguas!

Abro el armario de los abrigos y saco mi impermeable.

—¡Nana! —Asomo la cabeza en la cocina—. Voy a salir un rato con Marisol. —Me estremezco... No es mentira exactamente pero tampoco es toda la verdad—. Podemos repasar la lista de palabras cuando regrese.

Delfina mira hacia arriba.

—Vuelve a tiempo para la cena, querida. No quiero que tus padres se preocupen.

Corro rápidamente a la habitación de la abuela Frida donde está durmiendo la siesta con su plato de limones a medio chupar en la mesita de noche. Le beso la frente. Ella entendería por qué tengo que ir a esta manifestación.

Me encuentro con Marisol y Cristóbal fuera del café. Lo primero que veo es el cartel en las manos de Marisol. La imagen de Lucila, más grande que la vida... Sus ojos como almendras... El hoyuelo en el mentón. Y abajo, las palabras: LUCILA LÓPEZ, 14 AÑOS.

La plaza Aníbal Pinto, una de las plazas más grandes de la ciudad, está abarrotada de gente con grandes carteles como el de Marisol levantados por encima de sus cabezas. ¡Tantas fotos de personas desaparecidas! ¡La mayoría parece tan joven!

Otros carteles tienen letras gigantes en pintura roja

con preguntas como: ¿DÓNDE ESTÁN? O en pintura negra exigiendo: ¡JUSTICIA!

Estoy asombrada por la cantidad de rostros de personas desaparecidas que se agitan en el aire y la cantidad de rostros desconsolados debajo de ellos. Oleaje tras oleaje de personas con el corazón roto, pero también esperanzadas. Algunas parecen enojadas. Algunas tristes. Algunas cuyas bocas gritan, "¡*JUSTICIA!*".

Marisol aprieta la foto de Lucila contra su pecho y

se abre paso a codazos entre la multitud. Cristóbal y yo la seguimos hasta el centro de la plaza. Cientos de personas marchan en un enorme círculo.

Corean: "¡Se los llevaron vivos! ¡Los queremos de regreso vivos! ¡Que nos digan dónde están! ¡Que nos digan dónde están!".

A nuestro alrededor, los manifestantes golpean ollas y sartenes. *¡Pum, pum, pum!* Se golpean cucharas contra cacerolas de metal y las tapas de las ollas se juntan como címbalos desafiantes.

Los estudiantes de la universidad se lanzan a las calles tocando trompetas, flautas y tambores. *Taruntun tun. Tarun tun tun.* "¡¿Dónde están?! ¡¿Dónde están?!".

Dentro de mí vibran ecos de voces y sonidos metálicos. La lluvia comienza a caer. Cada vez más fuerte, la lluvia golpea el suelo como si marchara con nosotros. Grita como una sartén abollada.

—¡Miren! —Cristóbal señala con el dedo—. ¡Allí están Marta Alvarado y el señor Castellanos!

—¿Dónde?

—¡Allí! ¡Junto a la fuente! ¿Ven el abrigo rojo de nuestra maestra?

Cristóbal nos toma a cada una de la mano y nos lleva hacia nuestros maestros. Parecen sorprendidos de vernos. Es difícil escucharse entre la multitud que grita, pero

Marta Alvarado me hace un gesto para que me acerque y me susurra al oído:

—¡Estás participando en la historia de tu país, Celeste! —Nuestros ojos se encuentran. Su sonrisa es valiente.

Ella solía tener todas las **respuestas**

El domingo por la noche cuando todos buscan un lugar tranquilo para descansar después de comer las empanadas, encuentro a mamá sentada en el sofá verde junto a la abuela Frida, que se ha quedado dormida en su mecedora. El poema, "Puedo escribir los versos más tristes esta noche", de Pablo Neruda está abierto en el regazo de mamá, y ella está mirando por la ventana con el mentón apoyado en la mano.

—Hola, mamá —susurro mientras la envuelvo con una de las bufandas azules de la abuela Frida, que está a medio terminar, pero es lo suficientemente larga para los delicados hombros de mi madre.

—Hola, querida. —La cara de mamá se ve cansada.

Mi madre empuja el libro a un lado y extiende los brazos.

—Ven aquí, mi pequeña. Aún eres lo suficientemente pequeña para sentarte en mi regazo, y se te nota que tienes algo serio que decirme. —La abuela Frida se mueve un poco pero no se despierta. Últimamente pasa mucho tiempo durmiendo. "Es más cómodo allí en el mundo del sueño", nos dice.

Qué bueno es poder sentarme todavía en el regazo de mamá, aunque tengo trece años.

—Mamá te tengo a ti y a papá de vuelta conmigo, pero Lucila todavía está desaparecida... y muchos otros también... A veces me avergüenzo de lo afortunada que soy...

—Todo lo que podemos hacer es estar agradecidos, Celeste.

—¡Lo sé, mamá! ¡Pero quiero *hacer* algo!

Mamá se lleva un dedo a los labios.

—¡Shhh, hija mía! No despiertes a tu abuela. —No me había dado cuenta de que mi voz se había vuelto tan fuerte.

—Y no es solo eso, mamá —le susurro—. ¡¿Por qué *nadie* está haciendo *nada*?! ¿Por qué la presidenta Espinoza no puede enviar equipos de búsqueda? ¿Por qué no puede encarcelar a todos esos militares que hicieron cosas tan horribles? El general no fue el único malvado... ¡No todos podemos fingir que no pasó nada!

Mamá está callada. Solía tener todas las respuestas, pero ni siquiera ella puede saber por qué ocurren tantas cosas injustas en este mundo.

—Tal vez, Celeste, algún día me expliques todo esto. Yo todavía no lo sé... —Apoya el mentón en mi cabeza y suspira—. Tal vez seas tú una de las personas que marque una diferencia.

La **tarea**

Al final de la clase de Literatura Española el lunes, Marisol y yo nos acurrucamos para hablar de la manifestación.

—¿Tus padres se enteraron de que fuiste? ¿Crees que esas manifestaciones realmente ayudarán a encontrar a Lucila?

—Tal vez, si alguien la hubiera visto...

Nos interrumpe la voz retumbante del señor Castellanos.

—Señorita López. Necesito hablar un momento con la señorita Marconi.

—¡Está bien, señor Castellanos! —Marisol me lanza un signo de interrogación con la mirada y sale corriendo del aula. Trago. ¿Quiere hablarme de las protestas? ¿Me va a decir que es demasiado peligroso? ¿Tal vez quiere preguntarme si mis padres saben que participé? Cosa que... bueno, que no les he dicho todavía.

—Celeste, siéntate. —Me señala un asiento en la primera fila—. ¡Tengo excelentes noticias para ti! —Respiro un audible suspiro de alivio.

—Hoy Juana Ross recibió una carta del Ministerio de Educación firmada por la presidenta Espinoza. Quiere que los jóvenes de Chile escriban cartas sobre lo que quieren para este país que estamos reconstruyendo. Es un concurso llamado "Mi sueño para mi patria", y el premio es una beca para asistir a la universidad. Además, la carta que gane se publicará en el diario más importante del país, *El Mercurio*. —Hace una pausa, sosteniendo la carta—. Quiero que *tú* escribas una carta Celeste. Usa tu don de palabras y todas las experiencias que has adquirido en los últimos años para mostrarle a Chile lo resilientes que somos y las maravillosas posibilidades que nos aguardan en el futuro.

Mi corazón comienza a latir con su familiar latido de mariposa. ¿Yo? ¿Yo? Apenas sé qué decir, así que tartamudeo:

—Lo... pensaré... señor... Castellanos.

Sacude la cabeza con ojos severos, pero con una leve sonrisa.

—No, Celeste Marconi. Te conozco, y sé que escribirás esa carta. Nos entregaron un sobre oficial para que la escuela pueda enviar la carta escogida por correo. La espero en mi escritorio en no más de una semana. —Luego me sonríe—. Considera esta tarea la más importante que jamás te daré.

Asiento con la cabeza e instantáneamente siento

el peso de la responsabilidad sobre mis hombros... esa palabra que mi padre siempre dice con una prolongada *rrrr* para enfatizar. Pero, curiosamente, no me hace encorvarme ni hundirme en el suelo. De alguna manera extraña, ese peso me hace enderezarme.

Decido caminar todo el camino a casa en lugar de tomar los teleféricos. El sol de la tarde arroja hermosas sombras sobre las calles adoquinadas. Saludo a los jugadores de ajedrez en la plaza y, como de costumbre, don Gregorio se quita la gorra de pescador y me saluda con la cabeza. A veces me paro a charlar con él, pero hoy solo quiero estar sola para pensar. ¿Ha llegado el momento de dejar que otros lean mis palabras? ¿Que todo el país las lea? ¿En un periódico? ¡Aún no te has ganado ese premio, Celeste! ¡Tienes que escribir algo primero!

Pienso en Kim, en Tom, en Charlie y Valerie, en la señorita Rose, en Lucila y Ana, en la abuela Frida, en todas las personas a las que les prometí que algún día llegaría a ser escritora. Nunca en mi vida me he sentido tan emocionada ni tan aterrorizada al mismo tiempo.

Mi sueño para
Chile

Todo el día del sábado estoy preocupada por la carta, pero parece que encuentro muchas excusas para no escribirla: estudiar para mi examen de Biología, probarme los aretes de plata de mamá y admirarlos en el espejo, leer un poco más de *Cumbres borrascosas*, dormir una siesta en el sofá verde en el salón de la abuela Frida mientras ella duerme en su mecedora...

Todo menos una media luna del brillante sol anaranjado ha sido tragado por el mar en el puerto de Valparaíso cuando me arrastro hasta mi posadero favorito en la azotea con mi cuaderno, un bolígrafo y una almohada.

—¡Celeste! —llama mi padre—. ¿Quieres que te traiga una vela para que puedas ver lo que estás escribiendo?

¿Cómo sabe mi familia que estoy escribiendo en este momento? ¡Es *tan* difícil tener privacidad por aquí!

—No gracias, papá. Estoy bien. —Intento ignorar mi malestar, pero mi voz se oye como un grito y un suspiro a la vez—. Las estrellas serán mi vela; ¡pregúntale a mamá cómo lo hacía ella cuando era niña! —Escucho a mi padre reírse y luego oigo sus pasos descendiendo por las crujientes escaleras de madera.

Llevo conmigo la caracola de la tía Graciela. Respiro hondo y me la acerco a la oreja. El sonido del mar con su lenguaje mudo de ritmos constantes me tranquiliza. Escucho las mareas y mi cuerpo se balancea lentamente hacia adelante y hacia atrás, hacia adelante y hacia atrás, hasta que, por fin, estoy lista para escribir.

Gracias, Presidenta Espinoza, por invitar a los jóvenes de Chile a compartir con usted nuestros sueños para nuestra patria. Aprovecho esta oportunidad para escribirle con humildad y gratitud. Mi abuela Frida, que vino a Valparaíso como refugiada judía de la Austria ocupada por los nazis, me enseñó que colocar estas dos palabras, "humildad" y "gratitud", la una al lado de la otra, es la ofrenda más generosa en cualquier idioma.

Soy de la ciudad portuaria de Valparaíso. Mi ciudad me recuerda a un balcón por la forma en que siempre se tambalea más y más hacia el océano. Desde este balcón, y desde la azotea de mi propia casa en el cerro Mariposa, pienso y escribo sobre lo que podría ser mi país.

Poco después de que el dictador llegó al poder, mis padres tuvieron que esconderse. Yo estuve exiliada en el estado de Maine en el extremo norte de los Estados Unidos, lo más lejos de Chile que uno se pueda imaginar. Estuve allí durante casi dos años. Ahora estoy en casa, pero por la noche cuando miro las luces sobre el puerto de Valparaíso, también veo el puerto de Juliette Cove en Maine. He aprendido que, aunque el planeta Tierra es inmenso y diverso, nuestro mundo es verdaderamente uno. Los oleajes de un mismo océano nos mueven a todos en estas tierras interconectadas que solo imaginamos como separadas unas de otras. A la gente le gusta pensar en sí misma como individuos, pero creo que en nuestro corazón los chilenos pensamos de manera diferente. Entendemos el significado de la palabra solidaridad. Comprendemos que lo que le pasa a un vecino también nos pasa a nosotros.

Amo mi país. Está lleno de gente generosa y valiente. Tantas veces nuestras ciudades y nuestros pueblos han quedado en ruinas, y tantas veces los hemos reconstruido de nuevo. Y en nuestra historia más reciente, miles de personas, algunas solo un poco mayores que yo, fueron desaparecidas. Y aunque todavía no hemos visto muchas de sus caras, creo que son concursos como este los que inspirarán a mi generación a asegurarse de que nos elevemos unos a otros a un lugar del que Chile no pueda volver a caer. Los terremotos no pueden destruir nuestros sueños.

Estimada Presidenta Espinoza, quiero trabajar para acabar con el analfabetismo en nuestro país. Mi sueño para el nuevo Chile es que todos los chilenos aprendan a leer y escribir. Siempre me ha gustado leer y sueño con ser escritora algún día.

También es mi sueño que todos los habitantes de Valparaíso, y con el tiempo todos los pueblos y las aldeas de Chile, tengan acceso a clases de alfabetización gratuitas. Sueño con que puedan tomar estas clases sin gastar dinero en transporte ni perder salarios. Creo que esta es la clave para nuestra libertad. Leer y escribir, que significan la capacidad de aprender y expresarse libremente, ayudarán a Chile a recuperarse de nuestro pasado y crear un futuro feliz.

*Atentamente,
Celeste Marconi
Cerro Mariposa*

Los **fuegos artificiales**
sobre el puerto

¡Ha llegado la Nochevieja! Es una noche calurosa de verano, y aunque me peiné y me peiné más para suavizar mi cabello, puedo sentir los pequeños rizos que comienzan a brotar en la parte posterior de mi cuello.

—¿Quién es esta joven elegante? —Mamá se ríe mientras me ve modelar mi atuendo de Año Nuevo. Llevo sus aretes de plata y su vestido de verano azul con flores amarillas que le pertenecía cuando tenía mi edad. La nana Delfina levantó el dobladillo para que me quedara bien, y me encanta cómo la falda tiene un poco de crinolina, así que se abre en forma de abanico desde la cinta amarilla en mi cintura. Siempre me ha encantado este vestido. Cuando era pequeña, lo llamaba el vestido ranúnculo.

—Ahora, ponte un poco del lápiz labial rojo que te dio la abuela Frida, ¡pero no lo suficiente como para que tu padre frunza el ceño y te agarre de la falda para que no salgas a la calle! —Mamá, mi cómplice, me sonríe.

Me sonrío en el espejo. Doy un giro final para que mi madre pueda verme en su vestido y le digo:

—¡Mamá, me alegro de que nunca tires nada! Me encantan las prendas anticuadas.

Ella gime y me arroja una almohada.

—Bueno, qué suerte tienes de tener una madre tan vieja a quien pedirle prestados vestidos —se burla de mí con una risa triste.

—Mamá, todavía eres conocida en el cerro Mariposa como la hermosa Esmeralda con la sonrisa de luciérnaga, y siempre lo serás. —Me aprieta con fuerza y huelo su fragancia a agua de rosas—. Mamá, ¿puedo ponerme un poco de tu perfume? —Ya estoy corriendo por el pasillo hacia su dormitorio.

—¡Solo un poco! —exclama—. El frasco está en mi tocador. ¡Ahora, recuérdame tu plan para esta noche para que no me preocupe por ti! —Vuelvo oliendo a un jardín de rosas.

—Voy a encontrarme con Marisol y Cristóbal en el muelle Vergara a las once. Le dije a papá que me reuniré con ustedes en la estatua alrededor de las tres para regresar a casa juntos.

Le doy un beso de despedida en ambas mejillas.

—¡Donde la estatua parece un lugar tan desafiante como cualquier otro para encontrarte entre miles y miles de personas! —dice mi madre con un bostezo—. Puede que tu mamá anticuada necesite echar una siesta antes de bajar al puerto. ¡Bueno, supongo que los fuegos artificiales me despertarán! —Poco a poco el espíritu farrista de mi madre está regresando.

—¡A menos que te hayas vuelto demasiado sorda para oírlos, mamá! —le grito.

—¿Qué, querida? ¿Qué acabas de decirme? ¡No te oí!

Me río de su tontería. "Bienvenida de nuevo, mamá", me susurro a mí misma.

Bajo por los cerros en un teleférico lleno de gente luciendo ropa brillante, sosteniendo perejil y claveles para la buena suerte, así como racimos de uvas para pedir doce deseos a la medianoche.

Me apretujo entre la multitud de personas en la plaza y llego al muelle Vergara. Tal vez sea porque recuerdo la Nochevieja nevada y tranquila que pasé con la tía Graciela en Maine, o tal vez sea porque Chile está volviendo a la vida, pero las calles parecen más ruidosas y estridentes de lo que las recordaba. Hay personas con máscaras, bengalas, velas y serpentinas. Hay mujeres que visten trajes de samba y hombres que fuman dos cigarros a la vez. Hay parejas de ancianos y parejas de jóvenes bailando la cueca con pañuelos blancos en la mano. Y hay niños que sostienen tantos globos que es un milagro que no se echen a volar. Junto al aroma de empanadas y humitas, la música flota desde todos los rincones de la plaza. Oímos tango, rocanrol, tambores africanos, música disco, canciones folclóricas tradicionales chilenas.

Apenas puedo ver por encima de las cabezas de la muchedumbre así que subo al techo bajo de la confitería de don José. De repente, veo a Marisol. Está llamando la atención a los hombres cuyos cigarros se les caen de las bocas mientras miran a mi amiga pasear por el muelle luciendo un vestido rojo nuevo. Su brazo está entrelazado con el de Cristóbal. Él parece estar sosteniéndola. No puedo ver, pero estoy segura de que lleva tacones rojos muy altos que la hacen tambalearse. Y hay alguien detrás de ellos. Olvidé que Cristóbal me había dicho que iba a invitar a alguien a acompañarnos esta noche. Cuando se acercan a mí, veo a una chica con una falda de verdemar con la cabeza inclinada hacia abajo y el pelo que parece dorado a la luz de la luna.

Cristóbal me ve.

—¡Hola, Celeste!

Marisol grita:

—¡Es hora de un nuevo comienzo, amiga! —y casi se cae. Ella agarra a Cristóbal y casi se derrumban de la risa. La chica detrás de ellos levanta la cabeza y me mira a los ojos.

¡Gloria!

Nos miramos la una a la otra por un momento. No sé qué hacer ni qué decir. Una parte de mí quiere correr hacia ella con los brazos abiertos de par en par, y otra parte quiere gritarle: "¿Por qué no me apoyaste? ¿Por qué fingiste no conocerme? ¿Qué te pasó?".

Ella me mira con sus brillantes ojos color avellana. ¿Estará pensando lo mismo de mí? Camina lentamente hacia mí y saca un clavel rojo del moño trenzado en la nuca. Levanta la mano y yo extiendo la mía para aceptar la flor. Luego extiendo mi otra mano hacia ella, y ella la rodea con las suyas. Tiro para ayudarla a subir al techo de la tiendita de don José.

—¡Ay! ¡Celeste! ¡Ayuda! —Ambas casi nos caemos y la escucho hacer un sonido suave entre una risa y un sollozo. La abrazo, un abrazo que espero le diga todo lo que no sé decirle... que a pesar de las diferencias entre nuestros padres, a pesar de todo lo que pasó, ella sigue siendo mi amiga.

—Amiga, ¿qué te pasó? —le susurro.

—Debería preguntarte lo mismo —me responde.

De repente, dos pares de brazos más nos rodean.

—¿Podemos unirnos a ustedes? —Marisol se ríe. Y los cuatro nos sentamos en el techo inclinado de la tienda de don José en el muelle Vergara con los brazos alrededor de los hombros del otro. Compartimos una bolsa de semillas de girasol fritas y vemos quién puede escupir las cáscaras más lejos adentro del agua, y esperamos a que el reloj dé la medianoche.

—¡Cristóbal, no te duermas! —Gloria lo golpea en las costillas.

—¿No te has fijado que ahora solo se duerme una o dos veces al día? —Marisol sale en su defensa—. ¡A menos que esa chica mayor, María Carlota Fuentes esté cerca! ¡Entonces está bien despierto!

Cristóbal se está ruborizando, su rostro está del color de una betarraga. Marisol y Gloria se mueren de risa. De repente pienso en Lucila. Ahora mismo estaría diciendo: "¡Oh, dejen en paz al pobre Cristóbal! ¡Él no puede impedir que esa chica sea tan coqueta y use rímel negro que hace que sus ojos lo atrapen como una mosca en una telaraña!". Puesto que no está aquí, lo digo por ella. La siento cerca de nosotros. Una suave brisa se eleva desde el puerto. Marisol se acerca y me aprieta la mano. Ella también debe sentir a su prima. Siento escalofríos por todo el cuerpo.

—¡Amigas! —Cristóbal saca el reloj de su padre del bolsillo de su chaqueta—. ¡Falta un minuto para la medianoche! —Rápidamente nos entrega los racimos de uvas que su madre empacó para que podamos ponerlas una por una en la boca cuando el reloj marque la medianoche. Cada uva representa un deseo para el año nuevo. De repente todo Valparaíso resuena como una sola voz: "¡Feliz Año Nuevo en la ciudad y el mar!".

¡Bong! ¡Bong! ¡Bong! Mientras el reloj cuenta cada

hora, me como una uva jugosa y pido un deseo: la verdad para todos los que la buscan; la luz que se encuentra en ágatas junto a la orilla para los que están tristes; el coraje para escribir con el corazón abierto...

—¡Vamos, Celeste! —Mis amigos me ayudan a bajarme del techo para que podamos unirnos a la muchedumbre que baila en el muelle. Alguien me da un vaso de limonada que sabe más a champán, y me la trago, sedienta y eufórica. *¡Pum! ¡Pum!* Los fuegos artificiales estallan en el cielo —de color turquesa, violeta, dorado— entre vítores y manos que se agitan y que aplauden. Las voces comienzan a gritar: "¡Viva Valparaíso! ¡Viva Chile!". Cristóbal grita: "¡Viva Chile! ¡Viva la libertad! ¡Viva la presidenta Espinoza!".

Y escucho a Gloria murmurar suavemente: "¡Que viva!".

La **biblioteca**
secreta

—Ve y fíjate si tu abuela está bien, por favor, Celeste, y luego ven a ayudar a Delfina a pelar papas.

—Sí, nana Delfina.

Camino lentamente hacia el salón.

—Abuela, ¿quieres comerte unos limones? —Intento tentarla con una de sus frutas favoritas. Últimamente tiene poco apetito.

La abuela Frida niega con la cabeza.

—Ya no puedo saborear su acidez —me dice.

Mamá y papá trasladaron la cama de la abuela Frida, con sus postes tallados con ramas de uvas y rosas, al salón para que ella pudiera ver el puerto desde la ventana. Durante los días, se acuesta debajo de su colcha azul, apoyada con tantas almohadas como Delfina puede caber detrás de ella sin que se caigan de la cama. La luz del sol entra por la ventana abierta como una flor que florece ante su rostro. Y ella lo observa todo.

Mi abuela es tan pequeña y delgadita en su amplia cama. Me siento a su lado y, a veces, hablamos, pero la mayoría de las veces solo miramos por la ventana nuestro jardín y el camino que baja por el cerro Mariposa desde nuestra puerta, y en la distancia el puerto con los barcos y sus velas onduladas.

—Abuela, tu cabello crece más y más a cada minuto —le digo mientras le peino suavemente los rizos con el pequeño peine de marfil que trajo aquí de Austria cuando solo tenía un año más que yo ahora.

Le enrollo el cabello en un moño en la nuca: la forma elegante que ha usado todos los días desde que la conozco. Luego la ayudo a empolvarse las mejillas y la nariz con el fino polvo de arroz que ama tanto. Parpadea y dice:

—Celeste de mi alma, dame tus manos. —Se las ofrezco, cubiertas de polvo de arroz. Ella las toma con sus propias manos delicadas y me las aprieta. Su repentina muestra de fuerza me sorprende.

—Estas manos tuyas son tan pequeñas, pero hacen mucho bien. Úsalas para escribir, siempre. Y... —Sus ojos brillan con el entusiasmo juvenil—. Tengo otro trabajo importante para ellas.

—¿Qué trabajo, abuela?

—Es una tarea importantísima. Una que comencé y que tú terminarás.

Tengo mucha curiosidad e impaciencia y por eso empiezo a moverme de un lado a otro, agitando un poco el colchón.

—¡Ay, Celeste, soy demasiado vieja para tenerte

brincando en la cama como cuando eras pequeña! —La abuela Frida se ríe—. Tráeme mi chal de la mecedora, querida... el que se parece a la piel de una cebolla, y te diré todo lo que necesitas saber.

Pongo el chal diáfano de color melocotón sobre los hombros de mi abuela y luego me siento suavemente en la cama a su lado.

—Ahora bien... A ver. —La abuela Frida se aclara la garganta y comienza—. Durante los años que viviste en Juliette Cove, mucha gente llamó a nuestra puerta con los brazos llenos de libros, pidiéndome que los escondiera y que los mantuviera a salvo. Como sabes, el dictador había ordenado a los soldados que asaltaran todas las casas en todos los cerros y que quemaran cualquier libro que él llamara "peligroso". Eso significaba libros con ideas que no le gustaban, en especial los que tenían ideas sobre la libertad individual y la libre expresión. Las personas que vinieron a verme me pidieron que guardara sus libros para que, sin importar lo que sucediera en el presente, las generaciones futuras pudieran leerlos. Escondí todo tipo de libros: los viejos y los nuevos, libros de poesía, de astronomía, de historia y de psicología...

—¡Abuela Frida! —exclamo—. ¡Qué cosa tan peligrosa y tan valiente! ¿Libros prohibidos escondidos aquí? ¿Cómo pudiste guardar esto en secreto todo este tiempo? ¿Quién más sabe acerca de esto?

Tengo tantas preguntas, pero la abuela Frida me dice tranquilamente:

—Celeste de mi alma, escucha y todo se revelará en su momento.

—Sí, abuela. —Estoy alerta, con la espalda recta contra la cabecera de su cama—. Sigue, por favor. Te escucho.

—¡Ejem! —Mi abuela continúa su historia en alemán—. Celeste, nunca tuve el corazón para decirte esto hasta hoy, pero los soldados también invadieron nuestra casa mientras estabas en Juliette Cove. Entraron aquí con sus perros que intentaban mordernos y con sus botas sucias. Pero nunca encontraron nada aquí salvo a dos ancianas, una sentada en su mecedora tejiendo una bufanda azul y la otra en la cocina pelando maíz. Sé que siempre te digo que seas una dama, pero confieso que cuando esos soldados vinieron a la casa les escupí semillas de limón, y estoy orgullosa de haberlo hecho. Para Delfina y para mí, una campesina mapuche y una judía austriaca, el tiempo de temerle a la ignorancia vestida de uniforme ya pasó hace mucho tiempo.

—¿Soldados? ¿Aquí? ¡Ay, abuela, no! —Niego con la cabeza, evitando pensar en soldados asaltando a la nana Delfina y a mi abuela. No estoy dispuesta a pensar en lo que podría haberles pasado.

La abuela Frida me da una palmadita en la mano.

—Está bien, Celeste. Ya sabes que soy una anciana con demasiada experiencia con tales cosas.

—Sí, abuela. Ya lo sé. —Me seco las lágrimas y resoplo.

—Ahora, guarda tus lágrimas para momentos felices y escucha. Cuando yo tenía tu edad, los nazis quemaban libros, pero yo aprendí a esconderlos. Nunca pensé que tendría que depender de esa habilidad de nuevo. Pero, Celeste, escondí todos los libros que me dieron los ciudadanos de Valparaíso, junto con los nuestros, en una parte de la casa que ni siquiera sabes que existe. Sí, incluso tú que te escondiste debajo de las mesas para escuchar a escondidas de niña, no sabes de un pequeño escondite debajo de las escaleras. Tus padres tampoco lo sabían hasta que se lo conté anoche. Les conté la misma historia que te estoy contando ahora. También les hablé de la importante tarea que te estoy dando. El abuelo José y yo hicimos construir la casa de esta manera, con un lugar secreto que solo nosotros dos conocíamos, porque el miedo a la Shoah aún vivía dentro de nosotros.

Niego un poco más con la cabeza.

—¡No puedo creer que en todos los años de esconderme por toda esta casa nunca vi nada! ¿Y mamá? ¿Después de todos sus años de vivir aquí?

—Bueno. —La abuela Frida luce la sonrisa de una niña traviesa—. El escondite fue construido por expertos como un secreto que debía guardarse. La puerta es pequeña. Tienes que agacharte para encontrarla, y está oculta por el empapelado. No hay pomo. Se tiene que quitar con cuidado una pequeña solapa del empapelado, insertar una llave en el ojo de la cerradura y abrir la puerta.

La abuela Frida señala el cajón de la mesita de noche junto a la cama. Lo abro y saco una llave de cobre grande y antigua. Miro la llave y luego a mi abuela, boquiabierta de asombro.

Ella sonríe con orgullo y continúa.

—Todos los días, mientras no estabas, tuvimos que quitar el empapelado y volver a colocarlo. Cristóbal venía con pasta y yeso y nos ayudaba con eso a menudo. Pregúntale al respecto. Estoy segura de que aún no te lo ha dicho porque le pedí que no lo hiciera. Cristóbal llegará a ser un buen hombre algún día, Celeste.

—¿Cristóbal las ayudó? ¿De verdad? —La historia que me cuenta la abuela Frida es tan inesperada y aún más maravillosa.

—¡De verdad! —Ella se ríe—. Ahora, escucha atentamente, Celeste. El escondite está lleno de lo que espero que se convierta en una biblioteca. Los libros están en cajas de verduras que nos prestó la madre de Cristóbal y están envueltos en mantas y mis bufandas azules. Celeste, quiero que los organices en una biblioteca itinerante para la gente de Valparaíso.

—Abuela, ellos mismos construyeron su propia biblioteca, ¡sin siquiera saberlo!

—Exactamente. —La abuela Frida me guiña un ojo—. Y ahora quiero que estas manitos tuyas se junten con las mías y que luego hagan frente al gran trabajo que te he dado.

Tesoros

Es como entrar en un laberinto. El escondite debajo de las escaleras está lleno hasta el tope de cajas atiborradas. Hay mantas y capas viejas desparramadas al azar sobre las diversas formas. Reconozco una manta carmesí que Delfina trajo de su casa en el sur. Huele a humo y canela, y cuando la levanto veo debajo una colección de libros escritos por un científico británico llamado Charles Darwin. Me arrodillo y hojeo las páginas con entusiasmo. La señorita Alvarado nos enseñó sobre Darwin y su viaje en el Beagle a las islas Galápagos de Ecuador y cómo desarrolló su teoría de la evolución cuando notó diferencias entre los pinzones de cada isla.

Sobre una caja reconozco el vestido de percal que lleva la abuela Frida en la fotografía en que sostiene a la tía Graciela días después de su nacimiento. En el interior hay libros de poesía del poeta hindú Rabindranath Tagore y de la querida Gabriela Mistral de Chile. También encuentro una novela para jóvenes llamada *Corazón* de un italiano llamado Edmondo De Amicis. Y en la parte trasera del escondite, envuelto en chales de seda como los que llevaría una princesa hindú, encuentro *Las mil y una noches*, una colección de cuentos populares del Medio Oriente y el sur de Asia.

¿Cuántas veces se habrá metido aquí la abuela Frida para esconder estos libros? Me quedo allí en el escondite durante mucho tiempo, levantando un libro y luego otro en mis manos y hojeando las páginas. ¡La abuela Frida me dejó la historia del mundo en estas cajas! Decido empezar mi trabajo y saco una caja cubierta de bufandas azules al pasillo. Miro los distintos títulos: *Medicina mapuche*, *El misticismo*, la música para violonchelo y la famosa "Oda a la alegría" de la novena sinfonía de Beethoven...

Realmente debería desempacar los libros en el salón de la abuela Frida para que ella pueda verlos. Seguramente querrá ver de nuevo todos los tesoros que salvó. Además, quiero escuchar la historia detrás de cada uno.

Levanto la pesada caja en mis brazos, soltando la fina capa de polvo que se había posado sobre ella. Siento cosquillas en la nariz mientras lucho por llevar la caja por el pasillo. Por fin llego a la entrada del salón y me inclino en el umbral para recuperar el aliento. Las luces son tenues, la abuela Frida siempre las baja a esta hora del día para poder ver el atardecer en el puerto desde su ventana.

—¡Abuela Frida, estos libros son increíbles! —le digo a mi abuela acurrucada bajo su chal en su mecedora—.

Prometo que llegarán a las manos de personas que los tratarán como tesoros... ¿Abuela Frida?

—Zzzzz.

Me acerco unos pasos, mis ojos se adaptan a la oscuridad y ahogo una risita. La abuela Frida se ha quedado dormida en su mecedora, roncando suavemente, como siempre, como la letra z.

Dejo la caja de tesoros a sus pies silenciosamente.

—*Gute nacht* —susurro—. Buenas noches, abuela. Gracias por este magnífico regalo.

Los últimos rayos de luz solar brillan en la ventana y miro mientras los colores del crepúsculo suben lentamente para bailar en el rostro de mi abuela.

La piel de una
cebolla

Me gusta tomar prestado el chal de la abuela Frida, el que es como la piel de una cebolla, cuando estoy ordenando los libros. Me recuerda lo que ella siempre dice... que las personas son como las cebollas: cuando se comienza a pelar las capas, se descubre quién es cada una en realidad. Algunas tienen raíces largas, y otras son solo piel vacía, sin historia ni sabor. *¿Y tal vez una persona también puede ser como una caja de cartón?,* me pregunto mientras abro una caja particularmente bien sellada. ¿Quién sabe qué palabras o qué sabiduría podrían llenarla?

Pensar en las cebollas me hace pensar en el muchacho con gran apetito que ayudó a mi abuela con los libros. Salgo de la habitación de mi abuela y camino hacia el teléfono en el pasillo. Es tarde, pero llamo a Cristóbal de todos modos. Responde con voz somnolienta:

—¿Hola?

—¿Cristóbal? Sé lo que hiciste para ayudar a la abuela Frida. Amigo, ¿qué haríamos todos sin ti?

—Celeste, no fue nada. —La voz de Cristóbal es tímida.

—Cristóbal, ¿mañana me ayudarás a llevar libros al Café Iris? Ya me imagino al mago leyendo poemas en voz alta. También pensaba llevar algunos al centro comunitario.

—¿Y qué tal si encontramos una manera de hacer que las cajas de verduras de mi madre sean impermeables para poder dejar libros en las paradas del teleférico y en las escaleras donde subimos y bajamos por los cerros? —sugiere Cristóbal.

—Eso sería increíble, Cristóbal. ¿Y tal vez podemos poner libros en el puerto para los pescadores y los viajeros? ¿Y crees que tu madre estaría dispuesta a tener algunos en su puesto en el mercado? ¡Hay tantas posibilidades!

—Bien. —Cristóbal bosteza.

—Llámame cuando te despiertes, dormilón, y descansa esta noche. ¡No uses los libros como almohada mañana como hacías en clase cuando éramos pequeños!

Cristóbal se ríe.

—Buenas noches, amiga.

—Buenas noches, amigo.

La voz de mi madre flota desde el dormitorio de mis padres en el piso de arriba.

—Celeste, ya es tarde. Las cajas seguirán allí por la mañana.

—Me voy a la cama, mamá... Pronto.

Bostezo. Es tarde, pero tal vez... tal vez... puedo abrir una caja más antes de acostarme.

Regreso al escondite, sosteniendo el chal de cebolla contra mi nariz y boca, lista para el polvo, ansiosa por desenterrar otro tesoro.

Cuando por fin camino de puntillas a mi habitación, son las dos y pico de la mañana, pero el sueño parece imposible. Doy vueltas y vueltas en la cama durante lo que parecen horas. Delfina también está inquieta. La escucho rezar en mapudungún y huelo hojas de canela quemadas. Ese es el árbol sagrado de su pueblo. Ella realiza ceremonias con las hojas solo cuando algo importante está a punto de suceder. Siento que me duermo en una nube de canela tostada. "Me pregunto", me digo, bostezando, "si mañana sucederá algo importante".

A la mañana siguiente abro los ojos justo cuando el sol está extendiendo sus primeros rayos sobre el cerro Mariposa. Por lo general, no me despierto hasta que el décimo toque de la bocina de un auto o los gritos de la nana Delfina me hacen abrir los ojos. Ella ya está en la cocina. Escucho el movimiento de su escoba violeta y el molido de los granos de café.

—¡Buenos días, nana!

—Celeste, ¡te levantaste tan temprano! —me dice Delfina. Le sonrío—. ¡Delfina te oyó anoche! ¿Oliste las hojas de canela que quemaba tu nana?

—Sí. ¿Tienes alguna predicción, nana? —le pregunto mientras me siento.

Ahora es el turno de Delfina de sonreír.

—Es bueno que te hayas levantado temprano, querida. Está predestinado... —me dice enigmáticamente mientras le lanzo una mirada interrogadora y abro la boca para preguntar por qué, pero Delfina se vuelve hacia la estufa y comienza a tararear una de mis viejas canciones favoritas de los mapuches. Me encojo de hombros. Entonces suena el teléfono.

—¿A esta hora? ¡Qué extraño, nana! —Sin embargo, no me muevo de la silla y tomo un poco de pan caliente recién sacado del horno. Delfina siempre contesta el teléfono; lo considera uno de sus deberes y se toma todos sus deberes en serio.

Así que casi me ahogo cuando me dice:

—Celeste, ve a contestar el teléfono, por favor. Delfina está ocupada.

Salgo corriendo al pasillo donde el teléfono está en el armario antiguo que mi abuelo José le compró cuando era joven a un criador de caballos boliviano.

—¿Diga? Sí, soy Celeste Marconi. ¿En qué le puedo servir? —Veo la cabeza de la nana Delfina asomarse por la esquina, una amplia sonrisa en su arrugado rostro moreno.

Una voz seria y aguda me dice:

— En nombre de la Presidencia, la felicito. Señorita Marconi, usted ha ganado el premio por su carta, "Mi sueño para Chile". El próximo viernes llegará el cheque de la beca universitaria y ese mismo día aparecerá su carta en todos los periódicos de Chile.

Solo puedo decir una palabra... la palabra que dice la abuela Frida que se debería decir con frecuencia:

—Gracias.

Los brazos de Delfina me envuelven. Me apoyo en ella para no caerme.

Más que nada,
sé feliz

Más tarde esa mañana, Cristóbal y yo decidimos pasar por la clínica de mis padres durante nuestras rondas para distribuir los libros salvados por la abuela Frida.

—¡Tienes que contarles las buenas noticias! —dice mi amigo, emocionado.

Cuando les hablo de la carta que escribí y del premio que gané, las lágrimas de felicidad de mi madre son como perlas que relucen en su rostro pálido.

—Celeste, tú y Cristóbal y toda tu generación son quienes formarán el *nuevo* Chile. Los tiempos oscuros realmente han terminado.

Esa noche mamá me corta el pelo en la azotea bajo la luz de la luna llena.

—Esto es lo que me enseñó Delfina cuando yo tenía tu edad —murmura mamá mientras las tijeras vuelan cortando, cortando, cortando alrededor de mis hombros—. Una mujer siempre debe cortarse el pelo bajo la luna llena para asegurar belleza y abundancia de todo tipo. Ahora eres una mujer joven, Celeste, y no podría estar más orgullosa de la persona que eres.

Cuando mamá termina de cortarme el pelo, le digo:
—Me voy a quedar aquí un rato más para pensar.
—Y déjame adivinar... ¿para escribir, quizás? —bromea conmigo.

Los cerros de Valparaíso se extienden debajo de mí como una guirnalda de flores. El faro y las velas blancas del puerto azul se funden en una luz resplandeciente como grandes racimos de uvas o enjambres de luciérnagas. Mi corazón escucha el silbido del barco llamado la Esperanza cuyas velas están hechas de plumas de gaviotas, polillas y alas de ángel.

Pienso en lo que me dijo la abuela Frida cuando le hablé de mi beca.

—Estoy tan orgullosa, Celeste de mi alma. La educación es un regalo tan maravilloso, el regalo *más* maravilloso.

—Estoy de acuerdo, abuela —le dije.

Ahora ella está roncando como la letra z en el piso de abajo, y yo les hablo a las estrellas. "La educación es un regalo maravilloso... tan maravilloso que quiero compartirlo".

Empiezo a escribir otra carta.

Estimada Señora Presidenta:
Me siento honrada de haber recibido el premio
por mi ensayo, "Mi sueño para Chile". También

estoy muy agradecida por la generosa beca. Es cierto que uno de mis propios sueños es ir a la universidad para estudiar literatura, pero me quedan tres años más de la escuela hasta hacer realidad ese sueño. Pero también tengo un sueño que no es solo para mí sino para Chile. Y me gustaría empezar a hacerlo realidad en mi ciudad. Le escribí sobre cómo todos deberían tener la oportunidad de aprender a leer. Ahora mi abuela me ha dejado muchos libros que rescató de las hogueras durante la dictadura. Respetuosamente, le pido permiso para usar el dinero de la beca para comenzar una biblioteca itinerante gratuita que llevará estos libros y clases de alfabetización a las personas que viven en lo alto de los cerros en las afueras de Valparaíso. Son las personas más pobres que trabajan todo el día por muy poco dinero. Ni se imaginan poder visitar el centro o el pueblo para comprar un libro o aprender a leer y escribir...

Mi bolígrafo vuela en el papel de mi cuaderno mientras la luna sale y extiende una luz suave sobre las páginas.

Algo
maravilloso

Pasa una semana sin noticias de la presidenta Espinoza. Reviso el correo frenéticamente todos los días, esperando tener en mis manos la carta con el sello presidencial primero, porque no quiero que nadie me haga un millón de preguntas al respecto. Pero el sábado por la mañana, mientras me siento a tomar un café con leche y repasar una lección de alfabetización para Delfina, mi nana se sienta a mi lado y desliza silenciosamente una carta debajo de mi libro.

—Esto llegó ayer. Nana tenía curiosidad, pero los espíritus le dijeron que esperara y te preguntara cuando las dos estuviéramos solas.

La miro nerviosamente. Todos estaban tan felices de no tener que preocuparse por el dinero para enviarme a la universidad. Temo su desaprobación... y temo la respuesta de la presidenta. Aunque es posible que mi familia esté decepcionada, igualmente espero que la presidenta me diga que sí. Delfina saca un pequeño cuchillo del bolsillo de su delantal y lo usa para abrir el sobre. Luego me lo entrega.

—No, nana. ¿Por qué no me la lees tú?
—¿La niña Celeste quiere que Delfina la lea?
—Sí, nana... tú. ¡Sé que puedes hacerlo!

Estimada señorita Marconi:
Es un honor aún mayor escribirle esta
segunda carta. Mi respuesta es sí...

—¡Yupi! —Me levanto de un salto y mi silla se tumba al suelo. El ruido ahoga la voz de Delfina, pero no ha movido los ojos de la página. Ella sigue leyendo.

—"La biblioteca itinerante... dinero para libros... clases en los cerros". —Luego me mira, su boca es una sonrisa cobriza como el sol. Enderezo la silla y sujeto mis manos detrás de mi espalda. Me siento como una niñita. ¿Me regañará Delfina por tomar tal decisión sin hablar primero con mis padres?

—Niña Celeste, has hecho algo maravilloso.

Toda la conmoción ha sacado a la abuela Frida de su salón. Aparece en la puerta de la cocina en camisón con su bastón en una mano y una bufanda azul sin terminar en la otra. Sus ojos son lunas llenas de sorpresa mientras la mira a Delfina y luego a mí y luego de nuevo a Delfina.

—¡Estás leyendo tan bien! —exclama—. Delfina, querida, léeme un poco más por favor.

Las mejillas oscuras de la nana Delfina florecen como cerezas maduras. Ella continúa:

—"La generosidad que la ha inspirado a donar el dinero de su beca...".

La abuela Frida cojea a mi lado, me besa en la mejilla y me susurra:

—Ahora, ¿por qué no vas a la clínica para contarles la buena noticia a tus padres?

—¿Ahora mismo, abuela? Puede que estén ocupados con los pacientes...

—Sí, ahora mismo —interviene la nana Delfina con su voz práctica.

Mientras busco en el armario de los abrigos mi impermeable, la nana Delfina dice con voz casual:

—Oh, Celeste... quería decirte que Delfina no tomará su lección mañana. Puede que tenga la gripe.

—¿*Puede que*...? —Me acerco a ella y pongo mi mano en su frente para ver si tiene fiebre—. Esta es la primera vez que mencionas...

Delfina retrocede unos pasos y se acerca a la estufa.

—No, no, niña Celeste. No te acerques. La nana no quiere contagiarte. Delfina estará bien. Ahora corre, Celeste. Ve a decirles las noticias a Esmeralda y Andrés.

Salgo por la puerta pensando que Delfina está actuando de manera extraña. Sé que tiene algo que ver con la carta... Pero, de nuevo, todo se siente extraño en este momento. El verde y el gris de los eucaliptos son más brillantes y su fragancia me envuelve en una nube que me lleva hasta el pie de los cerros. Me paro en la entrada de la clínica sin saber cómo llegué allí.

Se abre la puerta y mi padre y mi madre salen y me abrazan.

—Celeste, estamos tan orgullosos de ti —dice mi padre, y se aclara la garganta.

—¡*Tan* orgullosos! —Mamá se hace eco de él, sus ojos son como dos grandes lagos.

—¿Pero cómo supieron...? —Mi voz se apaga mientras respiro hondo de alivio. ¡No están enojados conmigo!

—Oh, Celeste —dice mi madre entre risas— la abuela Frida nos contó la semana pasada sobre la carta que estabas ocupada escribiendo en la azotea. Y cuando vi tu rostro resplandeciente ahora, supe que había llegado una respuesta esta mañana.

—¡¿La abuela Frida?! ¿Pero cómo lo supo ella? Les juro que no le dije nada a nadie respecto a la carta.

—Bueno. Conoces a tu abuela, Celeste. —Mi padre sonríe como si estas cosas fueran comunes... Pero ahora que lo pienso, estoy empezando a creer cada vez más que lo son—. Ella es una anciana muy sabia.

Coincidencias mágicas

El domingo, papá me pide que vaya a la panadería a comprar empanadas, lo cual es extraño porque mamá y él lo han hecho juntos todos los domingos desde que tengo memoria.

—Tómate tu tiempo. Cómprate algo bonito en esa tienda que te gusta, o párate a tomar un café en el Café Iris —me dice, poniendo unos pesos adicionales en mi mano. ¡Otra cosa extraña! Papá todavía no ha perdido del todo el miedo y no le gusta que yo "deambule sola por la ciudad", como dice él. Pero me encojo de hombros y me voy, disfrutando del paseo por el cerro Mariposa bajo el sol de la media mañana.

Unas pocas horas más tarde, salgo de la panadería abrazando una bolsa de papel calentito. Cierro los ojos e inhalo la deliciosa fragancia... el olor de los domingos en Valparaíso. Sonrío, recordando esos domingos oscuros justo antes de irme a...

—¡Niña Celeste, por aquí! —Me doy la vuelta con un sobresalto y veo a don Alejandro en su viejo taxi marrón estacionado al otro lado de la calle.

—¡Hola, don Alejandro!

—Ven, Celeste, déjame llevarte a casa. —Cruzo la calle corriendo y subo al asiento trasero—. ¡Tiene que ser un caso de serendipia encontrarme contigo aquí hoy! —me dice. *Serendipia*. Recuerdo esa palabra... Oí a dos mujeres en la calle usarla hace mucho tiempo, cuando era una niña chiquita, y la escribí en mi cuaderno azul.

—Sí, don Alejandro. ¡Qué gusto verlo! Pensaba comprarme un postre, un suspiro de monja, de camino a casa. ¿Podemos parar en el Café Iris? Tienen los mejores allí... Me vine aquí primero porque la Panadería Estrella tiene las mejores empanadas de Valparaíso. Mis padres no las comprarán en ningún otro sitio.

—Bueno... señorita Celeste... —Alejandro tartamudea con sus palabras—. Hoy estoy bastante ocupado, así que solo puedo llevarte directamente al cerro Mariposa. Lo siento.

¡Que extraño! Entonces, ¿por qué Alejandro estaba sentado al otro lado de la calle, aparentemente holgazaneando? ¿Y por qué ofreció llevarme a casa si tiene tan poco tiempo? Estoy a punto de protestar porque el Café Iris está en el camino para el cerro Mariposa y solo tomaría un minuto, pero decido no hacerlo. Puedo oír a la abuela Frida en mi cabeza diciéndome que una dama siempre acepta los favores con amabilidad y trata a sus mayores con respeto. Recuerdo cómo la abuela Frida decía que don Alejandro la trataba "como si fuera de oro, como una reina, desde mis primeros años en Valparaíso cuando vestía harapos, hasta hoy cuando soy una vieja excéntrica que no saldrá sin ponerse lápiz labial rojo y un anillo en cada dedo".

Miro por la ventana. Parece que todos los niños de Valparaíso están encumbrando volantines hoy. El aroma de las buganvillas en flor me hace estornudar.

—¡Achú!

—¡Salud, Celeste! —Una vez más, Alejandro suena tan solemne. Miro sus ojos marrones en el espejo retrovisor. Brillan con lágrimas. ¡Qué extraño está actuando hoy! Tal vez el aroma a buganvillas hace que sus ojos se llenen de lágrimas, como a mí me pica la nariz.

Me enderezo mientras el viejo taxi usa toda su voluntad para subir por el cerro Mariposa.

—¡Oh! —Me quedo sin aliento. Nuestra casa azul y amarilla está decorada con racimos de globos atados a todos los lugares posibles: a la puerta de entrada, a la terraza, a los marcos de las ventanas, ¡incluso soplan con la brisa desde lo alto de la azotea! Saco la cabeza por la ventanilla del taxi para ver mejor. Por una vez, don Alejandro no me dice que tenga cuidado y que me vuelva a sentar. Simplemente se ríe y toca la bocina. Veo la puerta principal abierta, y largas serpentinas de seda en azules de todos los tonos ondean en el viento. Mamá y papá están saludando a las visitas. Entonces la abuela Frida abre la ventana de su salón y me llama.

—¡Celeste, ven!

—Abuela, ¿qué está pasando?

Ella se encoge de hombros y desaparece de mi vista.

—¡Ven y mira!

La gran **fiesta**

¡Entro corriendo a la casa y luego salgo corriendo otra vez por el susto y la emoción de la gran sorpresa! Entrar a mi casa en este momento es como entrar en una colmena donde se cultiva la miel más dulce. ¡Tanta gente que conozco y amo llena nuestra casa en el cerro Mariposa! Todos gritan: "¡Felicidades! ¡Tres hurras para Celeste!". Me rodean y aplauden. ¡Miro a mi alrededor y veo a Marisol y Gloria; Cristóbal y su mamá, Soledad; y el señor Castellanos y Marta Alvarado!

—Sabía que tramaban algo, pero nunca imaginé... —les digo, perdiendo el aliento por la sorpresa. Luego, una sonriente señora Atkinson sale de la cocina con una bandeja llena de tazas de té. Los vecinos han venido con cestas de flores, tomates guisados y pescado frito.

—Delfina vino a cada una de nuestras casas para invitarnos a la fiesta. Nos habló de tu premio y del regalo que le estás dando a Valparaíso —me susurra emocionada la señora Atkinson.

¡Nana!

—¡Ella no estaba enferma con la gripe hoy! —digo.

La señora Atkinson niega con la cabeza y se ríe.

—¡Se rumorea que Delfina ha estado preparando sus famosas sopaipillas con chimichurri toda la tarde!

Al escuchar su nombre, la nana Delfina sale de la cocina con un plato de humeantes pasteles de calabaza y los ojos llenos de orgullo. Estoy muda y tiemblo de felicidad. De repente, dos manos grandes me cubren los ojos y una voz ronca dice:

—¿Adivina quién? —Antes de que pueda contestar, el tío Bernardo me da uno de sus famosos abrazos de oso y me lleva al otro lado de la habitación que ha comenzado a zumbar con la música. Me presenta a su bella esposa argentina, Ingrid.

—¡Nos conocimos viajando por los Andes! —El tío Bernardo se ríe—. ¡Los dos estábamos tratando de escaparnos de nuestros países y nos tropezamos en el camino! Ella iba hacia el oeste y yo hacia el este, pero nos detuvimos en el mismo lugar en un paso estrecho cerca de la cima del Aconcagua, el pico más alto en todo el hemisferio occidental. Por la gran altitud era difícil respirar allí arriba. Los dos estábamos cansados por el esfuerzo que hacíamos por recuperar el aliento. Ella me ofreció un poco de agua y yo le di algunos frutos secos. En ese mismo momento decidimos viajar y escondernos juntos. Decidimos dirigirnos hacia el sur, y el resto, como dicen,

VIVA CELESTE

es historia. Supiste que me disfracé de monja, ¿cierto? Bueno, ¿puedes adivinar de qué se disfrazó Ingrid?

Me tapo la boca con las manos.

—¡No me digas! ¿De sacerdote?

El tío Bernardo hace girar a su esposa en círculo.

—Esto tiene que ser el destino y un ejemplo de los opuestos que se atraen y cualquier otra cosa que digan sobre el amor. ¿No te parece?

—¡Creo que tienes toda la razón, tío Bernardo! ¡Felicitaciones! ¡Y me alegro de que estés en casa a salvo!

La abuela Frida comienza a tocar la pandereta de mamá. Con sus largas trenzas blancas por la espalda y su radiante sonrisa, hoy parece una niña. Papá retoma su ritmo en el piano. Delfina y yo nos tomamos de las manos y giramos en círculo.

—Ay, Celeste. Delfina nunca ha estado tan mareada... —dice mi nana riéndose—, ¡ni tan orgullosa de su niña! —¡Y detrás de Delfina, sonriendo, está el mago del Café Iris!

—¡Mira, Delfina! —El mago saca un canario de su chaleco y lo deja volar por la habitación—. ¡Un regalo para ti, Celeste! —Se inclina ante mí como un caballero a la antigua.

Delfina sonríe y me dice:

—Delfina recuerda ese truco. Lo usó para impresionar a tu tía Graciela. Salían juntos en la escuela y eran casi una pareja, pero no del todo. Ya sabes... como tú y Cristóbal.

En vez de contestar, decido ignorar su astuto comentario y volver al baile.

—Sólo espera y verás, Celeste. ¿Cuándo se ha equivocado tu nana Delfina? —me dice y luego grita hacia el otro lado de la habitación—. ¡Oye, Cristóbal! ¿Por qué no bailas con Celeste?

Epílogo: El barco llamado **Esperanza**

—¡Celeste! ¡Baja de la azotea enseguida! ¡Llegarás tarde a la escuela!

—¡Ya voy, nana Delfina!

Doy una mirada más al cielo de la mañana. ¡Allí están! Mis viejos amigos pasan por nuestra casa en el cerro Mariposa y me saludan con sus largos picos.

"¡Buenos días, señores y señoras pelícanos! ¡Buenos días Valparaíso!".

Corro por las escaleras, que crujen más que nunca, le doy un beso a la nana Delfina en su mejilla curtida y salgo volando por la puerta.

—Celeste, ¡casi me haces caerme del cerro! —La señora Atkinson pasea bajo una sombrilla violeta. Se palmea el moño mientras paso junto a ella para tomar el teleférico a la escuela.

Me habla en inglés y con orgullo le contesto también en inglés:

—¡Lo siento, señora Atkinson! ¡Buenos días, señora Atkinson!

—¡Buenos días, querida! —Siempre correcta y formal, de alguna manera se las arregla para gritar con voz recatada—. ¡Reduce la velocidad y disfruta de cómo ha llegado octubre vestido de amarillo! —Ella tiene razón. Las mimosas extienden sus pétalos en coronas doradas, y mientras subo al teleférico del cerro Barón, respiro su aroma mezclado con la sal del mar.

Me siento y recupero el aliento.

—¡¿Cómo es posible que ya sea octubre?! —Ha pasado casi un mes desde mi fiesta sorpresa. Mi vida se ha convertido en una rutina y sería bastante normal si no fuera por mi imaginación y todos los colores y sonidos del cerro Mariposa.

Por supuesto, tengo que asistir a la escuela durante el día y hacer tareas que se vuelven cada vez más exigentes por la noche. El señor Castellanos califica mis ensayos para la clase de Literatura con especial dureza porque dice que soy una escritora en ciernes y, ya que es mi maestro, tiene una responsabilidad con mis futuros lectores.

Mi tiempo después de la escuela está lleno de largas conversaciones con Cristóbal en el Café Iris y paseos por el mercado con Marisol. De vez en cuando —aunque ya somos grandes— los tres jugamos en los columpios, o en el pasto, o incluso en ambos.

Todavía no se sabe nada de Lucila y sus padres. Marisol habla cada vez menos de su prima. Una vez intenté escribir sobre Lucila, pero tenía demasiado miedo de las palabras que pudieran aparecer en la página. Tal vez algún día... ¡O tal vez algún día ella regrese y me ayude con la biblioteca itinerante! Me gusta imaginarla enseñando conmigo con toda su bondad y su paciencia.

De vez en cuando me encuentro con Gloria. Siempre nos abrazamos, pero luego tomamos caminos separados.

También estoy haciendo nuevos amigos, estudiantes de otros grados, ¡incluso algunos de último año! Todos los estudiantes de Juana Ross se ofrecieron como voluntarios para ayudar a organizar la biblioteca itinerante. La presidenta Espinoza también publicó mi segunda carta en todos los periódicos y he comenzado a recibir donaciones de libros de todo Chile. ¡La semana pasada un químico de Santiago me envió un juego completo de enciclopedias!

Y ahora es de noche... otra noche en mi casa en el cerro Mariposa. Las luces del puerto brillan alrededor de la ciudad como un halo. "Buenas noches, nana Delfina". Cierro la puerta de su pequeña habitación llena de humo de canela que entra en el pasillo por debajo de la puerta. Sé que la luz debajo de la puerta seguirá encendida hasta altas horas de la madrugada: lenta y pacientemente, la nana Delfina está leyendo a Pablo Neruda.

Todas las noches, cuando se supone que estoy dormida, escribo en mi cuaderno y practico con la máquina de escribir que me regalaron nuestros vecinos del cerro Mariposa en mi fiesta sorpresa. Al principio usaba solo dos dedos, uno de cada mano. Pero ahora uso tres, y papá promete que si sigo practicando, ¡pronto llegaré a cinco! La primera carta que escribí, se la envié a Kim y Tom. Todavía no sé dónde están, así que la escribí dos veces, ¡en inglés!, y mandé dos cartas, una dirigida a Kim y Tom Ahn, Corea del Norte, y la otra a cargo del señor John Carter, cartero, Juliette Cove, Maine. Si alguna vez reciben mi carta, esto es lo que leerán:

Queridos Kim y Tom:
Ha pasado tanto tiempo, pero no los he olvidado.
Tampoco he olvidado mi promesa de enviarles
algo que he escrito. Por eso he incluido un poema
junto con esta carta. El poema se llama "El
barco llamado Esperanza". Lo escribí una noche
mientras estaba sentada en la azotea. Miraba
las estrellas cuando recordé haberle preguntado
a mi abuela Frida si era una refugiada. Yo
tenía cinco años y no sabía lo que significaba la
palabra. Sus ojos se hicieron muy grandes como
si estuvieran llenos de agua del mar y me miró
durante mucho tiempo. Luego dijo: "Sí, soy una
refugiada. Y es una palabra hermosa... una cosa
hermosa. Soy una exiliada. Esto significa que
soy una viajera del mundo y que no pertenezco

a nada más que a las cosas que amo".

No nos hemos visto desde ese día, hace mucho tiempo, cuando nos tumbamos en el pasto en Juliette Cove, pero todavía espero verlos pronto. Hasta entonces, espero que los dos sigan perteneciendo a las cosas que aman, y yo perteneceré a las cosas que amo también.

Su amiga para siempre,
Celeste Marconi
Cerro Mariposa

Marjorie Agosín fue criada en Chile por padres judíos. Su familia se mudó a los Estados Unidos para no vivir en una dictadura militar. Debido a que proviene de un país sudamericano y es de ascendencia judía, sus escritos demuestran una mezcla única de estas culturas. Recibió el premio Pura Belpré y el International Latino Prize por *I Lived on Butterfly Hill (Viví en el Cerro Mariposa)*. También ha recibido el Premio Letras de Oro por su poesía, otorgado por el Ministerio de Cultura de España a escritores de ascendencia hispana que viven en los Estados Unidos. Sus escritos y su trabajo humanitario para ayudar a las mujeres en Chile han sido el foco de artículos en el *New York Times* y el *Christian Science Monitor*, y en las revistas *Ms.* y *Forbes*. También ganó el Premio de Literatura Latina por su poesía, y el gobierno de Chile la honró con la Medalla de Honor Gabriella Mistral por sus contribuciones a las artes en Chile. Es profesora de español en Wellesley College y vive en Massachusetts, la costa de Maine y Chile.

Lee White vive con su esposa, su hijo y sus dos gatos gruñones en Franklin, Tennessee. Puedes visitarlo en línea en leewhiteillustration.com.

Alison Ridley vive en Roanoke, Virginia con su esposo y sus dos perritos. Es profesora de español en Hollins University.

Enamórese
de las impresionantes novelas en verso de
Margarita Engle
autora ganadora del premio de honor Newbery

¡Disponible en inglés y español!

De Atheneum Book for Young Readers

EDICIONES IMPRESAS Y ELECTRÓNICAS DISPONIBLES

simonandschuster.com/kids y simonandschuser.com/teen